# 風的男臣 3

滿朝文武皆美男

張廉

插畫／Ai×Kira

Kadokawa Fantastic Novels DX

風的男臣

# 目錄

# 第一章 為我犧牲色相可好？

今夜天氣很好，月明星稀，整個巫月京都沐浴在如同銀霜的月光之下，淡淡的夜霧籠罩其上，在月光中如同銀紗，將巫月的京都裝扮得如同仙境，美輪美奐。

我和獨狼站在清風塔頂，瓊樓玉宇在仙霧中浮現，在群樓之中，攝政王府的藏珍閣尤為高聳，而它的旁邊是蕭雅家的六層樓閣，兩座樓閣在星月之下相依相伴，如戀人般惺惺相惜。

「妳想用蕭家的樓，除非蕭家消失。」獨狼冷冷淡淡地說：「否則，妳怎麼用？」

我揚唇一笑：「有人會幫我們除掉整個蕭家。」

他寡淡冷漠的視線落在我的臉上，看我許久。

「沒人可以把蕭家一鍋端！除非孤煌少司與蕭家反目。」

「放心~~我說有人，就是有人~~」我說得優哉游哉：「此人不是孤煌少司，但她也有能力端了整個蕭家~~」

獨狼依然蹙眉，似是不信。

我拍了拍：「別擔心，我朝中有人。」

「哼！」他這一聲像是笑我大言不慚，他又俯看我一會兒：「我娘沒告訴我椒萸花瓶的事。」

「噗哧！」我噴笑出來，抬臉看他：「你真去問了？」

他冰冰冷冷看我，眸中還閃過一抹不悅，月光下的他越發拒人於千里之外。

「當然沒有，妳要我？」

我笑著搖頭：「我沒有耍你，只是我還未去拜會你母親。」

他又冷冷看我一會兒，轉開臉：「哼，妳不可能認識我母親。」

「未必。」我單手負在身後：「我以前也不認識你，現在不也認識了？」

他擰緊了眉，面露一絲煩躁：「以後沒事別叫我。」

「我想你不行嗎？」我壞壞調侃。他渾身一緊，眸中露出如同被花娘死纏般的鬱悶表情。

「我走了。」說罷，他直接飛身而起，不願與我多待片刻。

我壞壞一笑，朝著他的背影大喊道：「明天我就去找你娘——」

登時，他的身影像是洩了氣，筆直從空中墜落，消失在了夜霧之下。我捂嘴笑了笑，偶爾鬧鬧獨狼也挺有意思的。

轉身飛離清風塔，我往花娘的黑市而去。有些東西需要補給。

花娘看見我時還有些不悅，轉著菸槍斜睨我：「怎麼是妳？妳的小跟班呢？」

「怎麼？花姊姊喜歡我的小跟班？」我笑了。

她狐媚地笑了，轉身算是正眼看我，身體前傾趴在櫃檯上，碩大的雙乳從她寬鬆到肩膀的衣領裡暴突出來，瞬間讓人慾血沸騰。

「欸，妳那個小跟班不錯。」花姊朝我曖昧地眨著眼睛：「身材雖然沒有狼少棒，但那具身體也是……」

花姊說著說著，意亂情迷地抱住自己。

「也是分外地有力，看得我好銷魂～～」

我渾身一陣一陣發麻，忍不住揶揄她：

「小心妳魂銷魄散！他可不是好惹的，連我這個主子也不敢亂碰。」

「妳真是暴殄天物！」花姊不悅地起身，一扭三擺地到我身邊狠狠拍了我一掌。「狼少、小跟班，一個個都那麼美味，妳居然也不吃，真是看得我眼急。這樣，我白送妳一瓶飄飄慾仙散，保證讓兩個男人對妳獸血沸騰，恨不得把妳立刻撕碎，深深佔……」

「打住！」我立刻打斷花娘：「妳口水噴我臉上了。」

「真的？」花娘舔了舔嘴角，又笑咪咪地黏到我身上，碩大的胸部軟軟地夾緊了我的手臂。「要不……妳把藥用了，然後便宜我，怎樣？」

「我說妳怎麼這麼饑渴？」我哭笑不得看著她饑渴難耐的樣子。

「呿。」她白了我一眼：「妳少裝了，別以為我看不出～～」

她風騷地甩起香帕。

「這是巫月又不是外面的世界，男女平等，女人還守什麼矜持，看到美男不上就被別人上了。」

「別說了，我問妳，讓妳查的人呢？」我決定還是盡快進入正題，不然她一定跟我說一個晚上的情色教育。

花姊又狐媚地笑了起來，一步三扭走到我身前，把我從頭到腳，又從腳到頭打量個遍。

「我說妳到底什麼來歷？連調查的人都那麼讓人驚訝。」

「哦？這麼說那孩子不簡單？」我心中一喜。

「孩子？哈哈哈！哎喲妳別搞笑了～～人家都二十三了～～」

「什麼？」此番輪到我驚訝了。「妳、妳確定沒查錯人？」

「是他嘛～～」花姊從深深的乳溝之間拉出了畫像，正是阿寶。「沒查之前我還當是妳丟了弟弟，查了之後我也大吃一驚！」

我不可思議地看著阿寶的畫像，明明看上去只是個十六、七歲的孩子，怎會有二十三了？

「巫月只有一個家族繼承了不老童顏～～」

「月家！」我吃驚看向花姊，她此刻的神情也嚴肅起來。所謂的不老童顏，就是娃娃臉。在巫月國，月家之所以有名，不僅僅是這個家族出美男，它還是皇族，也出女皇，更重要的是月氏的祖先在開國時，是第一代巫師。

在巫月建國後，這位巫師也就成了國師，建造了狐仙神廟，訂下由皇族服侍狐仙大人的規矩。後來，巫師之力漸漸消失，沒有被傳承下來，但是這支血脈卻繼承了不老童顏，也就是娃娃臉，通常老化的速度會比他人慢上許多。

聽說那一位國師是狐仙轉世，為巫月第一代女皇開國，所以擁有巫師之力、不老童顏，並建造狐仙廟。

這個故事其實說對了一半，因為，我知道當年到底發生了什麼。

在兩百六十年前，狐族和隔壁的狼族為爭奪領地曾有一戰，師傅的爹當時身受重傷，幾乎被打回原形。逃至林中時，被化作狼群的狼族追殺。

正巧，一名姓月的獵人經過，不知是神仙大戰，救下了師傅的父親。因為天界有靈，任何仙族不得傷害人類，否則會遭天譴，於是狼族只好離開。

師傅的父親獲救之後，告訴了姓月的男子自己的身分，作為報答，賜他巫力，就像師傅賜我仙氣一樣。獲得了仙氣，自然童顏不老，之後的事便與傳說大致相同。月姓男子建造狐仙神廟，並訂下只能由皇族侍奉的規定，也是為報答狐仙賜他巫力之恩，和對狐仙的崇敬與感恩。

自此，狐族有了自己的神廟，也就有了自己的地界，狐族與狼族的戰爭終於平息，共用仙祿。月氏一脈沒能繼承巫力的原因很簡單，是因為師傅的父親在那名月姓男子死後，把巫力收回了。仙力不可能隨便亂賜，也不會傳給後人。真沒想到阿寶會是月氏這一血脈的繼承人。

「他本名叫月麟羽～～」花姊回到櫃檯單手支頤，聲音陶醉地說：「多可人的小寶貝兒，可惜長得實在太嫩，被巫溪雪退婚了，現在化名阿寶，入宮做了宮人，妳說……他是不是還想做夫王？」

花姊拿起菸槍，吸了一口，吐出了一縷妖嬈嫵媚的輕煙。

「可惜了，我看他早晚是要死在攝政王的手裡吶～～」花姊愛惜地放落阿寶的畫像，輕撫他依舊十六歲的容顏，眸光閃閃。

花姊精光閃閃的目光不太像是喜歡阿寶，更像是嫉妒阿寶的不老童顏。

我立刻抽走她手下的畫紙，以免被她摸出窟窿來。

「妳幹什麼？」花姊立刻雙目圓瞪。

「查清了，當然回收。」我收好畫紙。

「妳！」她瞪了瞪，立刻揚起嫵媚的笑，哀求我：「別～～給我嘛～～」

「不給。」
「不給，錢拿來！」她立刻翻臉認錢。
「這麼說……給妳畫像，我今天就不用付錢了？」我心中一動，笑了。
她一怔，瞇瞇眼，咬咬唇，甩臉道：「畫像不要了，還是給我錢。」
「哈哈哈哈！」花姊到底是花姊。花姊也有些鬱悶地翻白眼，轉回臉看我。
「若這黑市是我的，今天也就跟妳換畫像了。但我後面還有老闆，這裡我說了不算的。」
「哦？原來妳身後還有大老闆？」我挑眉道。
她對我眨眨眼，壞笑道：「怎麼？感興趣？我幫妳引薦啊。」
「不、感、興、趣。」我笑了笑，轉身走人。
「別走啊，聽說你們最近有大動作？」她突然上前追來。
我站在台階上，轉身俯看她充滿好奇的臉，揚唇壞笑：「想知道？給錢。」
花姊不開心地轉開臉，站在台階下板著臉氣鬱地直甩香帕，狠狠白我一眼。
「若妳是男的，我就陪妳睡了！」
「就算我是男的，也未必喜歡睡妳哦～～」我眨眨眼。
「妳！」
「哈哈哈——哈哈哈——」我轉身大笑而去。
又是一個跟巫溪雪有關的男人，他入宮可不是為了做夫王，掩藏得那麼好，足見他的城府之深，
如此人才又怎會傻到嫁給一個好色白癡的女皇，跟孤煌少司爭這個夫王？

不過……他確實一直想接近女皇。到底有什麼目的？難道他已猜到了什麼？

✣ ✣ ✣

今夜，又是瑾崋與蘇凝霜侍寢，自從蘇凝霜侍寢後，瑾崋忽然老實了，與其說老實，不如說他對蘇凝霜充滿了戒備，所以，他沒有再壓到我身上。看來只有懷幽在，他才能睡得安穩。

踏月而歸，巫月的宮殿已經鴉雀無聲，靜謐無人，我沒有回寢殿，而是落在了懷幽值夜的偏殿，輕輕推開窗躍入，感覺自己有點像採花大盜。

屋內很安靜，床榻上的懷幽呼吸平穩，如他醒著一般安安靜靜，不像瑾崋，若是熟睡了還會打呼，真是有點破壞他美男子的形象。所以要知道瑾崋睡得熟不熟，只需看他打不打呼。

心中一動，躍到懷幽上方，蹲著緩緩俯下臉緊盯他的臉，我一直盯著他、盯著他，忽然，他像是作惡夢一般驚醒，看見我的剎那間嚇得要喊叫時我立刻伸手捂住了他的嘴。

「呼呼呼呼。」他在我手心下劇烈地呼吸著，胸膛急促起伏。確定他看清是我後，我放開他的嘴，他微微撐起身體，驚魂未定地開口：「女皇陛下，妳……」

我俯落臉，貼上了他劇烈起伏的胸膛，立時，他所有的話語頓在了口中，渾身僵硬的同時，胸口的心跳竟也漏了一拍。

我起身，拿下面具笑看他。

「懷幽，你的第六感真厲害！睡著了也能醒。」我笑得陽光燦爛，真心的佩服。

懷幽在我的笑容中漸漸失神，長髮披散在雪白的衣衫上，秀美得越發撩人。我按落他，他也任由我，於是我順勢倒在他身邊，側著身子看他。

「懷幽，嚇到你了？」

他微微回神，別開臉不敢轉身看我。長髮滑落他柔美的臉側，遮住了他的臉，讓人在昏暗中更加無法看清他的表情。

「請女皇陛下不要戲弄懷幽了。」他低聲苦嘆。

「懷幽，你變了。」我笑了。

「懷幽……怎麼變了？」他微微一怔，依然側著臉。

「敢跟我坐在一起，躺在一起，還敢叫我不要戲弄你，你說，你是不是膽子越來越大了？」

懷幽聽我這麼說立刻轉身，卻在碰觸到我目光時秀目閃過驚慌情緒，他匆匆起身跪伏在我面前。

「女皇陛下啊，懷幽不敬。」

我也坐起來，看著跪伏在我面前的懷幽，長髮順著他絲滑的睡衣滑落兩側，在他的身邊蜿蜒。

「懷幽，沒關係，我說過，我們之間沒有君臣，我喜歡你現在這個樣子，以前你連看也不敢看我。」我笑著說。

懷幽的後背放鬆了，起身跪坐在我面前時也浮起了靦腆的笑容。懷幽的美在於柔，雖然他遠遠比不上孤煌少司和孤煌泗海，甚至連瑾崋也比不上，但是他讓人很舒服，看著舒服、相處舒服，讓我在不知不覺間，更喜歡和他在一起。

「懷幽，等天下安定了，我給你娶門親事可好？」

倏然，笑容在他的臉上凝固，懷幽轉身側對我生起氣來：「奴才不要！」

「為什麼？」我迷惑看他，伸手放落他的肩膀，猶如好友般。「離開皇宮娶妻生子不好嗎？」

懷幽的身體竟慢慢緊繃起來，放落膝蓋的雙手倏然擰緊。

「懷幽心裡……」他的呼吸不知為何輕顫起來，忽然怒道：「只有女皇陛下！懷幽要服侍女皇陛下一輩子！」

他大聲說完便低下臉，身體越發繃緊，垂落的長髮完全遮住了他的臉，我放在他肩膀的手清晰感覺到他凝滯的呼吸和劇烈跳動的心跳。

突然聽到懷幽這番真摯的告白，我一時愣怔，心口似是被什麼重重撞擊了一下，絲絲暖意不斷湧出，這是一分熟悉而又久違的溫暖感。

「好吧。」我收回放在懷幽肩膀上的手。他一愣，慢慢轉回了臉，我笑看他：「明年你跟我回狐仙山吧。」

他在長髮下若隱若現的秀目睜了睜，露出了狂喜，匆匆朝我下拜。

「謝女皇陛下讓奴才留在陛下身邊。」他激動地幾乎聲音打顫。

我笑著躺下，拍了拍身邊。他垂眸眨了眨眼，帶著幾分羞澀、幾分靦腆的笑容再次躺回，分外可愛。這一次，他卻是轉身正對我了，只是那帶著幾分激動的目光依然不敢放落在我臉上。

「懷幽，你跟我回狐仙山會很寂寞的。」

「懷幽只要有女皇陛下在，不會寂寞……」他目光低垂情真意切地說，讓人感動。

我笑了，心裡是滿滿的溫暖，有人為我忠心至此，不枉我來人間一趟。我閉上了眼睛。

「等回去神廟，我把師兄介紹給你，他一直很喜歡你……」

「師……兄？」他的話音忽然變得落寞起來：「他……認識我？」

「嗯，上次你去神廟的時候，他不是和你還有瑾崋一起喝茶嗎？」

我睜開了眼睛，瞧見他驚訝呆滯的表情，笑道：

「我說了，狐仙大人是存在的，不然，你真當我的本事都是自學的？」

「哦、哦……」懷幽垂眸再次笑了，似乎因為知道了什麼而放鬆下來。我知他依然不信，不過沒關係，師兄並不在意別人信不信。

我深深看懷幽一會兒，終於開口問道：「懷幽，可願為我犧牲一下色相？」

懷幽臉上的笑容再次凝滯，呆呆看我片刻，眸光閃過一抹羞臊，緩緩坐起，雙手伸向了自己的衣結，慢慢拉開。

我一驚，直接伸手揪住他的後脖領把他拉回，「砰」一聲，他重重摔在床上，衣結也鬆開了，立刻露出他赤裸的胸膛。

我的心跳瞬間一陣紊亂，隨手拉起被子遮住了他胸口的春光，鬱悶看他在昏暗中已經緋紅的臉。

「誰讓你脫衣服了？是讓你作餌，給蕭玉珍設圈套。」

懷幽愣了許久，雙眸浮出落寞之情。

「奴才……遵旨……」他抬手揪緊了蓋在身上的被單。

我看了看他緊張的手，又看看他緊繃的神情，哭笑不得。

「你該不會以為我要你去色誘吧？」

「難道……不是嗎？」懷幽的臉上又露出了以前那種認命的神情。「蕭玉珍對懷幽鍾情已久，懷幽去勾引她最為合適。」

這番話說得淡漠，似是已經帶著赴死的決心去跟蕭玉珍上床了。

我忍不住笑了，伸手戳他太陽穴。

「你這個人啊，有時就是聰明過頭了，你覺得我會捨得讓你去陪睡嗎？」

懷幽一愣，又是呆呆看我。

我捏捏他的臉：「放心，不會讓你吃虧的。我是讓你去激她，讓她跑到我這兒……」

我伏到懷幽的耳邊，開始小聲囑咐，懷幽身體微微一緊，在我的話音中卻又漸漸放鬆……

當清晨的陽光灑落下來，耳邊傳來了懷幽輕輕的呼喚聲：

「女皇陛下，醒醒……女皇陛下……」

「嗯～～」

「女、女皇陛下……」他輕輕握住了我的肩膀，有什麼東西灑落在我的臉上，感覺癢癢的。我不太舒服地睜開眼睛，看到了懷幽的長髮，我一驚，立時起身。

「我昨晚睡著了？」我對著身旁的懷幽問道。

「奴才該死，是奴才睡著了，沒有叫醒女皇陛下。」懷幽也面露一抹擔憂。

「難怪，你做事一向謹慎小心，糟了……」我頭一陣發緊，若是讓人知道我一夜未歸，就麻煩了。幸好，有懷幽。

忽然間，外面傳來嘈雜的腳步聲，隨即，蘇凝霜清涼的聲音從外面而來。

「女皇陛下！我知道妳在裡面！妳把我蘇凝霜擄進宮來，卻這樣冷落我，讓我好傷心啊～～」

懷幽蹙眉不悅，我卻笑了。

「好在還有蘇凝霜幫忙掩護，懷幽，只怪你讓我特別安心。」

懷幽看著我也靦腆地笑了，垂眸幽幽耳語：「能讓女皇陛下安心，是奴才莫大的榮幸。」

我看向門外：「現在只能當作我特別寵愛你，才能把這事壓下去。委屈你了，懷幽。」

我心懷感激，情不自禁地捧住懷幽的臉吻落他的額頭，懷幽的神情瞬間呆滯，我放開他提醒道：

「快去開門。」

他恍然回神，匆匆下榻，走了兩步又回頭看我：「可是妳的衣服？」

「去吧，我把衣服脫你這兒。」我笑了，說完迅速脫掉夜行衣。

懷幽渾身緊繃，臉登時炸紅，匆匆轉身去開門。

「女皇陛下，昨晚妳不在，我和小花花好寂寞啊～～」蘇凝霜嘲諷似地撒嬌，卻冷得讓人膽寒。

「別吵了。」懷幽沉臉開門，蘇凝霜冷笑的臉已經出現在門前。

我已經脫掉夜行衣，藏在懷幽被內，拆散了長髮不悅地坐在床榻上。

「吵死了，小蘇蘇。」

蘇凝霜傲然冷笑看我。

「有我跟瑾崋侍寢，妳卻跑來這裡，看來妳還是最喜歡懷幽，我回去了，不陪妳玩了！」

蘇凝霜甩臉直接走人，做足了爭風吃醋的模樣。

我立刻討饒起身追他。

「別！你跟小花花總是不理我，我只好找小幽幽聊天了……」我委屈地跟在他身後走出懷幽房間，房外正是手托衣物鞋襪的小雲她們。

她們看看我，又曖昧地看看懷幽的房間，偷偷笑了。

「還不為女皇陛下更衣！」懷幽沉沉而語。

「是。」女孩兒們不敢違抗懷幽大人的指令，立刻追上我，跟著我一邊小跑一邊穿衣。

「小蘇蘇～～你別生氣了～～你跟我說句話好不好～～」

宮女們一路跟著女皇，女皇像是小丫頭一樣犯賤地跟著冷面帥哥，做足了犯賤的模樣。今日過後，巫月國的雲岫女皇又要揹上一條喜歡受虐的標籤了。

早上這一鬧，宮內瞬間熱鬧非凡。只是眨眼間，宮人便交頭接耳地傳遍整座皇宮。眾人看著懷幽的目光，又多一分曖昧和同情，因為他們知道，懷幽是被女皇逼著侍寢的。這件事，也必然會觸動某些人的神經。

留懷幽在寢殿侍寢，與去懷幽處留宿，性質和意義是完全不同的。

前者宮內宮外皆知這是小女皇愛胡鬧，小宮女每天收拾床單比誰都清楚到底有沒有發生什麼。所以，孤煌少司才那麼高枕無憂地任由我把小花花、小蘇蘇、小幽幽留在寢殿裡，在孤煌少司看來，他們三個不過是小女孩的布娃娃。

而當這個小女孩忽然去了懷幽值夜的偏殿，並獨自和他同寢時，一切開始不同了，至少，會讓人揣測這個小女孩，是不是特別喜愛懷幽。

以蘇凝霜和瑾崋的功夫，不難判斷出我昨晚去了懷幽那裡，只是沒想到他們現在才來叫我，難道他們也睡著了？

這兩個傢伙，是不是我不在，他們反而睡得更舒坦些？

「你怎麼現在才來叫我？」回到寢殿時，我身上已經穿好了女皇的衣服。宮人們來不及跟上我和蘇凝霜快速的步伐。

「我可不想打擾你們～～」蘇凝霜瞥我一眼，嘴角帶勾，臉上的神情傲慢而輕蔑。「看來妳更喜歡乖的男人，可是那種老實人能有什麼樂趣？」

蘇凝霜的雙眸流露一絲冷媚，拒人千里又似欲拒還迎，宛若暗諷懷幽沒有情趣，不能取悅女人。

我蹙起眉，知道蘇凝霜天生嘴賤。

「我是去交代事情的，一不小心睡著了。」

「哼，騙誰？」蘇凝霜又是瀟灑地一甩衣襬，穿著鞋子往床上直接一躺。

「別把床弄髒！」躺在床內的瑾崋白他一眼，臉色陰沉地踹開他的腳。

「怎麼？巫心玉一晚上睡在別的男人那裡，你不爽就對我發脾氣？你怎麼不去找她？」蘇凝霜冷笑看他。

瑾崋冷冷睨他一眼，越過他直接下床，掠過我面前時不看我一眼，只飄過一陣寒氣十足的勁風。

「那是你的任務！」只見蘇凝霜好笑地一直斜睨他，那張笑臉讓瑾崋越來越火大，怒火瞬間點燃：「你到底在笑什麼？」

蘇凝霜收回目光繼續笑得冷傲蔑然。

「昨晚你可以去找巫心玉的，但你沒有，為什麼？」蘇凝霜再次瞥眸看瑾崋，帶勾的眼神讓人恨不得撲上去把他那副高傲的嘴臉撕碎！

「是不是不想看見什麼？比如……自己喜歡的女人跟別的男人欲仙欲死？」

「蘇凝霜我要撕爛你的嘴！」瑾崋真的怒了，一把揪住蘇凝霜的衣領，我立刻阻止，扣住了瑾崋的手腕。

「瑾崋，冷靜。你認識他的時間比我長多了，你應該知道他只是說說。」

「他詆毀妳！妳不生氣？」瑾崋反過來朝我吼，幸好我也習慣了他這一點就爆的脾氣，估計蘇凝霜正以此為樂。

我揉了揉有點疼的太陽穴。

「等事情結束我會親自把他毒啞，你放心！」

我如同發誓般看著瑾崋，他驚然怔立，與此同時，蘇凝霜也揚了揚眉，臉上沒有笑容。

瑾崋鬆開了蘇凝霜的衣領，我問他：「昨晚你怎麼沒叫我回去？」

「我……」瑾崋說出了一個字，卻沒了下文，帶著一抹心虛和煩躁地轉開臉。「我也以為妳……誰教妳去了那麼久都不出來……」

他的臉紅了起來，我無語地扶額。

蘇凝霜冷笑地勾著嘴角，用斜睨的目光在我和瑾崋之間來回打量。

殿內變得沉默，我沒想到只是一晚的變化，卻連自己人也揣測紛紛。

「孤煌兄弟還沒死，我沒心思談兒女私情！」我沉聲說道。

蘇凝霜的目光停在了瑾崋的身上，瑾崋低下臉。

「是啊，大局為重，又怎能有兒女私情？」

「所以，下次別亂猜了，我一個人做事，難免會有疏忽的地方。」我看向瑾崋：「到時，就麻煩你提醒了。」

「嗯。」瑾崋點了點頭，看向別處不再做聲。

蘇凝霜又瞥眸朝我看來，從入宮以來，他也一直在觀察，他並未完全信任我，加入我們只是因為瑾崋在這裡，另一點，是因為可以對付孤煌少司。他就像雪原上的雪豹，好鬥，但又謹慎。

殿外傳來急急的腳步聲，瑾崋轉身背對外坐在床邊，蘇凝霜笑了笑，反而忽然起身站到我身旁伸手直接摟上了我的腰。我一愣，他俯看我，目光分外冷傲，像是靠近我是對我極大的恩賜。

「巫心玉，妳昨晚沒回來，讓我好寂寞啊～～妳現在可要彌補我。」

蘇凝霜冷媚地俯看我，嘴角掛著笑，話語卻散發著寒意。瑾崋聽得後背一僵，殺氣浮現，方轉身時，懷幽的聲音從我身後沉沉響起：「女皇陛下，該上朝了。」

我眨眨眼，伸手抱住了蘇凝霜。見蘇凝霜渾身一怔，我不由笑了，開始在他胸口蹭。

「對不起小蘇蘇，讓你感到寂寞了，今晚我一定來陪你們，你和小花花去浴殿把自己洗白白等我回來哦～～」

蘇凝霜的身體在我的話中越來越僵硬。你嘴不饒人，但我更是身體力行！別以為你能在我這裡佔到任何便宜。

我冷笑地放開了蘇凝霜，換上開心的笑臉迎向衣冠已經整齊的懷幽，他垂首含笑站在殿外，瞥眸冷冷看了一眼蘇凝霜，跟隨我離開。

想讓懷幽信任，不容易。瑾崋和懷幽也是磨合了這麼久，他們兩人才有了默契。而現在蘇凝霜新來，懷幽對他更是毫無好感可言。別說懷幽，瑾崋有時也會忍不住揍蘇凝霜。而我，正是要一個這樣人人討厭的男人。

蘇凝霜不由得讓我又想起另一個人人都喜歡的男人，那個男人被巫溪雪退婚也是情有可原，他長得實在太嫩了。

懷幽走在我的鳳輦旁，面目平靜，神情一如往常，一旁恭敬站立的宮人不時投來曖昧的目光。離開後宮大門時，遠處迎面走來慕容燕和蕭玉珍，他們在看見我的鳳輦時，也垂首站在了一旁。

所以馴狗，也要打。所謂狗眼看人低，第一次務必要讓他知道你比他厲害，他才會老實。

慕容燕就是最好的例子。被我踹成內傷後，現在見我就老實了。雖然他心裡不服，但是表面上還是對我恭敬有加。

蕭玉珍微微抬起臉偷偷看向懷幽，美麗的雙瞳無法掩飾對懷幽的擔心和戀慕之情。懷幽也朝她看了一眼，禮貌地回以一笑，而這一笑卻讓蕭玉珍綻放甜美的笑容，一直戀戀不捨地盯視懷幽。

蕭玉珍對懷幽的喜歡已經讓她無法再看到其他東西，至少，她沒有察覺到在她猛瞧懷幽時，我也一直看著她。她或許永遠不會明白，今日懷幽給她的這一笑，他日會讓她付出巨大的代價。

百無聊賴地坐在大殿上，瞎子、瘸子全都來了，連未央不再咳嗽，聞人胤臉上包了紗布，一時間大殿像是候診的醫館。

「有事啟奏，無事退朝——」懷幽沉語。

眾人面面相覷，比前幾日要輕鬆許多。

在眾人搖頭之時，慕容飛雲忽然上前一步。

「臣有事啟奏。」

「好啊、好啊，我快閒死了，找些事讓我做做。」我興致來了。

慕容飛雲面無表情地說了起來：

「巫月社稷，無後為大，請女皇陛下以江山社稷為重，與攝政王盡快完婚，繁衍皇族。」

慕容飛雲像是在背誦，肯定是慕容老太君要他說的。我沉下臉。

「慕容飛雲，你真討厭！我年紀還那麼小，還沒玩夠，不想結婚！而且，生孩子那麼痛，我才不要呢！你，出去罰站，沒我准許不許回宮！」

慕容飛雲蹙眉，垂首道：「臣，領旨。」

他轉身，已經不用盲棍，筆直走出大殿。這足以證明他感覺敏銳，記憶過人，不過短短幾天，已經記清了這裡的道路，不需再依賴盲棍。

連未央和聞人胤擔心地看慕容飛雲的背影，蕭玉明輕笑搖頭。

「還有沒有其他事？」

這一次，無人敢再說話。我無趣地看看左邊。

「為什麼梁相家的兒子總是不來？」

「梁相家的只怕不會來。」蕭玉明輕笑：「只有我們來這裡做小丑。」

「玉明！」連末央低聲打斷蕭玉明。

蕭玉明輕嘆一聲，轉開了臉不再言語。

我拿出畫冊，翻了翻，翻到梁相三子梁子律的畫像。

「可惡！梁子律排名還是第五，今天我一定要把他抓來！」說罷，我拍案起身，大步走下鳳椅，兩邊的男人們紛紛下跪，我揮了揮手：「退朝退朝，本女皇要去抓男人！」

整個大殿瞬間被一股怪異的氣氛籠罩。

大步走出大殿，看見罰站的慕容飛雲，笑了笑，沉下臉說：「懷幽，把慕容飛雲領到御花園罰站，他站在這裡被慕容老太婆看見，又要到攝政王那裡告我的小狀，煩死了。」

懷幽悠然一笑，頷首：「是。慕容公子，這邊請。」

見懷幽扶起慕容飛雲往後宮而去，我扠腰站在大殿前高高的台階上，仰臉遮陽，勾唇一笑。

「今天真是個抓美男的好天氣。」背後大殿內的氣氛又是僵硬一分。

我直接甩掉了累贅的大衣，驚得小宮女們匆匆撿起。我一邊跑下台階一邊歡快地脫掉了繁重的層層衣物，只剩裡面輕便些的服裝，歡脫地像鳥兒一樣自由飛翔。

大步流星地跑到皇宮大門，這還是我巫心玉第一次正大光明地出宮，遠遠地看到慕容燕已經帶著侍衛匆匆而來，在我要跨出宮門的那一刻，急急攔住了我。

「女皇陛下，請回宮。」

「本女皇要出去。」我疑惑看他。

慕容燕再次上前一步，似想逼退我，哪知我紋絲不動，結果他站到了我身前，與我咫尺相近，冷峻的臉上閃過一抹尷尬，他又後退一步單膝跪下。

「女皇陛下，您一個人出去太危險，還是告知攝政王比較好。」

「好啊，你去跟他說，我要抓梁相的兒子上朝，因為……他排名第五啊！你看、你看。」

我激動地拿出美男冊，蹲下放到慕容燕面前。

「你看，排名第一、第二是攝政王和他的弟弟……」

慕容燕看著我的畫冊已經完全陷入呆滯，與孤煌少司看見畫冊時的彆扭不適不同，慕容燕似乎對我的畫冊很感興趣，目光灼灼閃亮。

「第三是月傾城，這個人生死不明，可以忽略。第四是蘇凝霜，蘇凝霜已經被我抓來了！再來就是梁相的兒子梁子律！我想見他很久了。嗯！今天一定要把他抓來。你去跟烏龍麵說，最好再派些人過來，我在梁相家等他。」

說罷，我站起身，在慕容燕還未回神時，我已經像一陣風一樣飛出了宮門，守宮門的士兵完全反應不過來。

「不好！女皇陛下——」身後傳來慕容燕急急的呼喊聲，但是他已經被我遠遠甩在了身後，我要搶在孤煌少司趕到前，跟梁相好好談一談。

打從下狐仙山後，這是我第一次在白天出宮，走在大街上，許多去攝政王府領過銀子的百姓認出了我，紛紛惶恐下跪：「女皇陛下！」

他們這一跪，呼啦啦又跪了一片，我這一出宮，反而成了擾民。所以，皇帝這種生物還是不要隨意出來溜達比較好。

幸好皇宮這條街連的是官員府邸，百姓並不太多，不然真要雞飛狗跳、人仰馬翻了。

我一邊從他們之間走過一邊隨意說道：「起來吧！起來吧！都起來吧，別讓我妨礙你們，你們就當看不見我，啊，看不見、看不見。」

我一路說，百姓們一路莫名對看，面面相覷片刻後，有些膽子大的，起身裝作沒看見我似地繼續做事。

於是，百姓們紛紛起來，真的當作沒看見我，僵硬著脖子，努力不看我的方向。

「那就是女皇陛下？」不認識我的人好奇地小聲問：「好美！」

「美嗎？我怎麼不記得？我再看看……啊！是好美！奇怪？為什麼記不住呢？」

「噓……你們不要命了，談論女皇陛下的長相。」

「人人都說她好色，可是看起來不像啊……」

「別說了、別說了，做事做事。女皇的事，你們有幾個腦袋敢說。」

我在眾人小聲地議論紛紛中直奔梁秋瑛家。

梁秋瑛的相府和孤煌少司的攝政王府在同一條街上，但攝政王府在東，相府在西，還是有一段距離，在孤煌少司來找我之前，可以爭取到一點時間。

轉眼間到了相府，讓人驚訝的是相府挺熱鬧，我到時正巧也有馬車前來，停在相府門前。從馬車上下來一些看似生意人的男女，進入相府，家丁隨即領他們入內，多半是梁子律的生意夥伴。

我走上前，家丁攔住了我，禮貌而謙遜，毫無大官家奴狗仗人勢的囂張。

「請問這位小姐找誰？」家丁看我面生，沒有直接准我進入。

「我是女皇巫心玉，我來找你家三公子。」我直接踐踐說道。

家丁瞬間目瞪口呆，我連點穴也省了，從呆若木雞的家丁中間大模大樣進入相府，第一眼就看到整潔乾淨的庭院。我追上前面的人，排在他們之後，他們之間的談話也進入我的耳中。

「吳老闆，你最近還敢跑北線？聽說那邊馬賊鬧得厲害！」

「哎……有什麼辦法，生意總要做的。這不就找梁三公子商量，看看能不能找官兵護送一下。」

「你想找官兵，我看得找攝政王～」

「哈哈哈——」

大家邊說邊笑，忽然看見了我。

「妳是……」

「我是女皇。」我咧嘴一笑。

「什麼？」驚呼聲同時從他們口中傳出。我看向前方銀杏樹下涼亭中的男子，揚唇一笑。

「你們稍後再來，你們的梁老闆，今天被本女皇包了。」

眾人一驚，這才回神匆匆下跪：「草民拜見女皇陛下。」

涼亭中的男子似是聽到了這裡的喊聲，轉臉朝我看來，冷漠寡淡的目光散發冬的寒意。

我大步上前，身後傳來輕輕的嘆息。

「哎……沒想到梁老闆也逃不過此劫啊……」

「噓！你不要命了！快走吧。」

身後響起老闆們匆匆離去的腳步聲。亭中的男子疑惑地站起，一身深紫色的長衫襯出他修挺的身姿和別樣的酷寒氣度。

我雙手背在身後笑咪咪上前，走到了他的身前，也看清了他的容顏。果真如畫中一般異常肅殺冷酷的神情，薄唇緊抿，一臉肅然冷漠，和獨狼一樣細細長長冰寒冷淡的雙眸裡，此刻閃爍著商人精銳的光芒，削尖的下巴讓他更加冷峻一分。

金黃的銀杏葉從他上方隨風飄落，墜落在他上方的涼亭上，也墜落了一地，他冷酷肅殺地站在這一片金色之中，讓人的心中生出一股莫名的敬仰之感。

梁子律是一個天生的領導者，人心所向。

「妳是誰？」他漠然看我，眸中已充滿不悅。

「你就是梁子律？京城排名第五的美男子？我來看你。」我笑看他。

他微微蹙眉，已經露出與獨狼一般的煩躁之色，拂袖要離開。我橫跨一步攔住他，他煩躁更甚。

「我梁子律不打女人，請姑娘自重。」

「我巫心玉也從不放過美男，請你自覺。」說完揚起唇角。

梁子律的雙眸頓時閃過驚訝之色，站在亭中定定俯看我的笑容。我們的視線在空氣中相接，久久對視，金黃的銀杏葉從我們之間翩翩飄過，也斬不斷我們視線中的特殊訊息。

他的眸光忽然閃爍起來，他側開臉驚訝地沉思，臉上充滿了懷疑，像是有些熟悉以及更多更多的驚訝。

身後傳來匆匆的腳步聲，我轉身之時，梁秋瑛已跪落我的面前。

「臣拜見女皇陛下，女皇陛下萬歲萬歲萬萬歲。」

我看看周圍，無人，笑道：「起來吧，這裡說話方便嗎？」

梁秋瑛立時起身，看了看我身後，笑了。

「女皇陛下，妳把子律嚇到了。」

我微笑點頭。

「我與妳說話，他是必要的擺設，梁三公子是個精明的商人，聰明過人，他會明白的。」

身後已了無聲息，宛如有人已經驚訝得停止呼吸。

「女皇陛下費心了。」梁秋瑛朝我一拜。

「為了不讓人懷疑，我還是需要妳的兒子做一下道具。」我和梁秋瑛保持一定距離，她謙恭地像是有意為之。

「好。」梁秋瑛笑了。她抬臉看向我身後，神情任重而道遠：「子律，今後要辛苦你了。」

子。

我轉身看向梁子律，他怔了怔，蹙眉對自己母親一禮：「孩兒遵命。」

我笑著直接走向梁子律，梁子律狹長的眼睛緊緊盯視我，如同孤狼正在戒備一隻逐漸靠近他的獅子。

我走到了他身邊，隨手挽起了他的胳膊。他瞬間全身一緊，蹙眉狠狠瞪我。我咧嘴一笑，看向梁秋瑛，梁秋瑛也望著自己兒子緊繃的模樣垂臉而笑。

「我還是第一次看到子律如此緊張。」

「梁相，現在妳可以走了，我會把話告訴妳兒子。等孤煌少司來的時候，妳只要向他求救，迅速把他帶到我這裡即可。」

梁秋瑛恭敬一禮：「臣，遵旨。」說完轉身走了。

「娘！」梁子律發了急。

「好好做事！」梁秋瑛忽然轉身瞪視他。

梁子律一怔，梁秋瑛對我笑了一下，再度轉回身，深吸一口氣。

「呼，娘也要演好這場戲。」說罷，她像是求救似地快速走了。

「走，我們聊聊。」我挽住梁子律的手臂。

「能不能不要這樣！」梁子律蹙眉看我，來拂我手。

「不這樣我怎麼算是好色的女皇呢？你可以繼續擺你的臭臉色，這樣才像。」我笑了。

梁子律渾身不舒服地看我一眼，我把他拉入涼亭，讓他坐在他原來的位置上。他的位置很好認，面前放有算盤和帳本。

「現在可以了嗎？」
「嗯。」他點點頭。
我坐在了他身邊，雙手托腮像少女一樣欽慕地看他。
「告訴你娘，我跟焚凰接頭了。」
他一怔，低臉開始自顧自撥弄算盤。
「咳，妳沒告訴我娘獨狼的事吧。」
「沒，這樣很有趣。」
他神色一緊，繼續撥算盤，可是算盤上的珠子不太像是走對了地方。
「妳說有人能端掉蕭家，原來是指女皇巫心玉。」
「不錯，我們終於用各自的另一個身分見面了，你長得確實不賴。」
「說正經事！」他雙眉立時收緊，生硬的語氣更像是命令。
「哈哈哈，別這樣，人家和你正式見面，有點小激動。」我開心地重重拍他手臂。
他臉色立刻繃緊，轉過臉就狠狠地瞪我一眼。
「我很忙！請妳盡快說正事，妳到底想怎麼除掉蕭家？」
梁子律赫然發怒的模樣讓我一愣，他頭痛地蹙眉扶額，似乎已經到了煩躁的臨界點。
我眨眨眼，緩過神，笑了。
「說蕭家貪汙囉，抄家。」
梁子律聽完看似更加頭痛了，一直揉太陽穴。

「妳哪來的證據說他們家貪汙！」梁子律朝我瞪來，滿目的氣鬱。「就算有，那些證據還沒到妳手上就被孤煌少司毀滅了。」

我看著他快要抓狂的模樣，伸手輕拍他的臉。

「不要急躁，聽我說完～～」

「別摸我！」他抬手就把我拍開：「我有未婚妻了。」

他居然搬出了未婚妻！梁子律有時候也挺可愛嘛。

「誰說一定要證據的？」我收回手隨意地撥動他的算盤。

梁子律收緊了眸光，撇臉看我。

「啪答啪答。」我繼續撥弄算盤珠子：「瑾家出事的時候也有證據？有句話叫做欲加之罪何患無辭，誰規定這招一定只能壞人用在好人身上？」

見他大驚失色，我轉眸不再嬉笑看他，揚唇冷笑。

「我巫心玉可不是明君，頂著好色的帽子就為了方便行事，我是昏君，做事荒唐，才能去害奸臣。你不是一直想知道，為何我讓椒萸做琉璃花瓶？到時你就知道了。」

「啪！」算盤珠停落，我對著他怔怔的臉一笑。

「帳我給你算好了，不用謝我。」

衣袖中滑出信箋放入他帳頁之中，闔上帳冊輕輕拍了拍，再次托腮燦燦而笑。

梁子律臉上的煩躁神情已經不在，狹長的眸中閃過無數個念頭，似是看到了什麼，側開臉不再搭理我，翻開帳冊繼續「啪啪啪」地算帳，只是另一隻手牢牢壓住了我夾在帳冊中留給梁秋瑛的信。

亭外傳來焦躁的腳步聲，我轉過臉，看向頓住腳步的孤煌少司，他身後的不遠處，是急急而來的梁秋瑛。

孤煌少司這一次，沒有帶人來，而他的腳步，卻比上次我搶蘇凝霜時更加焦急。

他雖然在遠處站定，目光已經搶先而來，直直盯視在我的臉上，深沉抑鬱之情讓他籠罩在一層濃濃的陰霾之中。

我開心地對孤煌少司揮手：「烏龍麵～你這次來得好快啊～～」

孤煌少司的臉上沒有半絲笑意，陰沉的目光從我臉上移開，看向我的身後。我身後的算盤聲打住，瞬間的靜謐如同時間定格般，帶出一絲壓抑。

忽然，梁子律在我身後起身，猝不及防地拎住我的脖領就直接把我扔出亭外，我踉蹌步出時，孤煌少司深沉的身影已經出現在我面前，接住了我的身體，渾身散發寒氣與殺氣，讓人膽戰心驚。

「管好你的幼稚女皇，別來煩我，我是個生意人，很忙！沒工夫陪她玩！」梁子律說得極其厭惡，宛如巴不得我不要再來騷擾他。

我轉身看梁子律，梁子律只給我一個背影就拿起算盤和帳冊拂袖離開，快速的身形捲起了地上金黃的銀杏樹葉。

「子律好冷淡啊！烏龍麵，子律討厭我。」我噘起嘴。

身後殺氣越來越濃，忽然，手臂環過我的腰間，我猛地被孤煌少司攔腰抱起，包裹在一片深沉的寒氣之中。

孤煌少司抱起我，轉身陰沉地看梁秋瑛。

梁秋瑛面無表情一禮：「多謝攝政王。」

「哼。」孤煌少司輕輕一笑，眸光冷寒。「妳也有謝我的時候。」

「還是請攝政王看好女皇陛下，勿讓她再獨自出宮胡鬧。」梁秋瑛依然垂首敬立。

「我會看好她的。」孤煌少司冷冷說完，抱起我就走。

我扒住他肩膀探頭看梁子律離開的背影，耳邊立刻傳來孤煌少司異常冰冷的聲音：「還看？我把他抓回宮讓妳看個夠好不好？」

強烈的殺氣隨著他的呼吸吹入我的頸項，異常寒冷。

「不不不，我喜歡看他算帳的樣子。」我縮回臉立刻對他擺手。

孤煌少司聽到我的話立刻揚眉，額頭發緊，隱約看到暴突的青筋。

「怎麼，妳不打算抓他入宮？」冷厲的話更像是訓斥。

「有時候……換換野味也不錯……」我在他懷中乖得像小鹿，戳戳手指。

「妳！」見孤煌少司頓住腳步，我立刻用手捂住臉，深深感覺到濃濃的殺氣化作一把把利劍穿過我的雙手直接插在我的臉上。

他的胸膛大大起伏了一下，我聽到了隱忍的呼吸聲。

「小玉，妳太貪玩了，從今天開始，妳被禁足了！」他像是我的父親一般，對我下達了禁足令。

我從指間偷偷看他，嘟囔著：「我還沒看其他美男呢……」

「嗯？」鋒利的目光射來，我立刻再捂住臉。隨即，他大步流星地抱我出了梁府，直接把我扔進馬車，拋下兩個字：「回宮！」

當馬車「噠噠」前進時，他陰沉的身影也進了馬車，冷冷看我。

我眼神遊移地東瞅瞅西望望，忽然面前有人逼近，轉眼間他就已經來到我身前，「啪！」他單手撐在了我的臉旁，一手撐在我的腿旁，我被他逼退在了角落，膝蓋被他壓在小腹之下。

淡淡的麝香味瞬間瀰漫開來，他冷冷的目光中卻燃起了熊熊的火焰，那更像怒火的火焰灼灼燒在我的臉上，我心中敲響了警鐘，但不敢露出戒備的目光，只有呆呆看著他。

倏然，他伸手緊緊扣住我的下巴，我驚詫之時他嫣紅性感的紅唇已經徹底覆蓋在我的雙唇之上，我的視野裡，只有他孤煌少司燒灼的雙眸。

那雙讓女人神往的柔軟雙唇正滾燙地印在我的唇上，充滿了侵略和強佔。我立刻伸手想推他，他卻直接將我的雙手按在我的腿邊，上身重重壓了下來，舌尖頂上我緊閉的雙唇，想更深地侵入！

這是我完全沒有想到的狀況，是那麼的突然，完全在我盤算之外，遠遠超乎了我縝密的計算！

我怎麼也想不到孤煌少司會如此！我以為他只會用誘惑或是暗示，最糟糕的情況就是像他弟弟孤煌泗海所說的下藥。

但是，我是百毒不侵的！所以，我從未怕過！

可是今天，我完完全全感受到了孤煌少司的失控，他，居然失控了！他如此沉穩，徐徐漸進的人，居然也會用如此強硬的方法！這不像他，不像他！

還是……我了解得不夠？

巫心玉，妳該怎麼辦？

大腦在他強勢的親吻中停擺，心臟也因為這突發的情況而揪緊。他離開了我的唇，灼灼盯視我的雙唇，沉沉命令：「張開！」

他的眸光倏然銳利起來，我終於看到了那隱藏在他內心深處的狠辣！

我閉緊雙唇，連連搖頭。

他扣住我下巴的手開始收緊，眸光也灼熱得快要噴出慾火。

「別逼我傷害妳！」低啞的話語帶出了火熱的氣息噴吐在我的唇上，我的眼淚「唰」一下飛速落下，那一刻，他眸中的慾火似是被一盆冷水瞬間澆熄一般，消失得無影無蹤。

我依然緊閉雙唇，無聲地哭著。

他放開了我的下巴，神情開始變得柔軟，伸手抱住我的後腦，將我輕輕埋入他的胸膛。

「對不起，小玉，對不起……」

「嗚……嗚……」我在他胸前抽泣，他放開了我的手，輕柔地撫摸我的後背。「不要怕，我不會逼妳了……妳可以開口了……」

「烏龍麵你欺負我……」我抹著眼淚和嘴巴：「人家初吻沒了……烏龍麵我討厭你……」

「呵……」他卻笑了，坐在我的身旁繼續懷抱我的身體。「初吻遲早是會沒的，給我不好嗎？我也用初吻跟妳換。」

「你騙人，你那麼老道肯定不是初吻！」

「那是男人的本能。」

「這種本能真下流！」

「好了、好了，誰教妳那麼不乖，總是刺激我，挑戰我的底線？」

他變得柔聲細語，如哄孩童般。

「妳可知我正和朝臣議事，結果慕容燕來報妳又要去抓美男，還是梁相家的公子。之前的蘇凝霜已經讓我為難，這次又是梁相，那梁子律真有那麼好？」

「誰教梁秋瑛不把她兒子送來？那是在藐視我這個女皇！」我生氣地坐直身體，順便從孤煌少司懷裡逃脫出來，一邊說一邊抹嘴唇。「你們男人為什麼喜歡做這種事？真噁心。」

「妳覺得我噁心？」孤煌少司的聲音瞬間低沉。

我立刻低下臉。

他伸出手握住了我的手，依然熱燙的手心顯示他尚未消退的男人情慾。他緩緩俯到我耳邊，輕柔而語：「妳只是尚未適應，我可以慢慢教妳。」

我撇開臉，隱忍幾欲殺人的憤怒，如果這場拉鋸戰真的無法拖延，我又該怎麼辦？若是蘇凝霜支援不夠及時，我，又該怎麼辦？

孤煌少司直接把我送回了後宮，在他的監督下，慕容燕關閉了厚重的宮門，徹底切斷了後宮與前宮的通路。

我站在後宮門後看著上方狹隘的天空，幸好我會輕功，一扇宮門無法關住我；但對於那些無法躍出宮門的人來說，這不過是一座華麗的監獄。

我久久失神地走在石徑上，泛著光的鵝卵石上鋪滿了隨風飄落的落葉，而宮人們也在不停地清掃，只是看見我來了，紛紛退避。

侍者們遠遠跟在我的身後，靜靜跟隨。

身邊忽然沒有了懷幽，感覺到了一絲清冷。宮內人再多，卻只有懷幽能給我一絲溫暖。

正想著，懷幽從遠處匆匆趕來了，陽光灑在他的身上，將他照得暖暖的，溫暖像是伴隨他而來，我身邊的空氣漸漸暖和起來。

「奴才該死，奴才來晚了。」他向我一禮。

「免禮。」我笑看他。

「女皇陛下，慕容飛雲……還站著呢。」他幽幽的提醒讓我一時愣住，不由蹙眉咬唇，真是被孤煌少司徹底弄亂了心神。

「他在哪兒？帶我去吧。」

懷幽站在了我的身側，轉臉看向我身後時，面露一分深沉，他揮了揮手，身後的宮人停住了腳步，不再跟隨。

懷幽走在一旁，緩緩站直身體，不再像以前總是低垂臉龐，身段放低。他站直後，便多了一分男人偉岸的氣度。

他靜靜看我片刻，面露擔憂：「事情順利嗎？」

「嗯。」我心不在焉地答。

他變得沉默。

瑟瑟的秋風帶來了丹桂的飄香，這淡淡的桂花香不知是從宮苑那棵桂花樹而來，還是懷幽那細如蛛絲的墨髮中。

「女皇陛下，是不是發生了什麼事？」他輕輕地問。

我抬臉看到了遠遠站立在菊花花海中的飄逸身影，不禁蹙眉。

「我和攝政王的婚事，可能……真的拖不下去了……」

身邊再次陷入沉默，良久，他垂下臉，乾澀而語：「懷幽無能，懷幽無法替女皇陛下分憂……」

我搖了搖頭，轉身微笑看他低垂的痛苦臉龐。

「不，你已經幫了我很大的忙了。慕容飛雲站多久了？」我再次看慕容飛雲。

「一個半時辰了。」懷幽緩緩抬起頭來。

「沒動過？」

「沒動過，若是奴才，怕是早暈了。」他搖搖頭。

「呵，他是練家子，你怎能和他相比。來。」我拉住懷幽的胳膊，往前走了十步，看了看慕容飛雲說：「你去問問他，我在哪兒。」

「是。」懷幽要上前，我把他拉住：「從別的地方繞。」

懷幽笑了，轉身繞行。

御花園裡的菊花全開了，百花爭豔的景象如同佳麗競賽，爭奇鬥豔，滿目的繽紛。風過之時，掀起七彩絢爛花瓣的同時，也帶來撲鼻的菊香。

懷幽從慕容飛雲的正前方走向了慕容飛雲，在他面前說了什麼，慕容飛雲靜立在花海之中，片刻之後，他緩緩轉動腳步，用他那雙被人恐懼害怕和忌諱的白眼睛，遠遠注視我。

懷幽也朝我遠遠看來，雖然看不清他的神情，但可以明顯感覺到他的驚訝。

我笑了，慕容飛雲啊慕容飛雲，這是天賜的禮物，你卻滿心要把它拋棄。

我朝慕容飛雲筆直走去，繡鞋輕輕踩在滿地的花瓣上，踩出陣陣菊花的幽香。我站到了慕容飛雲的面前，他用那雙白色的眼睛細細看我，長長的睫毛在陽光下閃爍，慕容家俊美的基因可以讓人忽略他的鬼遮眼，一身秋菊花紋淡雅的衣衫與這片花海相得益彰，讓他宛若是掌管天宮秋菊的仙君。

這也是巫月國旅遊業繁榮的原因之一，巫月多美人，邊境馬賊年年滋擾，搶的不僅僅是巫月的糧食，還有巫月的女人。

「女皇陛下，小人又找到妳了。」他平平靜靜地說。

「所以，慕容飛雲，你真的還想醫治嗎？」我揚唇而笑。

他微微蹙眉，露出一抹失望和悲涼。

「女皇陛下，請不要再戲弄小人這個殘疾人了。」

「慕容飛雲，你可知剛才的距離全天下只有孤煌兄弟能夠察覺到我的方位，而現在，你是第三個。」我仰臉微笑看他。

驚訝立時浮上他的臉龐，我上前走到他的身側，他的臉朝我轉來，我抬手放落他的肩膀。

「我不想醫治不是因為你姓慕容，而是這個天賦。慕容飛雲，你想治好，我卻不捨。你當自己是殘疾人，我卻覺得你分外特殊，你回去再好好考慮一下吧。哦，對了……」

我跳回他的身前對他咪咪笑，恢復嬉皮笑臉，調皮地說道：

「如果你敢告訴孤煌少司我與你說的這些話，你就別想再治好你的眼睛哦～」

說完，我笑咪咪地轉身離去。

「懷幽，送慕容公子回去，順便賜他安神香，我想他今晚可能會失眠。」

「是……」身後是懷幽含著淡淡笑意的聲音。

可惜，可惜。老天爺是公平的，沒收了他美麗的雙眼，卻賜他一副順風的耳朵。若是治好他的眼睛，這聽力未必會留下。

回到寢殿時，小蘇蘇和小花花全躺在床上，瞪著床的上方，即使我進來，他們也一動不動，跟死屍一樣硬邦邦。

我疑惑地走到床邊，往床的上方看，上面只是薄薄的紗帳，並無特殊之物。再看他們，他們依然直愣愣瞪著，眼睛都是努力撐到最圓，尤其是瑾崋的星眸，睜圓之後看上去比蘇凝霜的細眸足足大了一圈。

我背起雙手努力研究這兩個笨蛋在做什麼。

「你們在做什麼？」

兩個人不答，依然瞪著。

我眨眨眼：「我也來。」

隨即我脫鞋跨過瑾崋的腿，準備躺在他們之間，忽然，瑾崋岔了氣，蘇凝霜立刻坐起，看著瑾崋輕笑一聲。

「你輸了。」

瑾崋不悅起身，揉揉眼睛：「妳搗什麼亂！」他抬臉生氣看我。

「你們在做什麼？」我好奇蹲下。

我看看瑾崋，再看看蘇凝霜，他們今日的衣衫也很相似。

瑾崋身穿錦緞藍的合身蘭花長衫，蘇凝霜則是漸變藍絲綢藍蝶長袍，袍袖寬大，揮舞起來如蝴蝶振翅。

蘇凝霜喜歡穿得寬鬆舒適，袖子越大越好藏暗器。別看蘇凝霜穿得鬆鬆散散，脫開來裡面是一個暗器庫！全是瑾崋在花姊那裡幫他買的補給。

瑾崋依然喜歡長髮挽起，留一縷垂在耳邊。而蘇凝霜喜歡長髮鬆散，寬寬鬆鬆在腦後梳成一束，額前留兩縷髮絲隨風飄逸飛揚。

「我們在比木頭人。」瑾崋鬱悶地瞥我一眼。

「什麼？」我差點噴笑：「你們這麼無聊！」

忽然床一沉，蘇凝霜又倒回軟床，滿臉的無聊。

「我……感……覺……我……快……死……了……」蘇凝霜拉長了每個字的尾音，甚至沒了他平日冷傲狂妄的氣息，真的有如躺在墳裡的殭屍般緩緩爬出。

我忽然發現白天對於他們來說，真的很難熬。尤其是好動的瑾崋和總是喜歡惹是生非的蘇凝霜。

外側傳來碎碎的腳步聲，是女孩的腳步聲，瑾崋再次躺回床，低聲道：「再比一次。」

「好。」於是，兩個笨蛋又開始瞪著死魚眼打發無聊時光。

小雲匆匆入內，跪稟：「啟稟女皇陛下，慕容香與蘇大樂司求見。」

蘇凝霜立刻岔了氣，瑾崋默默地轉臉壞笑看他，蘇凝霜回了一記白眼，以唇語說了兩個字：「不算。」

哼，瑾崋也白了他一眼，轉回臉。

我勾唇壞笑朝躺在旁邊的蘇凝霜看去，他的臉色忽然嚴肅起來，從未見過他也有這一面。

他坐起身，甩臉說：「不想見。」

我鼓起臉：「我才是女皇，我說了算，我要見！擺駕偏殿。」

「妳！」蘇凝霜狠狠朝我瞪來，我笑嘻嘻下床。

「是。」小雲匆匆退出。

「走啦，你不是正好無聊？」我轉身拉蘇凝霜。

「我不去。」蘇凝霜甩開臉。

「走走走，我也去看看你未婚妻。」瑾崋也坐起來推他。

蘇凝霜在我和瑾崋一拖一推中掉下床，正巧懷幽趕回，一臉疑惑地看著我們。

「你們這是……」

「蘇凝霜未婚妻來了，走，一起去看熱鬧。」我對懷幽眨眨眼。

懷幽聽到也揚起唇角，露出一抹壞意：「好。」

深宮白日多寂寥，正好有人幫我們解解悶。

這還是第一次有朝臣主動要見我，雖然是為了蘇凝霜，也多少化解了之前孤煌少司帶給我的煩躁。

偏殿裡，已經焦急地站著一位中年男子。男子官服整潔，面容老實而焦急，眸光憂切而無奈，遠遠已經感受到一位父親的心急心切和對自己兒子的擔憂。

我觀察了片刻，蘇老樂司是個老實人。和懷幽一樣，依附權勢不過是為了自保。

「當初是誰幫你去慕容家提親的？」我遠遠看著蘇老樂司的身影問身邊百般不情願來的蘇凝霜。

蘇凝霜沒有了平日的不屑和傲慢，多了一分煩躁。他的改變，是因為他家人的到來。每個人在自己家人的面前都無法隱藏。

「我娘！」蘇凝霜沒好氣地說，冷蔑的眸光瞥向不遠處的大樹，瑾崋躲在那裡看好戲。

懷幽低眉一笑：「女皇陛下，蘇樂司和慕容姑娘還在等蘇公子。」

懷幽今日也壞，還特意催促。

蘇凝霜臉色旋即繃緊，渾身的寒氣像是想把所有人冰凍，那樣他就不用再去偏殿見他不想見的人。

蘇家是巫月知名的音樂世家，他們不僅僅彈奏樂器，還製造樂器，他們製造的樂器精良又精美，每一件樂器上刻有獨特的花紋，讓它們不再是一件樂器，而是一件藝術品，更賦予它們情感與生命。

在巫月上流社會裡，以擁有一件蘇家樂器為傲，並作為貴重禮物相互饋贈。

所以，蘇家在朝廷裡的政治地位並不高，但也遠近聞名。朝臣裡有很多這樣的官員，他們沒有政治地位，所以想要在巫月朝堂繼續立足下去，需要依附於政治地位更高的權貴，而聯姻是保障自身的最好方法。

當我跨入偏殿時，看到慕容香沉著一張臉，昂首側對我立在殿內，毫不敬畏我這個女皇。而蘇樂司看到我急急朝我跑來，憂急地看一眼我身邊的蘇凝霜，匆匆下跪。

「臣蘇牧，拜見女皇陛下。」

蘇凝霜煩躁地蹙眉，眸中閃過叛逆與輕蔑，撇開了臉，不看自己的老父親。

蘇凝霜有才，所以恃才傲物，又年輕氣盛，清高自傲，自是不屑攀龍附鳳這種事情，因此他不想見自己家人。因為他明白其中的無奈與苦衷，也深愛自己的家人，知道他們的苦心。這讓他很矛盾，也不想面對。

我看著跪在地上急得像熱鍋螞蟻的蘇牧，心生同情，可憐天下父母心。

「蘇老樂司，你起來吧，你今日來何事？」

「臣……臣……」蘇樂司侷促不安地戰戰兢兢起身，因為他只是一個樂司，朝中政局動盪，他這類官員在罅隙中求生，不敢得罪任何一方。

「我們來做什麼，妳還不知道嗎？」慕容香倏然轉臉，狠狠瞪視我的臉。「放了蘇哥哥！妳這個好色的女皇！」

「大膽！」懷幽立時沉沉一喝，喝得蘇老樂司驚慌地後退一步，瞬間整個大殿靜謐無聲。

「你算什麼東西！」慕容香大步而來：「你不過是個奴才！居然敢喝斥我香香郡主！」

慕容香憤然揚起手要打懷幽，迅雷不及掩耳之勢的掌風而下，在將要打到懷幽之時，「啪！」被我狠狠扣住，掌風掀起了懷幽的瀏海，懷幽依然不卑不亢地站在我的身旁，無所畏懼。

「你！放開！」慕容香開始掙扎，我揚唇而笑，看著她嬌豔的臉。「所謂打狗還要看主人，懷幽是我的男人，你也敢打？」

懷幽在我身旁一怔，看著我的目光，變得呆滯。蘇凝霜也微微側臉，眼角的視線落在了我的臉上，我看向他，他眨了眨眼，嘴角勾出一抹意味不明的冷笑。

「哼。」慕容香好笑地輕笑，目光之中充滿了鄙夷。「妳這個好色的女皇，居然這麼厚顏無恥地說一個奴才是妳的男人？既然整個皇宮的奴才都是妳的男人，妳還搶我的蘇哥哥！」

慕容香用力收回手大聲喝問，她的囂張與狂妄來自於她背後的家族。和當初的慕容襲靜如出一轍，若非慕容襲靜被孤煌少司狠狠搧了一巴掌，她對我的態度不會好轉。這個慕容家，真的要一個個揍過，才知道尊重人嗎？

「慕容香，妳這個郡主也是世襲的，是我巫月女皇封的，若是慕容家哪天倒了，妳還敢如此囂張嗎？」我冷冷一笑。

慕容香聽完非但沒有害怕，反而冷冷地笑了，美眸之中浮出了得意和鄙夷。

「妳確定妳這個女皇能做到那個時候嗎？」

「放肆！」懷幽怒喝。連蘇凝霜也在我身邊輕笑起來。

我揚起手阻止懷幽，果然是初生之犢不畏虎，不知該說這慕容香膽大包天，還是沒腦子，居然敢當堂威脅我，說出這種大逆不道的話來。可見她在家裡是多麼受寵。

我微微側臉看蘇凝霜。

「小蘇蘇，我算是領教你未婚妻的厲害了，完全不把我這個女皇放在眼裡啊！」

「所以我還是想跟妳在一起。」蘇凝霜清冷的話讓慕容香一驚，蘇凝霜唇角微勾地瞥我。「妳比她溫柔多了，誰會喜歡這樣的凶婆娘。」

「蘇哥哥！」慕容香氣得跺腳：「我是來救你的！你難道真的要做這個色女皇的男寵？她這個女皇做不久的！以前她們皇族靠的是我們慕容家才坐穩這個天下，現在我們慕容家更是攝政王的……」

「住口！」

赫然間，老者的沉沉厲喝從我身後而來，緊接著，慕容老太君的身影出現在我身旁，「咚！」一聲鳳杖落地，震得滿殿迴響。

「太、太君。」蘇樂司驚得白了臉，越發後退。他的怯意讓蘇凝霜擰緊了眉，似是憤懣到了極點，發出了一聲輕鄙的苦笑。

「太奶奶！您來得正好，快幫我救回蘇哥哥。」

慕容香欣喜地迎上，卻被慕容老太君喝退：「胡鬧！」

慕容香怔立在了殿中。

慕容老太君的身旁站著慕容襲靜，她扶著老太君也是沉眉不語，已經不敢再在我面前露出囂張姿態。她對我的畏懼並非因為我這個女皇，而是孤煌少司和那個險些戳瞎她雙眼的可怕的孤煌泗海！

「女皇陛下見笑了。」慕容老太君對我一禮。

「沒有啊。我很高興慕容老太君您能親自前來。」

慕容老太君在我的話中微露深思之色，我背起雙手開始探頭看慕容襲靜。

「慕容襲靜，妳眼睛好了？」

慕容襲靜微微蹙眉，沉臉應答：「嗯。」

「三姨，妳怎麼了？妳為什麼看上去好像很怕這個色女皇？」慕容香滿臉疑惑，宛如他們慕容家族的人在我面前低聲下氣是一件極其不正常的事。

慕容襲靜立刻對她搖頭，慕容老太君已經把臉沉下。

「香兒！妳住嘴！」看似嚴厲的語氣，但眸光之中依然帶著一絲寵愛。

慕容香與慕容襲靜年紀相仿，但差一個輩分。這在大家族中很常見。

慕容老太君對我微笑，剛要說話，我直接開口：

「老太君，香香郡主說我這個女皇做不久，她是在咒我短命嗎？」

一直沉穩的慕容老太君，臉色立時下沉，蹙眉抿唇，目光越來越深沉凝重。她身旁的慕容襲靜已經聞言變色，驚詫地看依然不知發生何事的慕容香。

慕容香啊慕容香，政治可不是妳這種還在學堂讀書的學生能明白的。今天，妳真是給我巫心玉帶來了一件大大的禮物，若是不借題發揮一下，實在可惜。這樣的機會可是不會再有了，因為慕容老太君的小辮子不是那麼容易抓的。

我雙手背在身後，開始繞著忽然沉默無聲的慕容老太君和慕容襲靜慢慢走。

「她還說……巫月的女皇是靠你們慕容家族才坐穩的……」

慕容老太君雙手都扶在了鳳杖上，慕容襲靜的胸脯已經開始起伏不定。

「還說現在你們慕容家族才是攝政王的……嘶……什麼呢？親信？謀臣還是……背後推手？」

慕容老太君立時臉色大變，我拍手而笑。

「哈！我是不是說準了？是不是當年巫月沒讓你們慕容家坐皇位，覺得委屈了？你們不該屈居攝政王之下？」

「臣！不敢！」立時，慕容老太君竟是撲通跪在了我的面前，連帶慕容襲靜也立時下跪。她們在害怕孤煌少司，害怕他知道了今日慕容香的狂言傲語。

或者，她們心裡本就是這麼想的，否則慕容香也不會如此囂張，在這裡大放厥詞。她們慕容家族一直野心勃勃，又怎會忍辱屈居一個男人之下？可惜慕容老太君老謀勝算，今天卻毀在一個熊丫頭手裡。

「太奶奶，您為什麼要跪她？」慕容香發急地說：「您是三朝元老，可不跪女皇的！」

「跪下！」倏然，老太君憤怒地大聲厲喝，喊聲震耳欲聾。連外面匆匆趕來的慕容燕，見此情景，也慌忙掀袍單膝跪在了我的殿外，不敢出聲。

慕容香不服地緩緩跪下，慕容家族所有人，今日都跪在了我巫心玉的皇袍之下。懷幽在我身邊頷首微微而笑。

蘇凝霜略帶驚訝地俯看慕容家族，瞥眸朝我勾唇，似在說：「不錯嘛！」

我巫心玉是女皇陛下，豈容這些臣子在我面前一直造次！

不過，戲還是要繼續演下去，這麼早穿幫可會讓我過早面對那對讓我頭疼的妖狐兄弟。

我咧嘴一笑，伸手直接拿走了慕容老太君手中權力的象徵——金鳳杖。慕容老太君一驚，但沒有做聲。

外面起了瑟瑟秋風，卻吹不散此刻殿內讓人呼吸困難的窒悶和緊張。

我拿起鳳杖把玩起來。

「我下山的時候，慕容襲靜囂張地瞪我，我上朝的時候，慕容燕也囂張地瞪我，現在，我只是要一個蘇凝霜，慕容香又囂張地瞪我。哎呀呀，我真是越來越看不慣你們慕容家了。這樣吧，今天開始，你們慕容家貶為庶民吧。」

我輕描淡寫地說完，慕容老太君、慕容襲靜、慕容燕都驚駭抬臉。慕容香輕聲冷笑，宛如不把我的話當真。

慕容老太君看我一眼匆匆垂下臉：「女皇陛下，臣又何罪之有？」

「沒有罪啊，我心情好，高興讓誰做官就讓誰做官，高興讓誰做平民，誰就做平民。現在巫月天下太平，你們慕容家也不用領兵殺敵，我為什麼要用國庫的錢養閒人？」

「女皇陛下！」慕容襲靜終於忍不住了，低下臉沉沉而語：「此事是不是要與攝政王商議一下？」

「商議什麼？」我奇怪看她：「烏龍麵馬上要跟我成婚了，他也是我的男人，他會同意的，妳說是嗎？老太君？」

我笑嘻嘻蹲在她面前，只見她全身竟微微顫抖起來。

我笑咪咪看她，小聲說：

「老太君，妳放心，慕容襲靜、慕容燕還有妳家那個瞎子，以及在朝有官職的慕容家族成員依然保留原職，我只不過拿掉了你們家的爵位，妳不會沒飯吃的。爵位不過是個虛名，看開點，啊，看開點，哈哈哈哈——」

我大笑著拍慕容老太君的肩膀，慕容老太君身體一軟，慕容襲靜立刻扶住。

「妳這個昏庸的女皇！怎麼可以隨隨便便褫奪我們慕容家族的爵位！我太奶奶是三朝元老！」

「住口——香兒！」慕容老太君充滿老態的聲音幾乎打了顫：「妳還嫌闖的禍不夠大嗎？女皇陛下——」

慕容老太君跪伏在了我的面前。

「臣管教無方，寵出這樣一個不知天高地厚的丫頭來，請女皇陛下恕罪——」

「哎……所以說溺愛害死人吶。妳回去好好反省反省吧。」我笑了笑起身：「懷幽，拿聖旨來，本女皇要下旨！」

「是。」懷幽垂臉淡笑，走向偏殿外側輕聲囑咐。慕容燕狠狠朝懷幽看去，懷幽對他頷首一笑，回到殿內。

這種事，當然要馬上落實，可不能給慕容老太君去孤煌少司那裡打小報告的時間。

慕容老太君此時也沒了當初傲然的姿態，頹然靠在慕容襲靜身上。因為她知道，孤煌少司不會保她的爵位，因為，我保留了所有慕容家族成員的官職。這對孤煌少司才有利用價值。

若是今日我把慕容家族所有人貶為庶民，才會觸動孤煌少司的神經，他必會反對。現在，一個爵位對孤煌少司來說，也是一個虛名，不痛不癢，以我對他的了解，他也會由著我。但削去爵位對慕容老太君來說，這是莫大的打擊和恥辱！

年紀越大，對這種身外之名越是看重。

不久之後，侍者拿來了紙筆和玉璽。

我沒有女皇樣子地直接蹲在慕容老太君面前，把空白的皇旨鋪在地上，懷幽不得不手端硯台跪坐在我身旁。我拿起筆，蹙眉問：

「皇旨怎麼下的？嘖，算了，隨便寫寫吧！嘿嘿，我還是第一次下旨，好激動啊～～」

我故作激動地捂住臉，然後在慕容老太君蒼白的神情中邊寫邊說道：

「本女皇決定今削去慕容家族之爵位，即日生效！嗯！我的字真不錯！」

似是胡鬧的行為，讓旁人無從生疑，任誰也明白這是女皇因為慕容香來搶男人而公報私仇。

「唰唰唰」寫下年月日，伸手：「玉璽！」

「給！」蘇凝霜忽地飛快拿過玉璽朝我拋來，看得懷幽臉色發緊。我也是玩鬧似地接入手中，扔了扔，「啪！」一聲，重重蓋下，震響整個殿堂，也敲進藐視我的慕容家族每個人的腦子裡！

皇旨一旦蓋上玉璽，那可是板上釘釘，就算孤煌少司來了，也不能反悔。

我把皇旨隨隨便便放到老太君面前，瞇眼一笑。

「收好了老太君，我的第一次可是給妳了，嘻嘻。」

「臣……領旨。」老太君的臉上絲毫沒有笑意。

我必須再給她燒一把肝火，好讓她在床上躺兩天。

「啊！下旨好好玩，我沒玩夠，慕容香那麼討厭，乾脆下旨砍了吧！眼不見心不煩。」

「求女皇陛下饒命啊——」立時，慕容老太君驚得大喊，朝我下拜，慕容襲靜也按住慕容香的腦袋，老老實實趴在我的鳳裙之下。

我輕笑了一下，扔了紙筆。

「沒趣，妳叫我饒命，我若是不饒，豈不是成了昏君？我才不要做昏君呢。」

我拍拍手起身，拉起蘇凝霜的手。

「走了，小蘇蘇，我們賞菊去。現在慕容香沒了郡主爵位，不能入宮來煩你了。」

蘇凝霜朝我竟是大大一拜。

「多謝女皇陛下。」他顯得格外高興！蘇凝霜也是一個唯恐天下不亂的人。要知道若是慕容家倒台，他們蘇家可是沒了靠山。

我看向已經如同丟了魂的蘇樂司。

「蘇樂司，准你跟小蘇蘇見見面。」

說罷，我拉起蘇凝霜的手大步邁出了殿門，站到慕容燕身邊時，我不開心地敲他的頭。

「讓你去告我小狀，害我被烏龍麵訓斥，下次也下個旨，把你閹了做太監！」

慕容燕立時渾身一緊，頭越發低垂。

蘇樂司怯怯地不敢跟隨，懷幽微笑提醒：「蘇樂司，隨我來吧。」

「是……懷御前。」蘇老樂司緊跟在懷幽身邊，偷偷看一眼仍舊跪在殿上的慕容老太君她們，身體瑟縮了一下，匆匆從她們身邊走過。

今天的事，可謂是天賜良機。一直沒有機會削去慕容家的爵位，挑撥孤煌少司與慕容家，沒想到天真的慕容香把爵位雙手奉上。

帶著蘇樂司走在御花園中，能感覺到他緊張的情緒。

秋色漸濃，待菊花謝去，便是立冬了。我坐於涼亭，蘇凝霜看了看緊張瑟縮的蘇樂司，皺了皺眉，眸光中閃過一抹不願流露的心疼，撇開臉提氣直接躍上涼亭，消失在大家的視線之中。

蘇凝霜還是不願面對自己的父親。

蘇樂司也蹙了蹙眉，與蘇凝霜有些相似，但已經老去的眉眼間凝聚了無限的滄桑。他似乎比常人老得快，這或許也是因為這些年朝局不穩，讓這些不大不小的官員惴惴不安。

再加上孤煌少司手段毒辣，斬草除根的狠辣行徑，也讓許多官員不得不歸順於孤煌少司和慕容家族之下。

而近日之事，慕容老太君必會對蘇樂司恨得咬牙切齒！因為這一切的起因，是蘇凝霜。

美人果然是用來禍國的！

在我這兒，蘇凝霜算是已經立下大功一件！

「蘇樂司可有老家？」我溫和地問。

懷幽站到我身旁的上風處，似是為我擋風。

蘇樂司老老實實地答：「老家在昌蕪。」

「哦……那很遠啊，老樂司，冬至快到了，你不該回家祭祖嗎？現在走，剛剛好。」

蘇樂司一怔，神情也在還有一絲暖意的秋日中發生了變化。他雖然垂首，但可以清晰地看到他不斷眨動的眼睛，他接收到了我的訊號，在朝為官，即使再老實，也聽得懂弦外之音。

「慕容老太君是因為你而沒有了爵位，她不能生慕容香的氣，所以只能遷怒於你。若我現在把蘇凝霜還給你，便給了孤煌少司滅你蘇家的機會，你確定還要讓蘇凝霜回去嗎？」

蘇樂司立時一驚，下一刻便「撲通」跪下。

「女皇陛下英明，臣請回鄉祭祖。」

「准了，你去吧。」

蘇樂司緊縮的身體長吁一口氣後，終於徹底放了鬆，他神情複雜而驚訝，緩緩起身，想對我說什麼，卻又不敢說。

「蘇樂司想說什麼？」我淡淡看著他。

蘇樂司的神情更加複雜了，他抬眸偷偷看我一眼，又心惶惶地低落目光，眼角的皺紋似乎又因為內心深深的煩憂而多了幾道。

我蹙了蹙眉，淡淡而笑：「放心，我保你兒子命。」

他抽了口冷氣，立刻下拜：「謝女皇陛下。」

養兒一百，常憂九十九。

「蘇凝霜，你真的不跟你父親告別嗎？」我收回目光隨意地問。

蘇樂司抬起了臉，看向那高高的圓頂，目光之中，露出了幾分安心。

「讓他快走！」上面傳來蘇凝霜有些煩躁的聲音。

蘇樂司卻是放鬆地笑了，臉上的皺褶也因為放鬆而平緩了不少，看來他最擔心的還是蘇凝霜。他朝我緩緩一拜，不再戰戰兢兢，也不再惶惶不安，而是多了分欣喜。

「小兒能跟隨明君，也是蘇家之幸，臣告退，謝女皇陛下提點救我蘇氏滿門。」他正式而莊重地朝我行了一個大禮，緩緩起身，轉身離去。

懷幽帶他緩緩離開了御花園。

感覺到上方人輕動，抬眸時看到他掛落的雙腿，他一直目送蘇老樂司離去，直到蘇老樂司的身影消失在御花園中，才傳來一聲帶著輕笑的謝語：「謝了～」

「哼……」我起身伸了個大大的懶腰：「你這人，傲嬌得可以，連謝都這麼不誠心，像是給我好大的面子。」

我走出涼亭，倏然，面前藍色身影落下，想抬眸取笑他時，他大大的臉瞬間映滿我的眼簾，與此同時，那如同荷花初現般粉紅的薄唇已經落在了我的唇上。就在這一刻，一直遠遠躲在一旁看好戲的瑾崋，岔了氣，徹底暴露。

蘇凝霜半眯含笑的雙眸，薄唇輕輕碰觸在我的唇上，如同蜻蜓點水一般離開我的雙唇，勾唇輕笑。

「這下夠誠意了吧？」

我呆若木雞地看他，我巫心玉第一次完全愣住了。

他毫不在意地撇開目光，冷傲地看向呆立在花海中的兩個身影，嘴角勾出一抹似是鄙夷又似是嘲諷的冷笑，轉身瀟灑而去。

「蘇凝霜你這個混蛋！不准碰巫心玉！」殺氣登時從花海中而起，瑾崋飛身朝蘇凝霜追去，蘇凝霜冷笑看他，忽然飛起，雙臂撐開，淡藍的袍袖如同蝴蝶振翅，蘇凝霜的冷傲讓他宛如化作一隻藍色的孔雀飛在花海之上，美得讓人無法移開視線，呼吸凝滯。

菊花的花瓣被蘇凝霜的氣流帶起，跟隨在他的腳尖之下，化作繽紛的尾翼在蘇凝霜藍色的衣襬之後飛舞。當瑾崋快要追上他時，蘇凝霜忽然在空中旋轉身體，瞬間氣流炸開，菊花繽紛的花瓣如同蝶浪一般朝瑾崋撲去！

瑾崋抬手遮擋花瓣落地，甩開花瓣之時，再也看不見蘇凝霜的身影。他憤懣地甩袖，殺氣掀開四周的花瓣。

「一定要殺了這好色的混蛋！」

我緩緩回過神，蘇凝霜的感激之吻勾起了我心底不好的回憶。我凝重地站在亭前，直到懷幽走到身旁。

「女皇陛下，天涼了，回去吧。」懷幽的聲音顯得有些低落。

「懷幽，你怎麼看？」我看向花海中憤懣的瑾崋。

「懷幽沒有任何看法。」懷幽說，但能清晰地感覺到他在賭氣。

「你在生氣。」我看向他。

他蹙眉，沉臉轉向一旁。

「是！懷幽很生氣！這蘇凝霜實在可惡，怎能！怎能！」

他的臉倏然紅了起來，似是難以啟齒。

「懷幽是氣自己，沒有能力保護女皇陛下！」他生氣地低下臉，在淡淡秋日中捏緊了雙拳。

「是啊，我也懵了……」我單手背在了身後，吶吶而語：「我真的該好好想想男女問題了……」

懷幽在我身旁一怔，立時朝我看來，我在他憂急焦躁的目光之中往前而去。為何連平日鎮定自若的懷幽，今日也變得如此不淡定？

還有瑾崋，蘇凝霜親了我又怎麼了？他怎麼又像點燃的爆竹般炸了？

晚膳之時，孤煌少司不出意料地來了。他又是腳步匆忙，自從我搶男人之後，他的腳步再也沒有以前那般悠然自若了。

他走到殿前，停下了腳步，在宮女的服侍中開始脫鞋。我立刻迎上前去。

「烏龍麵烏龍麵！我今天第一次下旨了！真好玩！」我先發制人，不給孤煌少司責問我的機會，也讓孤煌少司擰緊了眉，面色微沉。

平地起了一陣恰似初冬的涼風，刮在柔嫩的臉上帶出一絲疼。天黑得更快了，宮人們在屋內屋外點起了燈，暖黃的燈光帶來絲絲暖意。

孤煌少司沉臉進入殿內，我無辜地看他：「烏龍麵你不高興嗎？」

他依然沉默不語，只是盤腿坐在我的餐桌旁，抬眸看了一眼懷幽，懷幽頷首抿唇，起身離去。孤煌少司的目光一直鎖定懷幽的背影，似是有什麼讓他開始留意這個向來存在感極低的御前。

我坐到他面前，擋住了他看懷幽的目光。

「烏龍麵，你怎麼不表揚我？我可是為你出氣呢。」

他的視線終於落在我的臉上，卻是有些無奈地放柔了表情。

「是在為我出氣？還是為妳自己？」

「都一樣。」我噘起了嘴：「誰教那個慕容香來搶蘇凝霜？」

我說完後，孤煌少司嘆了口氣，把臉轉向餐桌，替自己倒了一杯酒。

「還說我這個女皇做不久！」我繼續惡人先告狀。

孤煌少司拿酒杯的手微微一頓，面色立時陰沉下來。當初慕容襲靜在我面前囂張，壓制我這個女皇便讓孤煌少司勃然大怒，因為慕容襲靜的舉動會壞了他的計畫！

「說巫月皇族靠的是他們慕容家才坐穩了江山！」我再添上第三把火。

孤煌少司在我的話音中放落酒杯，已是非常不悅，完全沒了興致。

我毫不猶豫地徹底點燃他心底的地獄之火。

「更討厭的是她說如果不是他們慕容家，你根本做不上這攝政王！」

「啪！」一聲，孤煌少司手中的酒杯赫然被捏了個粉碎！青瓷的碎片四散飛濺，鮮紅的血瞬間染紅了他白皙的肌膚和手中的殘片。

「你的手流血了！」我立刻驚呼。

「奴才這就去叫御醫。」

見懷幽要走，我立刻說：「叫御醫來不及了，你快取我的小藥箱來！」

「是。」懷幽匆匆轉身，沉沉囑咐一旁的桃香、小雲：「妳們快收拾一下。」

「是。」桃香和小雲匆匆到我們身旁，小心翼翼地收拾碎片。上一次，是瑾崋摔了酒壺，這一次，是孤煌少司捏碎了酒杯。哎，連做皇宮的酒器都這麼短命，那些人還非要進來。

「早知道你生這麼大氣，我就不說了。」我不開心地拿起孤煌少司的手，他渾身的殺氣讓小雲害怕得不敢靠近收拾，只讓桃香過來。

孤煌少司依然沉臉不語，周遭的空氣像是完全凝固，透不進一絲風去。只有我敢拿起他的手，看裡面是否有碎片。

慧心匆匆拿來了水盆，放落我的身旁，我拿起溫熱的濕布輕輕擦去孤煌少司手心裡的血跡，他的臉色陰沉到了極點，即使我為他擦洗傷口，他也沒有任何反應，宛如任何的疼痛也已經無法影響他此刻想要殺人的強烈慾念。

懷幽抱著我的藥箱匆匆而來，打開時，我取出了鑷子，輕輕夾住刺進他皮肉裡的碎屑，一下子拔出，孤煌少司面無表情地朝我看來，像是受傷的手已與他無關，他只是靜靜看著我。

「呼……」我輕輕吹開傷口的血珠，清理最後的碎片，撒上藥粉，不知不覺之中，周圍的人已經褪盡，懷幽也在他一抹陰冷的目光中悄然退下，帶上了殿門。

寂靜的屋內只剩我和孤煌少司，我拿出紗布一圈一圈輕輕地包好傷口，滿意一笑。

「看！我包得漂不漂亮？」我像是個急於等待表揚的孩子，充滿期盼地看著他。

暖黃的燈光化去了他臉上的陰厲，也消去了他眸中的殺意，溫柔的笑容再次浮上他的臉龐，傾國傾城的容顏在朦朧的燈光之中更讓女人心馳神往。

「很好，很漂亮……」他柔柔的目光充滿寵溺，深深注視著我。他抬起受傷的手，緩緩撫上了我的臉，我微微一愣，低下了臉，那細膩的紗布擦在臉上，帶來一絲淡淡的血腥。

「對不起，讓你生氣了。我只是想教訓一下囂張的慕容香……」

「妳教訓得很好……」他緩緩朝我俯來，聲音低啞而酥麻。我縮緊了身體，心中開始電閃雷鳴。

輕輕的吻落在了我的額頭，久久沒有離去，綿長熨熱的呼吸拂起了我額邊的細髮，他緩緩靠落我的肩膀，輕輕地將話語吹在我的耳旁：「今晚……我想留下……」

他透著一絲沙啞的聲音讓我的心瞬間收緊，側耳也因他微熱的呼吸而發燙。

緩緩的，他抬手觸上自己盤髮的髮簪，白皙的手指掠過我的眼前，指尖捏住髮簪拔出墨髮之時，那幾乎長及膝蓋的長髮從我眼前如同流蘇簾子被放落般，傾瀉在我的身上，流光閃閃，如同瀑布流下我的指尖，帶著絲絲清涼順滑。

他輕輕躺在我跪坐的腿上，閉上了眼睛。

我呆呆地看著他，努力控制自己的呼吸與心跳，他的誘惑實在太大，我雖不會動心，但也不禁心亂如麻。他的唇角揚起淡淡的微笑。

「小玉，妳的心太軟了，應該下旨將慕容香斬首。」他說得異常輕描淡寫，宛若慕容香根本不在他可以利用的名單之中，幾乎連一顆棋子也算不上，不過是落在棋盤上的塵埃，可隨意拂去。

我愣愣看他片刻，他信了。他怎能不信？慕容家的野心一直是司馬昭之心，路人皆知。慕容家族也只是暫時與孤煌少司合作，孤煌少司的心裡比誰都清楚慕容家族也想坐上皇位！

我的手被他輕輕抓起放在了他的心口，溫熱的雙手包裹在我的手上，我的手心能清晰感覺到他衣衫下平穩的心跳。

「我不能砍她，慕容老太君跟我求饒了。我……我如果砍了她豈不成了昏君？我才不要做昏君呢。」我鼓起臉說道。

「呵……」他笑了，越發開心，伸手撫上我的臉龐，雙眸依然假寐閉起，長長平直的睫毛在燈光下閃爍炫彩，讓人豔羨不已。

「而且……我看慕容燕、慕容襲靜都挺忠於你的，慕容香討厭只是慕容香一個人的事，所以……我只是削了他們的爵位，還能省錢給我們辦婚禮，是吧？」

孤煌少司立時睜開雙眸，我咧嘴笑看他，他的黑眸之中溢出了喜悅，但依然鎮定坦然，他迷醉的目光深深盯視我的眼睛。

「小玉終於願意和我成婚了嗎？」

「既然……大家說你是乾淨的……那麼……成吧……」我側開臉，故作害羞。

「我的好小玉。」他在我的腿上「窸窣」轉身，伸手抱住了我的身體，蹭了蹭，如同小寵物想找個舒服的姿勢睡覺，然後變得安靜。

他的雙手緩緩滑落我的腰身，呼吸逐漸平穩。

「叩叩。」外面傳來輕輕的敲門聲。

「進來吧。」我盯著孤煌少司看似安睡的寧靜側臉，長髮全數鋪在我的腿旁，紅唇微微開合，讓人心猿意馬。

懷幽輕輕走到我的身旁跪坐，看見孤煌少司睡在我的膝蓋時，神情中閃過一抹憂急和浮躁。

「收拾一下，然後鋪一下地毯。」

「女皇陛下！」懷幽憂急看我，我豎起食指。

「噓……少司睡著了，不要吵他，他今天因為我公報私仇已經夠心煩了，是我不好，總是給他添亂。」

懷幽似是聽出了什麼，蹙眉垂臉離去。懷幽知我心，他應該知道我這麼說，是因為孤煌少司根本沒有睡。我們必須小心，時時刻刻不能鬆懈。

稍後，小雲、蘭琴進入，收拾起了餐桌，擦淨了地板。

我執起孤煌少司細滑的髮絲，那比女人還要順滑細膩的髮絲讓人愛不釋手。將來，若是我捨不得殺他，也是捨不得這一頭讓女人羨慕的絲光纖細、柔軟如雲的秀髮。

幾名侍者抬著厚重的地毯匆匆進入鋪開，隨即，桃香和柔兒手捧羊毛毯輕輕鋪在了地毯上。碧詩與慧心則是放好軟枕和滑被。

懷幽再次跪坐我身旁，輕聲提醒：「女皇陛下，洗漱吧。」

「嗯。」

桃香將金盆小心翼翼放到我身旁，懷幽擰乾了布巾遞到我的手中，我看向孤煌少司，打開布巾輕輕擦上他的臉。

桃香那些小宮女們看得發呆，不是看我，而是看孤煌少司。小雲咬咬唇，眸光之中已無法掩藏嫉妒和羨慕之情。

「咳！」懷幽輕咳一聲，桃香她們才匆匆低下臉，滿臉緋紅。

我刻意在小雲面前拿起孤煌少司的手，為他一根根擦淨，小雲的氣息開始不穩，是憤懣、是嫉恨。她那微弱的氣息變化旁人不會察覺，但是孤煌少司會。

我把布巾還給懷幽，蘭琴手端另一個金盆而上，懷幽從那個金盆裡取出布巾擰乾給我。我擦了擦臉，遞還給懷幽。他又換了金盆，輕聲提醒：「女皇陛下，請讓懷幽為您淨足。」

我低臉看看依然安睡的孤煌少司，輕輕捧起了他的頭，放落時小雲立刻拿來軟枕，墊在了孤煌少司的頸下。我轉身之時，小雲也匆匆為孤煌少司脫去白襪。

我坐在孤煌少司身側，桃香為我捲起褲腿，微提裙襬，懷幽一如往常把我的雙腳輕輕放入清澈的溫水之中，用清水輕輕淋洗，透明的水流順著我如同玉脂般的雪白肌膚直流而下，水珠在我的腳背上如同凝露，緩緩滾落。

懷幽輕輕端起我的玉足，用柔軟的布巾輕輕擦拭。他從上而下，一點一點擦落，輕柔的動作如同羽毛輕輕掃過，珍愛如同珍寶。

每一次懷幽為我洗腳，我都能感受到一份濃濃的珍視之情。

「都退下吧，女皇陛下和攝政王要就寢了。」懷幽輕輕吩咐。

「是……」

小宮女們紛紛退出這間偏殿，懷幽命侍者抬來屏風，縮小了我與孤煌少司安歇的空間，獨留一盞燈在屏風之外，花開富貴的屏風之上，映出了懷幽靜靜跪坐的身影。

「懷幽。」孤煌少司突然開了口，低低的聲音透著一絲慵懶。

屏風上的身影一怔，轉身朝我們的方向下拜：「奴才在。」

「你也退下吧。」

懷幽頓了頓，頷首：「是……」

懷幽緩緩起身，不再如往常般俐落，他緩緩後退，退出了殿門，輕輕闔上。

「不准蘇凝霜進入！」冷冷的命令讓門外的氣息一緊，隨即，腳步聲響起，侍衛守住了殿門。想必他對蘇凝霜上次的闖入非常不爽，以致於此時特意下令。
「少司你沒睡嗎？」我轉回臉。
「哼……」他微笑起身，身後的長髮隨他而起，在昏暗的燭光中劃過迷人流光。
我疑惑地看他，他溫柔地凝視我片刻，忽地伸手朝我而來，我立刻緊繃身體，他卻悠悠地笑了。
「別怕，我不會再欺負妳。」
我鬆了口氣，他伸手撫上了我的長髮，緩緩抽離我髮間的髮簪，我的長髮隨即散下，被他捧在了受傷的手中，黑色的髮在雪白的紗布中更黑一分，如同世間最濃的玄墨，深深吸引人的目光。
「小玉的頭髮很美……」他執起我一縷髮絲放在了鼻尖，緩緩閉上了眼睛。「妳終於願意跟我成婚，我真的很高興……」
他又緩緩睜開了眼睛，黑眸之中閃過讓人心跳停滯的熱意。
他放落我的長髮，伸手朝我的腰帶而來，我的視線不敢離開他的手，呼吸也因那白皙的手靠近而凝滯。
他纖長的手指慢慢拾起了垂在我裙襬上的腰帶，我瞪大眼睛緊張看他，他對我微微一笑，刻意放柔的神情似是努力安撫面前惴惴不安的小鹿。他輕輕扯開了我的腰帶，衣衫鬆開之時，他雙手滑過我的肩膀，褪去了我的外衣。
「穿著衣服怎麼睡？會著涼的。」他溫溫柔柔的話語讓人無法拒絕他的服侍。我脫下的外衣被他輕放一旁，折疊整齊。
他轉回身開始脫自己的衣服，我心慌了一下，立刻躺下鑽入被窩背對他。

寧靜的房內，他袍衫「撲簌」落地的聲音變得格外明顯，讓你無從迴避。昏暗的燭光又將他修長的身影打在我面前的屏風上，讓我的心跳已經無法再保持平靜。

師傅說，他那一晚是為了讓我對其他美男免疫。他料到了，他知道孤煌少司的誘惑有多麼大，他或許還會為此而驕傲，因為，孤煌少司曾是他狐狸兄弟。

越是想迴避，面前的身影越是不讓我逃避。

他輕輕躺落我的身後，柔軟溫暖的羊毛毯上，我甚至清晰地感覺到他帶來的屬於男人的熱意，和他身上那淡淡的麝香。

他掀開了我的被子，靠近我的後背，當熱燙飽滿的胸膛貼上我薄衣之時，我的心神徹底紊亂。

「小玉的身體，很舒服……」低啞的聲音在我身後響起，一條手臂已然環過我的腰身，慢慢收緊。「那一天我在為妳抹香油時，已經欲罷不能……小玉……妳什麼時候可以給我？」

我的神經瞬間繃緊。

「烏龍麵又要說奇奇怪怪的話了，我回去了。」我剛要起身，腰間卻被他箍緊，無法起來。

「妳認為我還會讓妳離開我，回到妳那些什麼小花花、小蘇蘇身邊嗎？」

他的聲音更加低沉，我低下臉，擰緊了眉，今夜注定無眠了。

「小玉喜歡懷幽？」果然，在他擾亂我的心神後，他又開始「審問」了。他蹭了蹭我的後頸，癢癢的，讓我想起師兄也喜歡這樣輕輕蹭我的臉、我的手、我的後背。

「小幽幽最老實，最好欺負。」我說。

「既然妳喜歡小幽幽，為何還要留下小蘇蘇和小花花？」

「因為小幽幽太沒勁了。小蘇蘇不一樣，會頂撞我，昨天都把我趕出房了，害我只能找小幽幽睡。天冷了，我才不要一個人睡呢。」先保住懷幽，狐狸少司這麼敏感，不能讓他趕走懷幽。

「那現在……妳暖和了嗎？」

他越發抱緊我的身體，聲音幾乎是帶著一絲急促的呵出，氣息已經分外灼熱，燒燙了我的後頸。

我全身每一個細胞都開始陷入戒備，很有可能不受控制地把孤煌少司一拳揍飛！

「小玉，轉過來。」他輕輕說，熱熱的手輕輕放落在我的腰上，那灼燙的溫度瞬間透入絲滑的衣衫熨燙在我的腰上。

我渾身一緊，沒有轉身地回他：「不要，我不好意思。」

「妳跟小花花、小蘇蘇一起睡難道也會不好意思？」

「他們離我可遠了！」我大聲強調。

「哼……」身後是他的輕笑，忽然，他翻身掠過我的上方，下一刻，他俊美的臉已經映入我的眼簾，我驚訝後退時，他一下子扣緊我的腰，吻上了我的唇。

迅捷的吻讓我猝不及防，柔軟性感的雙唇火熱濕潤地含在我的雙唇之上。我驚訝閉緊雙唇之時，他火熱的黑眸之中閃過一抹狡黠。忽然，火舌舔上了我的雙唇，我嚇得立刻想推開他，雙手推上他火熱胸膛之時，他卻直接翻身把我壓下，扣住我的雙手，用力按在我的臉側。

我驚詫地看他，他微微離開我的唇，我大聲道：「你說過不碰我的！」

「我改變主意了。」他狡黠地說，他的眸光更加深邃暗沉一分。「妳放心，我不會弄疼妳的，小玉，給我……」

他緩緩俯下，我立刻緊閉雙唇，孰料他並未吻上我的唇而是吻落我的頸項，我的大腦瞬間轟鳴，內力在本能中運起。

「小玉……」他的火舌舔上了我的耳垂，輕輕啃咬：「我會讓妳知道……做女人是一件快樂的事……」

扣住我雙手的手忽然強勢地插入我的十指，緊緊扣住了我的每一根手指，我竟然感覺到他的內力源源不斷從手心而來，也和他一樣強勢進入我的體內，開始壓制我的！

他感覺到了，他怕我跑。

「我不要！我害怕！」我開始掙扎。

「不要怕……」他的聲音火熱沙啞，緩慢的語調如同淫邪的狐妖在你耳邊蠱惑。「這是一件非常快樂和舒服的事情……」

他的話音順著他的吻緩緩而下，他溫柔地用柔軟的舌舔過我的頸項，那一刻，天雷勾動地火，我的內力幾乎徹底渙散在他這柔情似水的愛撫之中。

「烏龍麵……不要這樣……」

「哼……我不會再放過妳的……」他的胸膛擦過我高聳柔軟的蓓蕾，緩緩而下，那與衣衫的摩擦幾乎讓我全身酥軟。當火熱的硬鐵也隨之擦過我的大腿時，我全身的警鐘徹底停擺，耳邊一片虛無，已經聽不到半絲聲音。

「呼……呼……」他火熱的臉蹭上我的頸項，急促的喘息顯示他隱忍的慾望。「小玉的身體好舒服……」

他沉浸地磨蹭我的身體、我的臉，然後扣緊我雙手緩緩而下。當他的牙齒咬落我的頸項，隔著衣衫緩緩咬上禁區時，我內力猛然炸開，推開他的同時，我也起身站起。

房間窒悶地無法呼吸，我背對他深深呼吸：「呼……呼……」

屏風上映出他坐起的身影，顯得比我平靜許多。

「小玉……我……」屏風上的手朝我伸來，我直接躍起，不發一言地躍過屏風落在殿門之前，用力拉開了殿門，清新的空氣瞬間灌入大殿，門口的侍衛「呼啦啦」整齊跪地。

我毫不猶豫地跨出殿門，當赤裸的右腳落地之時，我倏然感覺到了熟悉的氣息。抬臉之時，那白色的髮絲已經掠過我的眼前，孤煌泗海穩穩落在我的面前。

我的天啊！

哥哥上床，弟弟守門嗎？這兄弟倆感情怎會好到這種地步？難道今天的事是他們商量好的？他們不想再跟我拖拖拉拉，直接霸王硬上弓嗎？

「想跑哪兒去？」悠閒的聲音裡充滿邪氣，白色詭異的面具在蒼白的月光下更多了分妖氣。「都退下吧。」

他淡淡的話一出口，周圍的侍衛立時退開，身後傳來格外悠閒的腳步聲。我轉身時，孤煌少司身披外衣，不疾不徐地面帶微笑而來。

「泗海，辛苦了。」他走到我身旁，攬住了我的肩膀，我立刻躲開，生氣撇開臉。

「不許這麼對我哥哥！」白毛大聲喝令，雪白的髮絲在月光之中染上森然的寒光。

「泗海，不要嚇著小玉。」孤煌少司脫下了外衣溫柔地披在了我的身上，將他的氣息和溫度染滿我的周圍，白皙的雙手也隨之包裹住我的肩膀。「小玉只是怕了。」

「怕什麼？哼，哪個女人沒有第一次？」孤煌泗海好笑地說，轉過面具陰寒看我。「回房！別傷了我哥哥的身體！」

「到底誰的身體會受傷？」我憤然回擊，激怒危險的孤煌泗海。「會痛的好不好！大哥！你又不是女人，你知道什麼？」

「小玉，少說一句！」孤煌少司立刻阻止。

孤煌泗海全身沐浴在蒼白的月光之下，雙手依然插在袍袖中，他周遭的空氣似是開始慢慢凝固，在月光中泛出森森寒光。

我白他一眼：「你變不變態，我跟烏龍麵同房你還要在外面偷聽，乾脆你進來看算了！」

「好啊。」孤煌泗海邪笑地說。

「泗海！」孤煌少司有些失去平靜。

孤煌泗海緩緩從袍袖中抽出了雙手，不知為何，這個動作讓孤煌少司的目光瞬間收緊，緊緊盯視孤煌泗海。

「哥，我說過，這丫頭很鬼靈精，你抓不住的。」孤煌泗海一邊說，一邊悠然地挽起衣袖。「不如……讓我幫幫你！」

「泗海！不要！」當孤煌少司驚呼出口時，冰涼的手已經掐在了我脖子上，立刻一股巨大的推力把我推入房間，雪髮在他身後飛揚，如同妖狐雪白的尾巴高高揚起。他揮起袍袖，登時我身後的屏風被勁風彈開，下一刻，他就把我毫不溫柔地按回羊毛毯，整個人像貓一樣弓背跨立在我的上方，雪髮滑過他的面具，落到我的臉邊遮住了門外孤煌少司修長的白色身影。

「泗海！」孤煌少司要進入，孤煌泗海倏然揚起一條手臂，白色的衣袖掠過空氣，殿門已經「匡噹」一重重關閉。

他冰涼如同喪屍的手牢牢箍在我的脖子上，面具後的眼睛如妖狐一般瞇起，我被他掐得無法說話，他緩緩收回手竟是直接按在了我的心口之上，我驚得瞪大了眼睛。他的面具微微轉向下，看了一眼我的心口，緩緩轉回。

「這裡，是最不會說謊的，妳的心跳可不像在說妳怕我。」

我的胸部在他的手心下起伏，他越收越緊，森寒的眸光中劃過一抹邪氣。

「不錯，很軟，很舒服。」

我憤然瞪視他，雙手扣住了他在我心口之上的手腕，想拉開時，他掐住我脖子的手猛然收緊，門外傳來孤煌少司沉沉的話音：「泗海！不要傷害小玉！你想做就快點！她不屬於你。」

孤煌泗海轉過乖張的面具看向外面：「哥，你就這麼喜歡她？」

外面沒了聲音。孤煌少司的沉默讓孤煌泗海抓住我酥胸的手緩緩鬆開，但始終沒有離開。那異常冰涼的溫度直接透過我的衣衫，滲入我的心底。

他緩緩轉回臉，詭異陰邪的面具正對我的上方，他慢慢地俯落了身體，用他那雙邪光閃閃的眼睛正對我的雙眸，輕鄙而不屑的視線直直射入我的心底。

「真看不出妳有把我哥哥迷住的潛質。」

他把我當作一件商品似地冷淡打量我，刻意放低的聲音似是有意不讓孤煌少司聽見。

「哼，妳這種不通情趣的女孩做起來也沒勁，只會哇哇亂叫敗了興致，太過緊張還會弄痛我哥哥。好吧，讓我來喚醒女人應該有的邪慾。」

我怔怔看他，他按住我的心口，冰涼的面具貼上了我的鼻尖。

「我哥哥傾國傾城，妳有何不滿？我哥哥喜歡妳，是妳的榮幸，妳不想要他嗎？」

他的聲音忽然飄忽起來，我感覺到了熟悉的陰邪之力正慢慢進入我的心口，我小腹的仙氣如同感應到一般開始緩緩上升。不好！

「妳要他，妳想要他，妳巫心玉想要孤煌少司……」

仙氣越來越灼熱，幾欲衝破丹田，去抵抗那股不善的邪氣！

「呸！」我立刻一口口水吐在孤煌泗海的面具上，他一怔，下一刻便跳離我的身體，站起拿下了面具，雪髮散落，整個人靜謐到了極點，瞬間，整個偏殿的空氣也開始凝固。

「咳咳咳！」我爬起來，喉嚨好疼，死白毛下手真狠！仙氣緩緩流回丹田，讓我大大鬆了口氣。

「找死！」殺氣瞬間朝我襲來，白毛陰冷的掌風向我的天靈直直逼來！忽然，殿門被人「喀嚓」震開。

「住手！泗海！」孤煌少司的黑髮在月光中被氣勁炸開，在身後飄揚，在月光下飛揚的黑髮如同九尾黑狐的狐尾。

孤煌泗海收住了氣勁，這對妖狐兄弟在殿內與殿外開始對視，視線在月光之中無法斷開。

揭下面具的孤煌泗海，靜立在暗沉的殿內，殿內的燭火早因這一連串事件而早早熄滅，月光寧靜地從殿外傾瀉而入，灑落在他略顯纖細的修長身影上。他那妖邪狐媚的臉上陰沉而充滿殺意，格外細長的雙眸，末梢微微帶勾，帶出無限風情與嫵媚，而他身上的寒氣又恰到好處地讓他保持在男人妖媚的臨界點上，非但不會讓你覺得他是女人，反而更像妖界的帝君。

與常人完全不同的雪髮更突出了他的絕世無雙，也難怪第一次看到他的慕容襲靜會徹底看癡。

「他摸我！」我立刻告狀：「死白毛你下流！」

我站在他們之間，與他們保持三角之姿，隨時可以撤離。

孤煌少司擰緊了雙眉，看向孤煌泗海：「泗海，你過分了！」

「哼。」孤煌泗海揚起一抹冷笑：「是你讓我做的，很快她就不會再抗拒你了～～」

邪笑從孤煌泗海的嘴角揚起，他陰邪地看孤煌少司。

孤煌少司注視孤煌泗海片刻後，竟也揚起了寵溺的微笑。

「謝謝你，泗海，我真的可以省不少事了。」

他們在月光下相視而笑，那笑容讓我心驚膽寒，寒意瞬間遍及我的全身，寒毛根根豎起。

我後退了一步，失望看孤煌少司。

「所以，烏龍麵，我被你弟弟摸了，你也無所謂嗎？」

「小玉，妳是不是在山上住久了忘記自己的身分了？妳是女皇，如果妳想，我弟弟也可以入宮陪妳。」他對我微笑說道。

我驚呆地再後退一步。他卻是微笑上前，走到孤煌泗海身邊，輕手挑起他尖尖的下巴，轉臉迷醉魅惑的目光落在我的臉上。

「妳看見我弟弟了，喜歡嗎？他可是絕世無雙的。」

「懶得理你！」孤煌泗海更像是嬌嗔一聲，拍開了孤煌少司的手，側對我站立，渾身的殺氣並未消退。

「我哪敢？」我大聲反問，讓孤煌少司臉上笑意更濃。

倏然，他神色一沉，分外不悅：「怎麼又來了。」

「這個蘇凝霜膽子可真夠大的。」孤煌泗海再次開始慢條斯理地捲衣袖，這一次，連我也不得不關注這個動作了！我立刻飛身躍出，與此同時，孤煌少司也飛快攔在我的面前，微笑看我。

「小玉，乖。」

「還想跑。」身後是孤煌泗海不屑的聲音：「不知有多少女人想與我哥哥春宵一刻，偏偏妳總是想跑。」

「泗海，不許胡說。」孤煌少司的話音裡充滿了寵溺。

孤煌泗海揚唇一笑。

「乾脆今晚我幫你除了那礙事的。」

孤煌泗海的殺氣正好無處發洩，當蘇凝霜身穿睡袍的身影從月光中落下之時，我搶先一步飛撲向他，趕在孤煌泗海充滿殺氣的掌風到來前，抱住了蘇凝霜，整個人用後背擋在了蘇凝霜身前。

「泗海！住手！」

身後的人在孤煌少司的話音中立時收掌轉身，雪髮遮住了他的容顏，緩緩落下之時，他背對我們站在院中。

「蘇蘇……他們欺負我～～啊～～他們好變態！他們才是一對，根本不喜歡我！」

我轉身鼓起臉憤恨地看向因為我的話而臉色瞬間緊繃的孤煌少司！

而孤煌泗海身上的殺氣在月色下瞬間凝固。

「小玉，不要亂想！」孤煌少司滿臉鬱悶。

「原來如此～難怪攝政王從來不入女賓。」蘇凝霜輕輕一笑。

孤煌少司的眸子瞬間瞇起，孤煌泗海微微側臉，雪髮遮住容顏，雙手緩緩插入袍袖之中，但那陰邪之氣卻已瀰漫整個庭院。

「我要回去跟你睡～～」我死命抱住蘇凝霜。

「好～～我們回去～～」蘇凝霜輕笑看孤煌少司，攬住了我的肩膀。

「小玉，回來！」孤煌少司沉沉命令，我狠狠瞪他。

「你就是想做壞事！我不想被強迫！我不要跟你成親了！」

孤煌少司的瞳眸立刻閃過寒光，再無對我的寵溺。我拉起蘇凝霜直接平地而起，飛離了這個讓我驚魂的地方。

今晚真是有驚無險。下一次我沒有把握能否這樣全身而退。

✤ ✤ ✤

我抱膝久久呆坐在床上，瑾崋憤懣而煩躁地在我床前徘徊。

「孤煌少司這個混蛋！妳也是！妳留在那裡做什麼？」瑾崋朝我生氣大吼。

「瑾崋！」懷幽立刻喝止：「不許對女皇陛下不敬！是懷幽無能！無法阻止……」

蘇凝霜躺在床上用眼角看憤怒的瑾崋和自責的懷幽。

「孤煌少司開始懷疑了……」

我擰緊雙眉，抱著膝蓋說。瑾崋和懷幽紛紛朝我看來，蘇凝霜那眼角的視線也瞥向了我。

「他懷疑我喜歡懷幽，我必須要保住懷幽，一旦我喜歡誰，他就會除掉誰。」

我抱緊了雙膝，房內變得沉默。懷幽繃緊了身體，憤憤不平。

我立時凝神：「瑾崋、懷幽，你們出去！」

瑾崋一怔，看我一眼便握緊雙拳拂袖離開。

懷幽擔憂地看向我，我認真地說：

「孤煌少司對你起疑，我需要把寵愛平均分配，所以，你今晚也回去吧。」

懷幽無奈地點點頭，冷冷看一眼蘇凝霜：「不准碰女皇陛下！」

「呿。」蘇凝霜不屑地呿了一聲，撇開臉。

懷幽吹熄了燭火，靜靜退出了寢殿。

蘇凝霜雙手枕在腦後看向紗帳外緊閉的窗戶：「他在？」

「嗯。應該聽不見我們在說什麼。」

「真是個妖孽。」蘇凝霜忽然說，轉眸看向上方。「居然白頭髮，可惜沒看清什麼樣子。」

我不想再說話地抱緊身體，繼續呆坐。

「妳……沒事吧？」蘇凝霜輕輕踢了踢我。我搖搖頭。

「蘇凝霜，如果孤煌少司要了我，我就會要了你，你……願意嗎？」我抬眸看蘇凝霜。

他那張冷豔高傲的臉蛋開始凝固，他靜靜注視著我。

我也深覺對不起他，低眸瞧著床單上淡淡的金色花紋。

「不是像現在這樣，我會正式冊封你為侍夫，可是，如果這樣，等天下大定後，你只能入冷宮，待其他女皇取代我，你才能重獲自由，可是一輩子無法再嫁娶了……對不起……我什麼都不能許諾你……」

從把蘇凝霜帶入宮開始，心裡就清楚，他的犧牲將是最大的……

而我……卻什麼都無法給……

床內變得異常安靜，只有絲絲縷縷的夜風從帳外悄悄而入，偷偷掀起了紗帳，又慢慢放落。

「哼……」忽地，他笑了起來，緩緩起身，單腿曲起，絲滑的睡袍滑落他的膝蓋，一直到他的大腿深處，性感妖嬈。

他慢慢地爬到了我的身前，寬鬆的衣領滑落他一側肩膀，露出了他一邊赤裸的肩膀和半邊雪白的胸膛。他伸手撫上我的臉，總是用眼角看人的視線終於落在了我的臉上，他的指尖輕輕掃過我的臉，唇角勾起放浪的笑。

「我蘇凝霜還真沒嚐過女皇的味道……」他微微垂眸，緩緩朝我俯來。

「不是現在。不到萬不得已，我不會那麼做。」我蹙眉低下了臉。

「早晚都要做，妳不想睡孤煌少司，就睡我吧。」他看似隨意地說著，毫不在意自己的清白。

我的心在他看似放浪形骸的話中而顫動，絲絲感動讓我整個人再次獲得溫暖。我伸手插入他的腋下，埋在了他胸口，緊緊抱住他。他微微一怔，身體也變得和瑾崋一樣僵硬。

看，他是不願意的。蘇凝霜這個男人除了嘴硬，哪裡都不硬。

「謝謝，有你這句話，就夠了。真的，謝謝……我現在很不安……請讓我……抱一會兒……」

絲絲心慌讓我害怕。

不是怕那對妖狐，而是怕自己露餡，怕自己將全部的部署一朝傾覆，所有的一切毀在了我的手中，辜負這些一個個願把忠誠、清白乃至性命交托給我的人。不再像在狐仙山上，我只有狐仙師傅和狐族師兄，現在，我有了他們，這些願意和我一起出生入死的男臣。

蘇凝霜的身體在我的環抱中緩緩放鬆，抬手輕輕撫上我的後背，在碰觸到我長髮的那一刻，他的手頓在了我的髮絲上。他像是慢慢回神似地緩緩撫觸我的長髮。

「孤煌少司一直想靠近妳，現在，妳卻抱著我，讓我心裡莫名的爽快！好玩！我要繼續在這裡玩下去！」他輕狂放浪地說，胸口的心跳卻是慢慢加快。

我靠在他的胸膛上默默地笑了，充滿感激。這個傢伙，總是那麼口是心非。

我閉上了眼睛，在蘇凝霜淡如初雪般清新的氣息中，安心入睡，今夜之後，關於懷幽的揣測會淡化，因為我獨留了蘇凝霜，這也意味著小女皇的胡鬧時代終結了。

半夢半醒之間，我感覺到被人輕輕地放下，耳邊傳來蘇凝霜輕悠的話語：

「睡吧……今晚妳辛苦了……以後……有我們……」

笑容浮上了唇角，我巫心玉能得他們相助，三生有幸。

朦朦朧朧中，我站在了一片氤氳的蒸氣之中，很熱，如同溫泉。我緩緩朝前走去，迷濛的蒸氣中出現了一處溫泉，溫泉之中似是有人，我緩緩靠近，溫泉中的人緩緩站起，修長的身體在水霧之中若隱若現。

他也一步一步朝我而來，最後站在了我的面前，我呆滯地看著他，竟是孤煌少司。他一絲不掛，滿目的赤裸讓我心臟凝滯，他溫柔地凝視我，黑色長髮披在身後，墨髮襯出了他雪白修長的頸項。細長透明的水注正沿著他的頸項緩緩而下，流過那精美的鎖骨，來到他的胸膛，躍過那讓人臉紅心跳的粉色茱萸，讓那迷人的粉珠染上了清水的迷人珠光。水注再次而下，流經他肌理清晰的人魚線，沒入下面的禁區。

「小玉……」

他濕熱的手撫上了我的臉龐，緩緩俯落吻上了我的唇，柔軟的舌小心地探入我的口中，開始與我纏綿共舞。身體在他火熱的吻中越來越熱，耳邊響起一個邪惡又充滿誘惑的聲音。

「要他……要他……要他……」

那沙啞邪佞的聲音讓我猛然睜開眼睛，推開了面前的孤煌少司，撫上發麻火熱的唇，感覺竟是如此的真實！

「巫心玉！巫心玉！巫心玉！」忽然間，整個世界闖入了蘇凝霜清冷又略帶焦急的聲音，他發狠地說：

「巫心玉！妳再不醒我就打妳了！」

我看向溫柔微笑的孤煌少司，他向我伸出雙手，迷人的雙眸中浮現毒辣的狠勁。

「回來，小玉，回到我這裡來。」

我狠狠瞪他，忽然，臉上像是被人狠狠打了一巴掌，「啪！」一聲我頓時驚醒，眼前見到蘇凝霜困惑臭屁的臉。

「怎麼那麼燙？我還以為妳吃春藥了呢！」他摸著我的臉和額頭。

我立刻拍開他的手坐起，撫上還在狂跳不已的心口：「死白毛居然對我下邪術！」

「邪術？」蘇凝霜退後一點，雙手撐在身後勾笑瞥我：「什麼邪術？」

晨光透入紗帳，照出了一片淡淡的金色。我的心跳開始緩緩平復，身上躁熱的溫度也慢慢消退。

「讓我想要孤煌少司的邪術。」

「哼。」蘇凝霜直接回以冷笑，單腿交疊，甩起寬鬆絲薄的衣襬。「得了吧，我看妳是被孤煌少司迷住了。」

「誰跟你開玩笑？」我不悅看他：「我有喜歡的人了，怎麼可能被孤煌少司迷住？」

蘇凝霜一驚，立時瞇眼朝我看來：「妳有喜歡的人了？誰？」

我垂下臉沉默片刻，掀帳而出，打開了窗戶，讓陽光徹底傾瀉在自己的身上，照暖我的全身。

「天九君。」我仰臉看向碧藍的高空。身後沒了聲音，我轉身到神台前，看向上面的狐仙神像：「師兄，我被孤煌泗海下邪術了……」

蘇凝霜好奇地上前，在我和狐仙大人的神像之間來回看著。多半當我腦子不正常，自言自語。

我從神台的抽屜裡取出了一塊桃木狐仙雕像，佩戴在身上，然後再次抬眸看神像。

「師兄，你先幫我壓制一下孤煌泗海的邪術，等最近的事情處理完，我來找你。」

狐仙像飄出了幽幽的香氣，我安心而笑。

「我現在真的相信妳中邪術了。」蘇凝霜看著我就像我得了失心瘋，連連搖頭，抬手戳戳我的額頭。「妳真的神智不清了。」

「小心，我師兄看著呢，他會生氣的。」我揚唇笑了，隨手拿出另一個狐仙護身符放到蘇凝霜手中。「戴上它，師兄會護佑你。」

蘇凝霜看著手心的桃木狐仙，挑挑眉，輕笑一聲，瞥眸看我。

「我就當這是定情信物了～」

「隨你。」我走回床坐下，反正他這張嘴從沒正經過。而我更應該擔心的是這個邪術，若我長久不發作，勢必會引起孤煌泗海的懷疑。要在他懷疑前把黃金偷出來！

蘇凝霜看著護身符笑了笑，往空中拋了一下，護身符在晶亮的晨光中劃過一抹桃木的光澤，

「啪！」他一把抓在手中，隨手戴上，放入衣領之內，纖指從繩套中勾出所有長髮，如一縷縷金色的蛛絲在風中飄落，晨光將他勾勒出一個炫目的金色輪廓。

蘇凝霜最危險，還是戴著好。

「蘇凝霜，你不是無聊嗎？」

「是啊。」他轉身朝我冷傲看來，一手撐於神台上，一手扠腰，勾唇輕蔑地看向別處。「白天無聊得我快長蘑菇了。」

「晚上跟我出去吧。」我一笑。

他一怔，眸光朝我撇來，唇角開始慢慢上揚。

「好啊。」他的笑容在金色的晨光之中，多了一分溫暖和陽光。

在中了孤煌泗海的邪術之後，孤煌少司反而不來了，似乎料準我邪術加深之後會極其思念他，跟我玩起了欲擒故縱的把戲。正好，趁此機會我可以安心出去。

月黑風高，我們站在密道之前，瑾崋黑著臉，一臉我不帶他出去的哀怨貌。

蘇凝霜勾起嘴角冷蔑地瞥他。

「妳確定要帶他？」瑾崋的語氣像是吃醋的小媳婦。

「女皇陛下，還請慎重。」懷幽也來勸我。

蘇凝霜輕鄙高傲的目光也掃過懷幽。

我打開了密道之門，笑看懷幽和瑾崋：「你們要吃什麼夜宵？」

「羊肉串！」瑾崋立時說，已無之前的不悅。

懷幽看向他，一臉嫌棄，似是在說你真好收買。

「好。」我笑了笑，轉身和蘇凝霜進入密室。

蘇凝霜還是第一次跟我出任務，他的輕功比瑾崋更勝一籌。這是擅長暗器者的特長，輕功與暗器，缺一不可。也難怪瑾崋那次在御花園裡會追不上他。

夜深人靜，靜謐無聲，我帶蘇凝霜落在了椒萸家的院中。

「這是哪裡？」蘇凝霜問。

「椒莨家。」

蘇凝霜一怔。

椒莨家此刻也非常安靜，似是都睡了，唯獨柴屋內透出閃閃的火光，溢出緊閉的窗櫺，照亮屋外一片地面。

我悄悄上前，輕輕推開了柴門，看到了熊熊燃燒的灶爐，和躺在一邊已經睡著的椒莨。

椒莨看上去比之前更消瘦了，兩邊的面頰完全凹陷下去，顴骨高凸，失去了他原來那雌雄莫辨的美麗，讓人看著分外心疼。

而他一旁的桌面上，卻是一只完美無瑕的琉璃飛鳳花瓶。心中一陣揪痛，他做出來了，但卻把他累成這個樣子。

身後傳來輕輕的腳步聲，但蘇凝霜並未警戒，可見是他認識之人。

「這孩子為了做這個花瓶，熬了好幾個晚上……」

身後的聲音格外蒼老，他緩緩走到我的面前，粗布的衣衫上也是一塊又一塊補丁，但是補丁的針線極其精細整齊，顯示出補丁之人的手藝多精巧。

我有些吃驚地看向來人，正是椒老爺子。

「椒老爺子。」我抱歉地看他蒼老的容顏，由於深深的愧疚，目光始終無法落在他殘缺的雙肘上。「對不起，是我讓椒莨做的。」

椒老爺子用沒有手的手腕輕輕撫過椒莨疲憊不堪的容顏。

「不管怎樣，總算是做好了，不負所托。」

「椒老爺子威武不屈，讓人尊敬。」我心中一陣感動。

椒老爺子緩緩站起，垂下臉卻是慢慢向我跪下，我吃驚扶住。

「椒老爺子，您這是做什麼？」

「知此花瓶者，只有皇族。」

我一怔。

「現在僅存於京城的皇族，只有女皇陛下了。」椒老爺子抬臉朝我看來。

我一驚，緩緩將他扶起。想了想，還是緩緩揭下了面具。儘管椒老爺子已經猜中，但在看到我的那一刻，還是驚訝不已。

椒老爺子應該沒見過我，但我揭下面具的那一刻，等同默認自己是女皇巫心玉！

我抱歉地對他一鞠躬，他吃驚地立刻跪下：「女皇陛下您這是做什麼？」

我心中難過，再次將他扶起。

「椒老爺子，是我皇族負了你，你明知是我要做這花瓶，為何沒有阻止椒萸？」

椒老爺子搖搖頭：「我椒氏一族自開國以來一直深受皇恩，享盡榮華富貴，豈能因今日之劫而忘卻過去數百年的恩澤？椒某知道，這是椒某自己的劫，無關他人。」

我慚愧地已經無法言語。椒老爺子的深明大義是普通人無法理解的。

「女皇陛下跟您的父親長得真像啊。」椒老爺子崇敬地看著我。

我一愣，因為我的父親在我年幼時已經死去，所以我對他的印象並不深刻，在他過逝的第二年，我就被送上了狐仙山，從此過著與世無爭的日子。

有時候想想，或許這是在救我，我在宮內無依無靠又年幼，遲早會淪為爭鬥的犧牲品。

沒想到椒老爺子，倒是認識父親大人。

椒老爺子看向花瓶：「那花瓶與您有緣，乃是當年您出生時先皇讓我做的。」

「有這種事！」我一驚。

椒老爺子點點頭。

「當年您的父親是先皇最愛之人，先皇有意傳位於您，故命老臣做這飛鳳花瓶作為信物，賞賜於您。但沒想到令尊體弱多病，在過世時希望您不要繼承皇位，遠離宮內爭鬥，先皇才將您送上了狐仙山，達成了他的遺願。」

我吃驚地聽著，沒想到今日前來，還會知道那麼多隱情。原來當年母皇要把皇位傳給我，而不是慧芝皇姊！

椒老爺子雙眉緊擰，表情十分凝重。

「當年先皇想封您為皇太女時，朝中大臣極力反對，以月氏為首，令尊在世時一直憂心忡忡，擔心您被奸人所害，一直把您帶在身邊，所有食物必先自己試吃，安全了才會給您吃……」

在椒老爺子的話音中，遙遠模糊的回憶漸漸浮現腦海，朦朦朧朧中，我總是被一隻溫暖的手拉在手中，饞饞地看他吃東西，急急地想用手去抓，卻被他輕輕阻止。

父親……

「後來，這花瓶屬於慧芝女皇，之後……就賜給了那妖男！」椒老爺子憤怒起來。

「所以只有皇族才見過這花瓶？」

椒老爺子點點頭。

「皇族裡見過這花瓶的也是極少，在椒萸忽然重做這花瓶時，我心裡不知怎地一下子充滿了希望，感覺就是女皇陛下讓他做的！外面對陛下的傳聞我從來不信，因為陛下的父親是那麼一位善良溫柔的男子，女皇陛下又怎會如傳聞那般荒淫無道呢……」

「謝老爺子信任。」心中的感動已經無法言語。即便是一直輕狂傲慢的蘇凝霜此刻也滿目敬重地看著椒老爺子，靜靜靠立在門邊，默然無聲。

椒老爺子憐惜地看著椒萸。

「這孩子當初被嚇壞了，極其懦弱，但是，我感覺他最近變了，他居然在做這個花瓶！雖然這孩子總在我們睡後偷偷起來做，但我很清楚，也很高興，他有膽子為皇族辦事了！」

椒老爺子的眸光裡閃現欣喜和激動。

「我曾經告誡他，不能與月家那孩子接觸，所以他不會為月家那小子做事，巫溪雪公主也未曾見過這花瓶。我聽聞女皇陛下之前曾參觀過攝政王的藏珍閣，而那花瓶現在應該就在藏珍閣裡，所以，老奴猜測，他是在為女皇陛下做這花瓶！而且這花瓶材料極其貴重，他又哪來的錢購置材料？」

「是！是我讓他做的，錢也是我給的，不過材料是我托月傾城買的。但我讓月傾城買了很多東西，他應該猜不到我會做這個花瓶。」我欽佩地看椒老爺子。

椒老爺子立時一驚：「陛下為何要與月家聯手？」

椒老爺子似乎對月氏很有意見，一直強調不希望椒萸與月家有任何干係。

我微微蹙眉：「也是無奈之舉，老爺子，無論是椒萸還是月傾城，他們並不知我真實身分，還請代為保密。」

「不知道就好，不知道就好……」椒老爺子聽罷安心地點點頭。

「老爺子，您……為何對月家有意見？」我對老爺子疑惑問道。

椒老爺子擰緊了眉：「因為當年令尊雖然體弱多病，但也不至於忽然死去，當時便有傳聞是月氏害了令尊，加上月氏屢出夫王，也開始仗勢欺人，所以我對他們一直沒有好印象。」

我心中立時一驚，今晚的談話居然還牽扯出這麼多不為人知的祕密來！父親之死已經無從查詢，但傳聞之事也未必不可信。我還是要小心月氏為妙。

「椒老爺子，花瓶我取走了，我必會還你們椒氏清白！」

「我椒氏一族榮辱不足掛齒！懇請女皇務必除掉妖男，還巫月一個乾淨！」椒老爺子激動地說。

椒老爺子的話音字字狠狠砸在我的心底，我認真看他。

「老爺子放心，做這花瓶就是為了除掉他的左膀右臂！」

椒老爺子激動地看向一旁的花瓶，激動的淚光在火光中閃閃發亮。

椒萸真的累壞了，即便蘇凝霜抱他回房，他也始終不醒。椒老爺子說，他已經連續熬了幾個晚上，白日又要打零工養家，這陣子真的辛苦他了。所以，我會好好回報他，不辜負他那麼辛苦地做這個花瓶，我會送他一份厚厚的大禮！

「接下去做什麼？」躍上清風塔時，蘇凝霜問。

我遙看藏珍閣一旁的六層閣樓，揚唇一笑：「陷害。」

「陷害？」蘇凝霜的話語充滿了玩味：「這個我喜歡，巫心玉，我喜歡妳這個奸詐的樣子，朝中人都太正，看著實在沒意思。」

「哼。走！」我和他一躍而下，落在了蕭家大院之上。

蕭家此刻也是一片安靜，唯獨一個院子裡卻是燈火通明，讓人心生好奇。這麼晚不睡，肯定做壞事，就跟我們一樣！

我和蘇凝霜對視一眼，他冷笑一聲，看來我們心有靈犀。我們輕輕落在那院子外牆邊大樹之上。蘇凝霜大大咧咧坐下，似乎已經感覺到院中無人的功夫高於他，無人能察覺他。

他單腿曲起靠在樹幹上，黑色的衣襬掛落樹枝，在夜風中微揚，修長的腿伸到我的腳下，一派傲然藐視天下的姿態。

我立於樹枝上，雙手環抱花瓶冷冷俯視。

院子裡有三間房，此時最熱鬧的是當中一間，正有人把桌子敲得砰砰響。

「反了！真是反了！」敲桌子的應該是刑部尚書蕭成國：「我讓你把摺子交給那個白癡女皇！你為什麼沒給！」

在蕭成國面前，正跪著一人，起先因為背對我們，所以一時看不出是誰。但此刻，我知道是誰了。蕭家還能有誰上朝？就是瘸子蕭玉明。

此時，蕭家其他人也在，戶部尚書蕭雅淡然地坐在一旁喝茶，蕭玉珍和其他蕭家子女站在兩邊，他們的目光卻冷漠得教我驚訝，宛如他們看著的不是自己的骨肉兄弟，而是一個外人。

「哼。」蕭玉明冷笑一聲，昂首迎視蕭成國憤怒的目光。「給了有用嗎？你不是也跟攝政王說了慕容家削爵的事？有用嗎？如果連攝政王也不管，還有誰能管？更何況慕容家削爵是一件大快人心之事！我為什麼要反對！」

我心中暗暗吃驚，原來在那一瘸一拐之下，藏著這樣一顆正義熾熱之心。憑他這句大快人心，今後我必保他蕭玉明！

蕭成國登時瞇緊了雙眼，眸光中閃過森然的毒辣，他伸出手：「拿家法來。」

立時，蕭玉珍在旁呈上了一根無比粗大的棍子。我看著心驚，那棍子粗得足以打死人！

「別看了。」蘇凝霜忽然說，月色中的雙眸劃過一抹不忍。「蕭玉明的腿就是被他爹打斷的。」

我吃驚看向蘇凝霜，見他起身時，屋內已經傳來「砰！砰！」重重的木棍落在人身上的沉悶聲響。我看過去，只見蕭成國正將粗大的木棍狠狠打在蕭玉明的後背上，而蕭玉明竟是一聲不吭地依舊跪立在大堂之中！

竟有如此狠心的父親！而一旁的人目光是那麼的冷漠。

蕭玉明，你是他們家親生的嗎？

「啪嚓！」一聲，木棍竟被狠狠打斷，斷裂的棍子震飛出去，蕭家的子女匆忙閃開，害怕那棍子打到自己。

蕭玉明悶哼一聲往前撲倒，昏厥過去。

我看得目瞪口呆。

「哼！沒用的東西！廢物！廢物！」蕭成國憤然扔掉斷裂的木棍，還狠狠踹了蕭玉明昏過去的身體兩腳才離開了大堂，看也不看蕭玉明一眼。

洗地上的血跡。

「真是沒用！這點小事也做不好。」蕭雅鬱悶地看一眼在地上昏過去的蕭玉明。

「娘，走了，大半夜的，還讓不讓人睡。」蕭玉珍不悅地拉起蕭雅。

蕭家人漸漸散去，無人上前查看蕭玉明的傷勢，最後是僕人將蕭玉明扶了下去，丫鬟匆匆上前擦洗地上的血跡。

「怎麼會這樣！」這一切簡直讓人髮指！

蘇凝霜冷冷看著下頭擦洗地面的小丫頭。

「蕭家姊弟生性暴虐，蕭玉明的母親是個歌女，嫁入蕭家後，飽受蕭雅的虐待，最後……重傷不治而死。蕭成國覺得十分晦氣，對蕭玉明也是百般嫌棄。蕭玉明出身低微，在蕭家飽受欺凌，兄弟姊妹們只要一不順心就會虐待他，而蕭成國不悅也會虐打他，這更讓蕭家兄弟把蕭玉明當作洩憤的工具。」

「蕭成國這個虐待狂！不！這一家子全是變態！」

「蕭成國是刑部尚書，監獄裡關押的囚犯也常受他虐待，尤其當初被陷害的忠良，遭他虐待致死的不在少數！他虐待的手段更是推陳出新，還特製了一些刑具……」

「別說了！」我聽得已經快出離憤怒了！

我疑惑問他：「你怎麼知道那麼多？」

蘇凝霜高冷傲嬌地瞥我一眼：「我是誰？我有什麼不知道的？」

「原來你整天躺亭子上就是聽八卦？」我看看他，恍然大悟。

他被我說中，揚了揚眉。

「走！陷害他們去！把這種惡魔送回地獄！」我拿起花瓶。

蘇凝霜輕笑一聲，收回目光。寂靜的深夜裡，只傳來小丫頭刷洗地面、讓人汗毛聳立的聲音：

「唰——唰——」

✤ ✤ ✤

第二天一早，我提裙踹起了還在熟睡的蘇凝霜和瑾崋，他們翻個身不理我，繼續睡。沒睡相的瑾崋還抓了抓屁股。

「別吵～～妳上妳的朝去！」睡袍絲薄，他這人睡覺總是四腳朝天，這一抓，睡袍立刻滑落，露出了他白色的褻褲。真讓人抓狂，我也想趕緊結束這種男女混居的日子！

「起來！你們不是白天無聊嗎？跟我上朝去！」

「上朝！」瑾崋瞬間驚醒，揚唇笑了笑：「好！」

他俐落下床，看見蘇凝霜還沒起來，也抬腳踹上去。

「起來！」他可不會像我那麼溫柔，他一腳直接把蘇凝霜給踹下床了！

「撲通！」蘇凝霜從床的另一邊渾身殺氣地像厲鬼一樣慢慢坐起來，長髮披散，極其可怖！

「你這隻豬！」布滿殺氣的聲音傳來時，銀針也從蘇凝霜手中射出！

瑾崋立刻閃過，銀針筆直釘在了瑾崋身後的窗框上。

瑾崋疑惑地拔下，看著晨光中閃閃的銀針。

「奇怪，你不是脫光了嗎？怎麼身上還能藏銀針？」

「不想跟豬說話！」蘇凝霜站起，寒氣逼人。

見瑾崋眸光銳利起來，我立刻說道：「別打了，穿好衣服跟我上朝，三天除掉蕭家！」

「三天？」瑾崋和蘇凝霜都吃驚朝我看來。

「不錯！三天！」我看向正打開殿門的懷幽，揚唇冷笑。

懷幽的背影立時一陣瑟縮，垂下臉偷偷轉身看我。

「女皇陛下，可以更衣了。」他的第六感讓他縮緊了身體不敢看我。

「今天小蘇蘇和小花花跟我一起上朝！」我昂首一笑。

端著衣衫進來的小雲，面露驚訝之色。

一手拉著傲視群芳的小蘇蘇，一手拉著呆滯無神的小花花，身後跟著老實安靜的小幽幽，當我巫心玉帶著三大美男在陽光下跨入大殿之時，立刻讓兩旁文武驚得目瞪口呆。

他們呆呆看著我，其中有些人已經在療程中慢慢康復，俊美起來。

站於前端的慕容飛雲似是因為大殿過於寂靜而面露迷惑，用他那雙雪白的眼睛朝我們看來。

聞人胤和連未央也呆呆看著我們，只有蕭玉明捂著胸口面露難受地站在原處，無暇關注。

連未央回過神，看看蕭玉明，面露擔憂，輕聲而語：「不如讓女皇陛下看看吧，你看，我都痊癒了。」

連未央的臉上已經恢復紅潤，還微微有些胖了。

蕭玉明痛苦地擺擺手，我經過他時，他特意側轉了身體，似是不想讓我看到他那副狼狽模樣。

但是，他不想讓我看，又豈能隨他的意？

我坐上皇位，小蘇蘇不客氣地掀袍坐在我的身旁，讓下面的男子無不吃驚。

小蘇蘇輕蔑地掃視眾人，唇角勾笑，冷傲的樣子已經讓下面一些人面露不悅。

瑾崋依然保持呆滯模樣，坐在另一邊。

「有事啟奏，無事退朝——」懷幽在旁邊喊著。

大家看看彼此，無人上前。

我看看他們：「不錯，恢復得很好。聞人胤，你站到中間，把紗布拿掉看看。」

「臣遵旨。」聞人胤走出隊伍，開始拆紗布。

白色的紗布一圈一圈脫落，紗布完全從他臉上摘除時，立時引來聲聲驚嘆！

「女皇陛下真是神醫啊！」

「聞人胤！你胎記沒了！」

「聞人胤，你快看快看！」有人還拿出隨身攜帶的小鏡子。

除去胎記的聞人胤立刻顏值爆棚！完全不輸他那位在美男排名中的兄弟！

這才是讓我看得順眼的男臣們！

聞人胤呆愣地看著鏡中的自己，摸上自己白皙柔嫩的臉蛋，宛如不敢相信跟隨自己十餘年，讓人歧視的胎記在今天會徹徹底底地消失。

「咳咳！」忽然，蕭玉明控制不住地咳嗽起來。大家看向他，連未央立刻扶住他，目露焦急。

「別撐了，還是讓女皇陛下看看吧。」

蕭玉明擺擺手。

「蕭玉明，你怎麼了？」我看向他。

蕭玉明朝我一禮：「臣，沒事，噗！」

他話還沒說完，一口血就噴出，驚得大家紛紛圍上，扶住搖搖欲墜的蕭玉明。

「快拿軟墊和地毯來。」懷幽立即吩咐。

外面的侍者匆匆拿來地毯、軟墊，大家七手八腳扶蕭玉明坐在軟墊上。我提裙下了台階，走到軟墊旁，大家讓開了路。

「我真的沒事……」直到此時，蕭玉明還想起身。

「給我坐好！」在我這聲厲喝之下，他只好坐下。

我取出絲帕擦去了他嘴角的血漬，他驚詫地看我，不僅僅是他，眾人也紛紛露出驚訝的目光，默默垂首跪坐下來，不敢比我高過一分。

慕容飛雲在聞人胤的攙扶下也坐於一旁，大家像是參加篝火晚會般圍成了一圈。

我細細看蕭玉明：「懷幽，把他衣服脫了。」

蕭玉明驚慌起來：「使不得、使不得！」

連末央和聞人胤立刻拉住他的手，連末央認真地說：「玉明，你真想死嗎？」

蕭玉明沉默了，靜靜地讓懷幽替他解開了腰帶，脫下了上衣。當上衣從他身上脫落之時，大家立即抽氣連連。

在蕭玉明身邊的連末央和聞人胤都不忍把目光放在蕭玉明的後背上。蕭玉明面無表情地垂下臉，雙目徹底失去了神采。

「拿藥箱來。」我開始挽衣袖。

「是。」懷幽匆匆退去。

我繞到蕭玉明的身後，他的後背已經紅腫不堪，幾乎沒有完好的肌膚，紅中透著紫，紫中已經發了黑。

「誰打的？」我隨意問。

蕭玉明不言。

「問你誰打的，你沒聽見啊！」我怒道。

難道這個時候蕭玉明還要保全那個不把他當人看的蕭成國？抑或，他不敢說？

「哼，還能有誰～～」大殿上響起了蘇凝霜的輕笑聲，這裡也只有他敢說真話。「就是他爹！」

蕭玉明依然沉默，但是雙拳已經慢慢擰緊。

我抬手撫上了他的後背，可能是我雙手冰涼，他抽氣一聲後，緩緩放鬆了身體。我輕輕摸了摸，他的後背因為長期挨打變得相當厚實！厚實的皮肉幫他擋住了重擊，但也經不住昨晚那樣的暴打，骨頭應該還是裂了。

「你骨頭裂了，你不知道嗎？」

蕭玉明微微別開臉，浮起一抹無所謂的苦笑。

「知道又怎樣，今天還不是要來。」他轉回臉，不再說話。

我看他片刻，沒想到在他文弱書生般的表面下，卻是這樣一個硬漢。即使骨裂疼痛不已，他也依然咬牙站起！這才是硬漢！只怕現在長年沒有戰事的軍中將士也不及他。

我看向他身下褪落的衣衫，發現了一本摺子，隨手拿起打開，裡面是懇請我恢復慕容家族爵位的內容。慕容家不敢自己說，讓蕭家來說了。

但是摺子裡字裡行間的語氣可不太像是懇請，更像是命令。我心中暗暗一笑，蕭成國，活該你倒楣了。

伴隨著匆匆的腳步聲，懷幽帶領侍者又把我巨大的藥箱抬來了，「砰砰砰砰」一箱箱重重放落。

這一次，大家紛紛好奇地拉長脖子，想瞧瞧裡面又有什麼「寶貝」。

我走到一個藥箱前，打開，從裡面拿出一瓶藥膏和一卷紗布回到蕭玉明身後。

「你的腿也能治。」我隨意說。蕭玉明後背一怔，兩旁的聞人胤和連未央面露吃驚，慕容飛雲微微蹙眉側開臉，雪白的眸子裡是一片失落。

瑾崋動了動，努力保持呆滯模樣，也把目光投向了這裡。蘇凝霜好笑地欣賞他那副想看又不能看的表情，然後直接躺在了皇位上，抬起雙腳悠然地放到了瑾崋的腿上。瑾崋的星眸立時圓睜，冷冷朝蘇凝霜撇去。

我打開了裝藥膏的瓷罐，立時清新的藥香瀰漫整個大殿，我把透明的藥膏撈出，清清涼涼能化解任何燒灼的疼痛，然後，慢慢抹在了蕭玉明紅腫的後背上，隨意地說道：

「懷幽，去把蕭尚書請來。」

眾人一驚，蕭玉明也微微吃驚地側過臉。

懷幽微微頷首：「女皇陛下，蕭尚書此刻應該正在攝政王府議事，只怕不好請。」

我一皺眉：「嘶……是啊，他還在攝政王府，嗯……那就等等吧！你到路上候著去，若是蕭尚書不願來，你說我看了他的摺子了，這件事可以商量。」

「是。」懷幽頷首微笑，起身輕輕離去。

我繼續抹藥膏。

「這藥膏每天要抹一次，所以你這段時間只能待在宮裡了，我會讓懷幽安排你住下。」

蕭玉明驚訝無聲，周圍的人也吃驚對視。

我拿起紗布給聞人胤和連未央：「幫他包好，要包緊喔。」

「是。」聞人胤接過紗布開始和連未央一起為蕭玉明包紮。

我到一旁稍微清洗了雙手，開始等候蕭成國的到來。

這些老奸巨猾的傢伙團結的時候不好捉，只有各個擊破。我說此事可議，對蕭成國誘惑很大，他不會不來。他還想在慕容家族那裡立上一功。

待聞人胤幫蕭玉明包紮好，重新穿好衣服時，蕭成國跟在懷幽的身後來了。

「哼，送上門了。」蘇凝霜在我身旁輕笑。

我也揚唇而笑，緩緩枕落蘇凝霜的雙腿，雙腳則放上瑾崋的雙腿，做我好色荒淫的女皇。

瑾崋的雙腿立刻緊繃起來，練武之人，一旦緊繃，全身肌肉硬如磐石。這個瑾崋，沒有蘇凝霜淡定。

「女皇陛下，蕭尚書帶到。」懷幽輕輕稟報。

宮人是可以出宮的，只是懷幽平日不出去罷了。不過，懷幽出宮應該很快會引起孤煌少司的注意，他應該不久後就會到了。

蕭成國看我一眼就皺起眉，也不行禮，直接對我說道：

「慕容老太君乃是三朝元老！為巫月立下汗馬功勞……」

「我的小明明是不是你打的？」我輕描淡寫地打斷了蕭成國的話。

蕭成國一愣。起身的蕭玉明也是蹙起秀眉。一旁的男人們紛紛露出忍俊不禁的神情。

我懶懶起身，沉沉而語：「本女皇問你，我的小明明，也就是蕭玉明，是不是你打的？」

「不錯！是臣打的！他是臣的兒子，老子打兒子天經地義！」蕭成國回過神，一臉的囂張蠻橫。

「是嗎？來人～～拿下。」我輕描淡寫地說，起身看著自己的指甲。

立刻，門外湧入侍衛，將蕭成國直接按住。雖然近衛軍歸慕容襲靜統領，但我這個女皇說話，只要不是去殺他們主子，他們還是會聽從。他們畢竟只是侍衛。

「女皇陛下！您這是做什麼？」蕭成國大吃一驚。

此時，大殿上的人無不驚訝，包括站在一旁的蕭玉明。

「蕭成國，你好大的膽子，連本女皇的玩具都敢弄壞！」我抬眸冷冷看他。

蕭成國一怔。

我指向滿朝的男人。

「這些人是你們這群老東西送來陪我玩的！我好不容易把他們一個個治好，變得順眼起來，你居然敢把小明明打成那個樣子！你膽敢損壞本女皇的玩具！本女皇砍了你，信不信？」

登時，蕭成國的臉色瞬間發白，看向蕭玉明，蕭玉明側開臉，面露深思。

「玉明！快向女皇陛下求情啊！我可是你爹！」蕭成國忽然朝蕭玉明大喊起來，額頭已經冷汗密布。

蕭玉明依然沉默無聲，越發側轉身體不看蕭成國。

「好個白眼狼！是誰把你養那麼大！給你吃、給你穿！」蕭成國哀求不成，轉為辱罵：「你這個不孝子！回家看我怎麼收拾你！」

「給我打！」我淡淡開了口，輕悠悠的話音不輕不重，但讓蕭成國立時收住了口，轉臉朝我看來。忽地，他掙脫侍衛，囂張而狂妄地看我。

「妳敢打我？妳想打我還得先問問攝政王同不同意！」他冷笑一聲，拂袖背到身後，一臉得意。

我看他一會兒，打個哈欠，在滿朝文武的目光之中懶懶說道：

「老子打兒子是天經地義，君打臣，也是天經地義。我打你取樂，烏龍麵不會不同意的，給我打！煩死了。」

我撇開目光，露出不耐煩的神情。蕭成國一愣。

我看向兩邊也有點不敢下手的侍衛，瞇眼一笑。

「小花花、小蘇蘇，你們不是無聊嗎？你們去打吧。」

「好啊！」蘇凝霜第一個站了起來。

這時，蕭成國真有點怕了，他知道有個人是絕對不會手軟的，那就是瑾崋！

「你們別亂來！」見瑾崋也站了起來，他立時大喊。

「我想打你很久了！因為，我不能打女皇！」說完，瑾崋第一個飛躍而下。

蕭成國看見這情形，拔腿就跑：「救命啊——快告訴攝政王——」

所有人都被眼前的情形驚得目瞪口呆。

蕭成國大步朝殿門踉蹌跑去，哪裡還有一位尚書大人的模樣，狼狽不堪。

瑾崋也不追，站在殿下冷冷看他落跑的背影。蕭成國這種人天生欺軟怕硬，越是喜歡虐待別人，其實越是害怕比他強的人！

「關門，打狗。」我淡淡說了聲。

「是！」蘇凝霜旋即飛躍而起，躍過蕭成國的上空，身影如劍穿過蕭成國地上的影子。就在蕭成國要跑出大殿，看到曙光之時，蘇凝霜飄然落在他的面前，對蕭成國蔑然一笑。

「你的攝政王，來不及救你了。」說罷，冷冷關上了殿門。

懷幽早已命人拿來棍杖，今天懷幽似乎也變得特別積極。

蕭玉明轉回身冷冷瞪著已經驚慌失措的蕭成國，可以說，所有人都盯著他，整座大殿在大門關上的那一刻，徹底斷絕了明亮的陽光，儼然變成了陰森的森羅殿！

我像閻王一樣冷冷坐在皇位上，俯看臉色蒼白的蕭成國。

「你、你們不可以亂來！朝堂之上，怎可動用私刑！」

我嘴角勾起一抹冷笑，慢慢站起身，從懷幽手中接過粗重的棍杖。

「這裡不是朝堂，孤煌少司那裡才是。這裡，是本女皇巫心玉扮家家酒的地方。殿上的每個男人都是我精心製造出來的藝術品，而你，膽敢破壞其中的小明明，讓我真的……嘶……很生氣。」

眸光銳利地刺穿蕭成國驚慌不已的雙眸。

蕭成國在我陰冷的目光中步步後退，撞上了蘇凝霜的胸膛，雙腿發軟，跪在了冰冷的大殿之上。

「饒、饒命，女皇陛下饒命。」

我再拿出摺子。

「你居然還敢替慕容家求情，你明知他們是來搶我的小蘇蘇的。我最恨別人搶我的男人，我沒砍了慕容香已經是看在烏龍麵的面子上，既然你打壞了我的小明明，那麼，今天讓你也嚐嚐棍子的味道！」

我托起棍杖，蕭成國立刻趴伏在我的面前。

「女皇陛下饒命，饒命啊——」尚未開打，他的喊叫已經相當淒厲。我可記得昨晚他打蕭玉明的時候，蕭玉明可是一聲未吭！

我蹙緊秀眉：「我那麼善良，怎麼能打人呢？」

「是是是，女皇陛下是全天下最善良的神女，求女皇陛下饒了臣，臣知錯了，臣再也不敢打玉明了，臣定會好好待他，給他買好吃的，穿最好的衣服。玉明，啊？爹發誓，爹再也不打你了。」

蕭成國如同哈巴狗一樣看向蕭玉明，目光之中卻閃過一抹狠辣，宛如在威脅自己的兒子。

「小明明，你怎麼看？要我打嗎？」我問蕭玉明。

蕭玉明緩緩看向蕭成國，蕭成國期盼地望著他。蕭玉明變得沉默，眸子裡漸漸浮現難掩的恨意，甚至身體也開始輕輕顫抖。蕭成國立時收緊了目光，視線之中竟是有了威脅之意。宛如在威脅他，他遲早是要回蕭家的！

蕭玉明狠狠瞪視蕭成國片刻，忽然轉開了臉，不發一言。

蕭成國登時慌張起來。

我淡淡一笑，把棍子一扔：「小花花，打。」

「是！」瑾崋飛身接住棍子，毫不猶豫地一棍打在了蕭成國的後背上。

「啊——」蕭成國往前撲倒之時，瑾崋就亂棍而下，一陣劈劈啪啪，毫不留情！

我在亂棍聲和蕭成國的慘叫聲中轉身，懷幽上前攙扶我的右手，扶我回到高高的皇位，轉身坐下之時，懷幽退到一旁，冷漠淡然地看被杖責的蕭成國。

這頓亂棍是在為被蕭成國虐待而死的忠臣們報仇，是在替冤魂們伸冤，更是在為蕭玉明枉死的母親報仇！這種連家人都虐待致死的畜生，應該得到他應有的報應！老天爺派我巫心玉下山，就是來對付這群貪官汙吏的！

大殿上的每個人都淡漠旁觀，如同昨晚蕭成國打蕭玉明時那群漠然的兄弟姊妹。但是，大殿上的人們眸光中多出了一絲憤怒。宛如這頓亂棍也是打在平日欺負他們的人身上，讓他們在心底洩憤！

蘇凝霜的嘴角始終掛著蔑笑，我知道，僅僅這一頓亂棍是遠遠不足以讓那些被蕭成國虐待致死的亡魂們滿意的。只要想到蕭成國為了滿足自己那變態的私慾，用各種殘忍的手段虐待入獄的忠良，我全身就止不住地發寒！

為什麼這種人還會好好地存活在世上？而且，還活得富貴榮華！

世界上最不公平的，就是讓人渣活在你的面前！

而且這些人渣怎麼掃也掃不盡！

蕭玉明站在一旁默默看著，他的黑眸裡滿含憤怒和屈辱，仇恨化作淚水從眼眶中流出，他閉上了眼睛，轉身不再看亂棍之中的蕭成國。

「夠了……」哽啞的話語從他口中而出。

我揚起手，瑾崋止住手，蕭成國已經被打得氣息奄奄。

「攝政王……救我……救……我……」

「匡噹——」殿門被人重重推開，陽光傾瀉之時，映出了孤煌少司玄色深沉的身影。

他，果然來了。

孤煌少司立在殿門之前，他的身後是慕容襲靜與慕容燕。一隊侍衛分立兩旁，宛如隨時可以封鎖殿門，不讓一隻蒼蠅逃離。

他落眸淡淡看一眼趴在地上的蕭成國，緩緩進入，走到蕭成國一旁時，蕭成國伸出顫顫的手抓住了他的衣襬。

「王……救我……」

孤煌少司蹙眉嫌惡地踢開蕭成國的手，冰冷的雙眸中寫著「蠢貨」兩個字。他抬眸之時，已是滿臉微笑與溫柔。

「小玉，妳這是又在玩什麼？」

「蕭成國不乖，把我的玩具弄壞了，我也要弄壞他。」我生氣地撇開臉，單手撐在鳳椅上。

「他……弄壞誰了？」孤煌少司臉上的笑容，因為「玩具」兩個字已經開始僵硬。

我隨手指向蕭玉明：「小明明啊。你看他把他打得骨頭都斷了，氣死我了！」

我生氣轉回臉。

「這群老東西送一群拐瓜劣棗來也就算了！我也湊合了！但我不允許在我把他們一個個做成美男後又被弄壞！這是在破壞我的心血！你說蕭成國該不該打？」我大聲反問孤煌少司。

孤煌少司擰緊了眉。

我隨手把奏摺「嘩啦啦」扔到孤煌少司的腳前、蕭成國的面前。

「你看！這是他上給我的摺子，居然讓我撤銷削去慕容家爵位的皇命，這不是讓我出爾反爾嗎？我可是女皇啊！這樣我多沒面子！而且，他這件事有告訴你嗎？」

孤煌少司的神情瞬間陰沉，他最不爽的事情，就是有人敢越過他單獨上摺子給我。但是，我知道這件事還不足以讓他與蕭家反目。

他陰沉地看向地面的奏摺，冷笑一聲：「小玉打得好。」

「你也覺得我打得對嗎？我也覺得。你看小花花，平日都沒精打采的，今天讓他打人，他可開心了！」我笑著說。

孤煌少司看向一邊的瑾崋，瑾崋冷冷瞥他一眼，轉開臉。

「只要能讓小花花有一點點表情變化，我就很有成就感。這樣吧，烏龍麵，明天你讓老東西們輪流到我這裡來被小花花打！」我繼續笑道。

孤煌少司的臉色瞬間拉黑。

「這……不妥吧。小玉，他們年事已高，禁不住的。若是被打死了，巫月就無人做事了。」

「這樣啊……」我噘起嘴：「沒趣，下朝了下朝了，回去傳本女皇口諭，你們全是陪本女皇玩的人，也就是本女皇的人，誰敢怠慢你們，就是怠慢本女皇，全拖來打屁股！」

孤煌少司登時面色緊繃，眉毛微微揚起。

「臣！遵旨——」兩旁男臣含笑行禮，異常響亮的聲音在整個大殿迴盪。

在眾人離去時，我吩咐懷幽：「懷幽，帶小明明下去養傷。」

「是。」

見懷幽走向蕭玉明，孤煌少司看向我：「妳留他在宮內養傷？」

「是啊。」我開心地跑到他面前，仰臉看他：「他身上的傷很有挑戰性，我正在想怎麼把他的瘸腿治好，或許需要重新打斷。」

孤煌少司的臉上閃過一抹古怪的神色，僵硬片刻微笑看我。

「只要妳開心就好。」他抬起臉，轉身沉沉命令：「來人，送蕭尚書回府。」

「是！」慕容燕命人上前抬走蕭成國。

「烏龍麵，今天讓我帶小花花和小蘇蘇出去玩吧。」我隨口道。

「妳又想出去捉誰？」孤煌少司立時轉身，正色看我。

我心中暗笑，果然我捉男人捉出名了。

我戳戳手指：「我有點想梁子律了。你放心、你放心，我不會捉他回來的，我覺得這樣挺好玩的，我可以帶上慕容燕！」

我一指慕容燕，慕容燕立時後背一緊！

孤煌少司擰緊眉：「不准！」

「嗯～讓我去嘛！」我拉住他手臂開始撒嬌：「人家在宮裡太悶了，總是想起你，好煩吶！」

「妳……總是想我？」孤煌少司微露喜色，臉上的神情柔和不少。

我撇開臉，噘起嘴，羞澀嘟囔：「不知道怎麼回事，昨晚之後作夢老夢到你……」

「哈哈哈哈……知道了，妳去吧。」孤煌少司開懷大笑，伸手撫上我的長髮：「早點回來，妳出去散散心也好。」

「謝謝烏龍麵！」我開心地抱住他，果然他清楚邪術的作用。他是可以硬來的，但是他打不過我，這讓他無法硬來。他和我如老鷹與兔子，捉逃之間，他也感到樂趣無窮，所以並不焦急。

‡ ‡ ‡

孤煌少司因為我心心念念想他，變得心情格外好，我出門獵豔還差人護送。這次我出宮不但配備了豪華馬車，更有侍衛隨行，外加慕容燕駕車，終於有了女皇的待遇。

坐在豪華馬車裡，蘇凝霜已經躺在軟墊之間，他是一個隨性放任之人，從不會讓自己不舒服。不像瑾崋，則是僵硬地坐在一邊，冷冷斜睨已經有種妖妃味道的蘇凝霜。

「烏龍麵說他從未和女子有肌膚之親，你們信不信？」我開口問。

蘇凝霜斜睨的目光一滯，僵硬朝我看來。瑾崋更是滿臉灰黑彆扭，沒好氣地撇開臉。

「不知道！」

「嗯！」我點點頭：「你們跟他不熟，自然不知道，問個跟他熟的，慕容燕～～」

我刻意大聲喊：「攝政王是不是處男啊～～」

登時，馬車似乎都顫了顫，慕容燕的後背徹底僵硬。

我爬出去，單手環上他的脖子壞笑。

「聽說……你是那個，大家都說烏龍麵不碰女人，那他……有沒有碰過男人啊？」

「咳！咳咳咳咳！」慕容燕登時咳得滿臉通紅，竟說不出半句話來。「沒，咳咳咳！沒。咳咳咳……」

我笑看他，抬手拍上他咳得緋紅的臉。

「你現在怎麼這麼老實了？我都不習慣了。瞪我，瞪我好不好？像上次那樣瞪我啊！」

慕容燕在我的拍打中隱忍憤怒，低下臉道：「奴才不敢。」

「沒意思。」我轉身回到車內，瑾崋一臉受不了地看我。

「沒想到妳這人不僅壞，而且……十分惡趣味！」蘇凝霜撇著冷光輕笑看我。

我揚唇一笑，奇怪地說：「那怎麼烏龍麵那麼老道？可不太像是從未碰過女人的人。」

我說得不輕不重，慕容燕也能聽得真切。孤煌少司派他來，自是為了彙報。我要讓他回去難以啟齒！

「這要看男人的性格～～」蘇凝霜又如同專家般總結起來：「若是這個男人做事沉穩冷靜，自然不會慌張。如果是妳的小花花～～哼，進行一半就不行了也說不定～～」

立時，瑾崋殺氣四射看蘇凝霜。那目光宛如在說：「你說誰不行？」若非此刻是在馬車裡，又有慕容燕在外，只怕他們兩個又要打起來了。

「小花花，要不要我們哪天比一下誰的技術好？」蘇凝霜放浪而笑。

瑾崋的臉登時炸紅，憤憤看向我，咬牙低語：「妳一個女人說這種話真的合適嗎？」

我笑了，也是輕聲而語：

「你不是一直把我當男人看嗎？我有這方面的疑惑，當然是問你們這種男人。」

瑾崋紅臉轉開。

「還要看這個男人是不是真愛。」蘇凝霜像專家般繼續說：「面對心愛之人，應該會很緊張，若只是普通喜歡，逢場作戲，我覺得像攝政王那種男人，應該是不會緊張的，否則，他怎會是攝政王？他連滅人家九族都不皺一下眉頭，怎會在床上亂了方寸？哈哈哈——」

蘇凝霜狂浪大笑起來，宛若這種風月之事他尤為喜歡。

「即使他沒做過，作為我們男人，這種事怎會不知？除非……像那種整天只知道練武，沒腦子的豬！」

「你說誰是豬？」瑾崋原本漲紅的臉泛出青黑：「我們是自愛！不像有些人常流連風月！哼！」

瑾崋目露殺氣地瞪視蘇凝霜，蘇凝霜嘴角帶勾地抬腳踹了踹瑾崋，瑾崋憤然打開，怒視。

「你這人就是那麼討厭！應該讓妖男把你千刀萬剮！」

「哼……」蘇凝霜壞壞看憤怒的瑾崋，逗弄瑾崋是蘇凝霜留在宮裡唯一的樂趣。「你是恨我？還是愛我？」

「滾！」瑾崋攥緊了拳頭，已是滿頭青筋。「你喜歡男人找慕容燕去！」

立刻，外面也是殺氣騰騰，於是，我在殺氣的層層包裹中前往梁相府。

經蘇凝霜解釋，我姑且相信孤煌少司是，也說明他心裡，我並非他的真愛。

轉眼間，到了梁相府。

收到消息的梁秋瑛和她的丈夫以及子女們，早早就立在門外恭候。這一次果然與上次不同，還有人報信。

我帶著蘇凝霜和瑾崋一起走下馬車，梁秋瑛領首行禮。她只有一位丈夫，育有二女一子，梁子律便是最小的兒子。

梁秋瑛的兩個女兒也顯得沉穩大方，向我行禮，只是其中一位較為年輕的少女偷偷朝瑾崋看去，目露擔憂之色，身旁看似姊姊的女子輕輕碰了她一下，她才再次低下臉。

梁子律板起臉，抿緊雙唇低垂臉龐。

「恭迎女皇陛下。」

「免了、免了。」我只看梁子律，充滿崇拜之情：「子律，我又來看你了。」

梁子律面色繃緊，不願與我多接觸一分。

「梁相，小蘇蘇和小花花我交給妳了，他們悶在宮裡太久，出來散散心，讓他們在妳府裡玩玩。」

我看向梁秋瑛，梁相滿臉的不情願。

「臣，遵旨。」

我再看向跟隨我身後的慕容燕。

「慕容燕。」

「奴才在。」雖然慕容燕現在對我「唯命是從」，但他那凶狠的目光裡是一團隨時準備爆發的熊熊火焰！

「看緊小蘇蘇和小花花，別讓他們跑了，明白嗎？」我對他輕聲囑咐。

「是！」

慕容燕沉臉轉身，只是一個目光，跟隨而來的侍衛便站立在相府門口，宛如把相府包圍了。

「女皇陛下請。」梁秋瑛一家請我入內。

笑嘻嘻坐在上次的涼亭，我依然雙手托腮坐在梁子律對面，他板起臉一邊算自己的算盤，一邊記帳。

慕容燕被瑾崋和蘇凝霜牽制住，早已不見蹤影。

「蕭尚書被妳打得只剩半條命。」他目光落在帳冊上，說話時薄薄的唇幾乎不動。

「消息傳得可真快。」我揚了揚眉。

「外面對妳的傳聞越來越好了。」梁子律翻過一頁，繼續說。

「哦？這可不算個好消息。」

他微微抬眸，不看我，繼續打算盤。

「說妳這個女皇雖然好色，但削掉了慕容家的爵位，又打了蕭成國，大快人心！」

京城還真是一個一點點風吹草動都備受關注的地方。我早上才關門打了狗，現在就已經傳遍整座京城了。

「慕容老太君現在還臥床不起，妳這是在逼反慕容家！」梁子律頓住手，抬眸筆直朝我看來，眸光之中，閃過深深的憂慮。

「如果……我就是這個意思呢？」我冷冷一笑，眸光亦是直接投向他。

他立時一怔，他冷淡的雙眸閃過無數念頭，他再次垂臉，「劈劈啪啪」撥弄算珠。

「那蕭家呢？」梁子律淡淡的話音伴隨著算盤珠聲而來：「妳已經打了蕭成國，怎麼除掉他們？孤煌少司不會袖手旁觀。」

「這就要看懷幽了。」我也伸手撥弄另一邊的算盤珠子，宛如在靠近梁子律的手。

「妳又想用美男計？」他手一頓，朝我看來。

「知我者～～子律也～～」我笑了。

他蹙眉：「妳利用蘇凝霜削了慕容家的爵，又想用懷幽對付誰？對方未必會上鉤。」

「英雄難過美人關，女人心更是柔如水，不然，也不會每一任女皇任由孤煌兄弟擺布了。」我單手支頤道。

梁子律沉默了。風從我和他之間偷偷溜過，帶著些許悲涼的滋味。如果可以，我也不想這麼卑鄙，但是，不奸又如何對付奸人？

對付奸人唯一的辦法，只有比他們更奸、更詐！

「那妳呢？」他忽然問，抬眸朝我看來，眼神雖是寡淡，卻帶著一抹認真。

「你擔心？」我也看向他。

他不言，只是垂眸盯著自己的帳冊，翻到最後一頁時，他闔上了帳冊。

「如果妳變卦，我會殺了妳。」

「哼。」我落眸輕笑：「這句話瑾崋早對我說過了。」

梁子律聽罷並不驚訝，只是輕輕一笑。這一笑消去了他身上生人勿近的冷意，多了一分知己般的親切。

「你姊姊好像喜歡瑾崋。」我雙手托腮，嘴角揚起。

「不錯。」他倒也大方承認：「在瑾崋出事前，家母已經準備提親。怎麼，妳想賜婚？」他抬眸看我。

我聳聳肩。

「成人之美這種事我是想做，不過也要等到天下大定。那時只要你們家不介意瑾崋跟我的緋聞，我自然樂意成全。」

他如鷹般銳利的目光落在我臉上，注視我良久，垂下眼瞼。

「瑾崋對我二姊無意。」他淡淡說完，緩緩起身，寬大的袖子裡滑出一片可以充當信紙的竹簡。他準備放到我面前時，腳步聲突然傳來，他立刻縮回竹簡，而我毫不猶豫地拉住他放有竹簡的手，把他用力拉到我的面前！

他的身體躍過桌面，長髮垂落帳冊與算盤之上，寡淡的雙眸裡閃過驚訝。因為太突然，他另一隻手本能地撐在桌面上，我拉住他的手滑入他寬大的衣袖，碰到了他手腕內側的肌膚，他的身體微微一緊，側開了正對我的臉。

寬大的袍袖遮掩了我的手，也蓋住了我拿到的竹簡。

「放開子律！妳這個好色的女皇！」女子的厲喝立刻從亭外而來，伴隨著急促的腳步聲，有人將我重重拉開，我的手從梁子律手腕下滑出時，竹簡也已經滑入我的衣袖。我被推了一個踉蹌，故作生氣地看向來人。

眼前是一襲粉綠長裙的秀美女子，眉清目秀，擁有昭君之姿，鵝蛋般飽滿的臉，沉穩之中還帶有一絲英氣。

她正生氣看我，忽地拉起梁子律的手：「子律！我們走！」

「寧兒，不可。」梁子律反而拉住她，對我一禮。「這是臣的未婚妻安寧，性格急躁冒失，請女皇陛下寬恕。」

安寧想說話，被梁子律再次制止。

「既然是子律求情，算了。下次我再來看你。」我也立刻給梁子律台階下。

「恭送女皇陛下。」梁子律面無表情，一起按下了安寧的頭。

我轉身離去。雲岫女皇是出了名的小氣，慕容香要蘇凝霜，就被直接摘掉了郡主的稱號；蕭成國打了蕭玉明，被一頓亂棍險些打死。現在安寧要跟女皇搶梁子律，若是放過，就不是好色女皇巫心玉了。

所以，梁子律只得替安寧賠罪。雖然安寧的出現是一個不大不小的意外，但對整個計畫還是有點影響的。若是方才梁子律沒有及時阻止，安寧大鬧起來，為了顧全大局，我會不得不降罪安家，安大人也會因此受到不必要的牽連。

下一次來，不能再讓安寧進來壞事。

與美男共事，也有麻煩的，這些麻煩，便是守護他們的公主們。

回宮的第一件事，是去蕭玉明的房間。

懷幽正在照顧蕭玉明喝粥，蕭玉明氣色好了許多。我想等的女主角尚未到來，我安排懷幽照顧蕭玉明，是為了製造她見懷幽的機會。

這個女主角，便是蕭玉珍。

蕭玉珍聽聞父親被打，早早出宮回蕭家去了，蕭成國被我一頓亂棍如同風聲鶴唳般，讓那群老東西開始戰戰兢兢。他們已經不敢再說我荒唐，因為我夠荒唐，才會任意而為，不再與他們講究任何章法！

蕭玉明見我前來想起身，我伸手制止：「不要動，你骨頭還沒好。」

他的神情很平靜，也很鎮定，不卑不亢也不驚不慌。他低下臉，瘦削的臉在陽光中多了分讓人心疼的凝重，宛如再燦爛的陽光也無法溫暖他已經冰涼的心。

「女皇陛下想讓玉明做什麼？」

懷幽微微蹙眉，緩緩離開為我搬來一張座椅，輕扶我坐下。

「什麼都不用做，躺在這裡好好養傷。」我溫柔地看蕭玉明。

「哼。」他自嘲一笑：「玉明若是沒有利用價值，女皇陛下怎會救我？」

「放肆！」懷幽有些生氣：「女皇陛下是真心救治你，即使利用你，也是利用你打了蕭成國！」

蕭玉明聽了懷幽的氣話愣了一下，低垂的臉上是變化不定的複雜神情，雙眸之中也是眸光閃閃，氣息因為心緒混亂而不規律。

「你非但沒有感恩女皇陛下，還如此揣度女皇陛下，良心何在？」

蕭玉明在懷幽的憤怒質問中，苦澀而笑。

「良心，你們居然跟我談良心，這個世道還有良心嗎？這個世界，不就是互相利用嗎？」

他憤然抬臉，顫顫的眸光之中是對世間的絕望。

蕭玉明的世界是灰暗的、是無光的，即使是黑白世界也會有白的時候，而他的，只有無邊無際的黑暗。

或許，他在那個黑暗的世界裡掙扎過、求救過，然而殘酷的事實和冰冷的目光讓他一次次失望，最終，他認命了。

但是在蕭玉明的心底還有一息尚未泯滅的星火，在他被粗重的棍子狠狠砸在身上，一聲不吭，毫不求饒時，我看到了他心底那團想要復仇和對命運最後抗爭的火焰！

「好，既然你跟我談利用，那我告訴你，我想利用你，除掉整個蕭家！」我平靜地看他。

蕭玉明立時吃驚朝我看來，眸光閃動的雙眸中寫滿不可置信。宛如無法相信巫月居然會有女皇想要反抗妖男孤煌少司！

「不，不可能。妳、妳怎麼可能！」他連連搖頭，眼神閃爍。「不可能的，不可能，巫月女皇怎麼會！」

他不可思議地看向我，我穩若泰山地微笑看他。

「世界上很多事都不可能，我本是巫女，不可能繼承皇位，你是蕭家末流，也不可能上朝，我們本不可能相遇；現在，你躺在我的面前，我坐在你身邊，什麼都有可能。」

蕭玉明怔怔看我，溫暖的陽光透過窗櫺，灑落在我的身上，漸漸地也朝他的床榻緩緩移去，兩個原本不可能相觸的世界，正緩緩相接。

懷幽面露擔心，輕聲提醒：「女皇陛下，您……」

我揚起手，我知道他在擔心什麼，擔心蕭玉明不會忠於我，會背叛我。

「懷幽，還記得我跟你說的嗎？我巫心玉，用人不疑，疑人不用。」我微笑看懷幽。

「女皇陛下英明。」懷幽在我微笑的目光中頷首而笑。

陽光終於灑落在蕭玉明的身上，把他帶入我的世界。

他依然帶著些許震驚地看我，我繼續說道：

「那麼，我們繼續說說利用與被利用的事。既然是我利用了你，我也要給你好處，我給你的好處，就是治好你的傷、你的腿，以及在所有事結束後許你官職。」

驚詫閃過蕭玉明的雙眸，他看我的目光中也流露出些許懷疑。

「當然，官職會依你能力而定。待我剷除你的家族後，刑部尚書和戶部尚書都會有空缺，你若想得到其中之一，就拿出你的能力來，讓我認可。你看，這筆交易如何？」

我淡笑看他，不急不躁。

「妳不會成功的，蕭家背後有攝政王。」他驚詫看我片刻，低下臉。

「我想問你，除掉蕭家，對你而言，又是什麼？」我幽幽而笑。

「是復仇！」他雙拳擰了擰。

「看，只是復仇，不是夢想，夢想才有可能達不到，但復仇只要計畫周全，就可以成功。」

他再次怔然抬臉看我，我站起身。

「我幫你復仇，你只要幫我再做一件事，這仇，就等於是你親手報了！」

「什麼事？」他眸光立時收緊，沉沉說道。

我揚唇一笑，外面的陽光漸漸轉為橘黃色，夕陽又再次降臨。

好快，這一天又要結束了。

秋風習習，宮內深秋枯葉落盡，月如銀霜，波光粼粼。我和懷幽、瑾崋、蘇凝霜坐於湖邊水榭，盈盈的水光時不時折射到我們身上，如鏡光反射，讓各自都變得有些不真實。

今夜月兒分外明，讓我不禁想起中秋。

巫月沒有中秋節，也沒有中元節，自然也就沒有吃月餅的習俗，所以這裡也沒有月餅。但是糕點師傅做的糕點也是精美絕倫。

冬天，會將雪水儲存於冰窖，到夏天，用雪水做出的綠豆糕帶著一種天然的清新。夏天，會將荷花最嫩的花苞摘下曬乾，如今做成的荷花糕裡帶著幽幽的荷花甜香。

蘇凝霜橫躺在廊椅上，只要有地方躺，我從未見他好好坐過。他把頭枕在瑾崋的雙腿上，瑾崋正趴在廊椅欄杆上對著水榭邊的池水發呆，裡面秋蓮在月光中如同一盞盞銀色的蓮花燈。

懷幽為我披上了披風，靜靜立在一旁。

我拿出竹簡，在明亮的月光中看，竹簡上只有簡簡單單四個字：「阿寶是誰？」

我微微蹙眉，梁相問阿寶是誰，可見她並不知阿寶，如果阿寶不是她的人，那會是誰？

這是我跟梁相之間的一個猜謎遊戲，猜宮中誰是她的內應。

我本以為是阿寶，因為阿寶是月氏，又曾與巫溪雪有關，雖被退婚，但並不一定會記恨巫溪雪，或許還為其辦事，那麼他可能是梁相的人。

而現在，梁相居然連聽都沒聽說過阿寶，那他到底為誰辦事？還是跳過梁相，直接作為巫溪雪的眼線？

「美男計很好用啊～～」蘇凝霜躺在廊椅上如同嘆氣般說，輕笑的目光朝我瞥來，然後看向懷幽。「只是沒想到懷幽居然也用得上。」

懷幽雙眉擰緊，無視蘇凝霜地側轉身，老實沉穩的臉上已滿是不悅。

我收起竹簡，遙看遠遠站立的宮人們。

「男人的世界，喜歡用美人計，巫月是女兒國，自然得用美男計，屢試不爽，只差瑾崋沒用過了。」

「別用我。」瑾崋立刻甩來一句話。臉依然朝外，不看這裡。

「哼，你的清白早給巫心玉了，你還裝什麼高潔。」蘇凝霜輕鄙地抬手捏住了瑾崋的下頜，有如調戲般。瑾崋一臉煩躁，討厭地直接揚手一把將他的手拍開。

「你能不能別那麼討厭！別動手動腳！你喜歡美男計你自己去！」

「好啊，不如我們比比，看誰能勾引到巫心玉！」蘇凝霜斜睨瑾崋。

立時，瑾崋和懷幽都朝蘇凝霜吃驚看去。

蘇凝霜躺在廊椅上冷笑。

「連妖男兄弟都無法讓巫心玉動心，讓我很想知道巫心玉的心裡，到底喜歡怎樣的男人。是不是啊？女皇陛下？」他瞥眸朝我看來，帶勾的眼角充滿冷媚。

我低臉抿茶，輕輕吹開漂浮在茶水上的金色桂花花瓣。

「做你的事，少管我的閒事。」

「哈哈哈哈——」蘇凝霜大笑，緩緩坐起，勾唇帶著鄙笑地看我。「妳喜歡的男人現在可不在身邊幫妳，在妳最需要人相助的時候，他怎麼沒有出現？難道……是妳單戀？」

我擰緊眉，這個蘇凝霜真討厭！

瑾崋和懷幽的目光也紛紛落在我的身上，我放落茶杯。

「懷幽，去把阿寶找來。」

「是。」懷幽垂首從我身後走過。

「妳在迴避。」蘇凝霜冷笑一聲。他一副看透真相的模樣，高傲而蔑然。

懷幽在我身後的腳步一頓，瑾崋看看我，又看看蘇凝霜，忽然生氣起來，猛地推一把蘇凝霜。

「巫心玉喜歡誰關你屁事！你再問一句，我把你扔水裡！」

蘇凝霜冷蔑的目光朝瑾崋撇去，冷笑道：「哼，一個個都口是心非。」

懷幽從我身側走出，默默走入了外面夜色之中。

瑾崋嫌惡地白了他一眼，氣呼呼地再次趴在欄杆上不理他。

蘇凝霜斜著目光看了瑾崋一會兒，忽然湊到他耳邊，冷媚的視線朝我撇來，低語：

「我幫你問的。」

蘇凝霜說得極輕，卻有意讓我聽到，尤其是他那筆直瞥向我的視線。

「你這個垃圾！」瑾崋登時如同點燃的爆竹，直接拽住他的手，毫不猶豫地甩出了水榭。

我驚然起身，只聽「砰！」一聲，水花四濺，打散了池中的圓月。

瑾崋生氣地看著水面晃動不已的水池，渾身的殺氣，髮絲上掛著濺起的水珠，在月光中閃現點點珠光。

「哼！」他坐回廊椅，不看落水的蘇凝霜一眼。

我急急到欄杆邊，月光下的荷花池緩緩平靜，不見蘇凝霜的身影。

「別管他！」瑾崋甩開臉：「他凍不死！」

水面已經徹底平靜，絲毫不見蘇凝霜，我急了。

「我不是怕他凍死，是怕他淹死！你知道他懂水性嗎？」

「我不清楚……」瑾崋愣了一下，隨後大驚失色。「不好！」

他立刻起身，甩了長袍，躍上欄杆，在月光中躍出，月光勾勒出他的身形，如海豚一般迅捷。

「啪！」瑾崋也躍入荷花池，水花在月光中四濺開來，如同晶瑩的珍珠從水中灑出，顆顆滴落。

我微微遮擋水珠，只見瑾崋也沒入池水之中，下一秒池水晃動起來，緊接著兩個糾纏的身影在月光中若隱若現，並不真切。

這是……

「呼啦！」瑾崋和蘇凝霜一起浮出水面，蘇凝霜勾住瑾崋的脖子大笑起來。

「哈哈哈——哈哈哈——」

「混蛋！你故意的！」瑾崋憤怒地甩開蘇凝霜的手臂。

「深秋水涼，你居然把我扔進池子，我自然要讓你一起來陪我。」蘇凝霜浮在水中輕笑看瑾崋。

「你！」瑾崋氣憤地揪住蘇凝霜的衣領。蘇凝霜捉弄了瑾崋，依然一臉傲然。

我哭笑不得，站在廊椅邊俯看這對冤家。

「蘇凝霜，我喜歡誰不重要，但我知道你喜歡誰了。」

「誰？」蘇凝霜冷笑朝我撇來。

「你為這個人甘願隨我入宮……」我壞壞一笑。

蘇凝霜瞥過來的目光瞬間凝滯，嘴角的笑意也無法再保持下去。

「你整天逗這個人只為讓他開心，你和他像是歡喜冤家，你只想與他朝夕相伴，你……」

「我還是把他淹死吧！」還未等我說完，蘇凝霜直接把瑾崋的頭按進了水中，白了我一眼，受不了地輕笑一聲，轉開臉，毫不猶豫地一直按住瑾崋的頭。

瑾崋開始掙扎起來，狠狠扯掉蘇凝霜的手再次浮出水面。

「咳咳咳！你有病啊！你想謀殺我！」

「我只想證明我不喜歡你。」蘇凝霜攤開手。

「我更不喜歡你！殺了你算了！」瑾崋「嘩啦」一聲在水中直接撲向蘇凝霜，狠狠掐住他的脖子，兩個人將一池平靜的池水攪得「嘩啦」直響，水花四濺，好好的月亮早已破碎不堪。

「女皇陛下，阿寶帶到。」身後傳來懷幽輕悠的聲音：「凝霜公子和瑾崋公子怎麼了？」

他關心地問。我揮揮手，寬大的袍袖垂在手臂之下。

「打水仗呢。來，把荷花糕給我。」我笑語。

「是。」懷幽應聲，但我聽到了比懷幽更快的腳步聲，隨後一雙肉感的手托住放有桂花糕的盤子呈到了我的面前。下面晃蕩不停的池水中，映出了阿寶破碎的身影。他站在我的身邊，呆呆地看著我的側容。

「放肆！」身後傳來懷幽嚴厲的低語，阿寶立刻低下臉。

我輕拾袍袖從盤中取出荷花糕，剁下一小塊，笑看池中扭打的二人。

「小花花。」

瑾崋下意識朝我看來，我立刻將手中的桂花糕丟下。瑾崋不可思議地看我一眼，但顧及阿寶在，還是張開嘴接住，鬱悶地吃下。

「乖，來，小蘇蘇。」我笑了。

蘇凝霜笑了笑，推開瑾崋往水中微沉身體，緩緩朝我游來，上下擺動的優美身姿如同美人魚一般游到我廊椅之下，然後從水中緩緩探出上身。我趴在欄杆上放落荷花糕，他微微躍出身體，含住荷花糕的同時也含住了我的手指，那一刻，他的黑眸中閃過一抹他蘇凝霜特有的冷媚，讓他身後的瑾崋立時呆愣，臉開始發紅。

我也不禁一時失神，手指被他溫熱的嘴唇包裹之時，難免心跳漏了一拍。

他含走了荷花糕，在水中對我一禮：「多謝主人。」

我笑了，收回手。妖妃這個角色，蘇凝霜演得很好。

「懷幽，帶小花花和小蘇蘇去浴殿。」

「是。」

「女皇陛下來嗎？」蘇凝霜在池中問。

「噁心！」他身後的瑾崋直接轉身表達不滿。瑾崋像是故意用狗爬式，「嘩啦啦」地濺起巨大的水花，直接破壞這裡的曖昧氣氛。

蘇凝霜冷冷睨他一眼，依然保持他優美的泳姿，朝岸邊而去。

待兩人上了岸，懷幽去迎他們時，我才轉身坐下，看身邊這位不老美男。

「你就是阿寶？」

阿寶今夜似是精心打扮過，沒有穿平日的宮裝，而是一身適合他身形的精幹短衣，白色打底，黃色鏤空花紋的外衣，特殊的設計突顯了他的可愛。長髮也不像平日那樣梳成一個包子，而是梳成一束，垂在身後，平添幾分江湖氣度。如同少俠降臨，讓人心中沒來由地喜歡與信任。

「是，奴才就是阿寶。」阿寶立刻跪落我的裙邊。

「沒想到你這麼晚還在宮裡。」我單手撐在欄杆邊，慵懶地俯看他。

「阿寶沒有家，所以皇宮就是阿寶的家。」他說得分外誠摯，宛如打死他也不會離開皇宮。

我伸手到他下巴之下，他並不驚慌，反而配合我的手勢，緩緩抬起了臉，雙眼皮的大眼睛此刻在月光中水光盈盈，水靈靈地讓人無法移開目光，再配上長長的睫毛，如同嬰兒的眼睛一般清澈，讓人心生憐愛。

好一雙勾魂攝魄的迷魂眼！

這種眼睛一般只生在美女身上，但生在他臉上，竟是毫無不協調感。也難怪慕容燕會為他著迷。

月氏這一支神奇的血脈即使男子長到三十，也依然如同十八少年，而且，每一代只有一人會遺傳到這不老童顏。

我放開了手，他再次垂下臉，顯得格外乖巧可人。
我從懷中拿出了美男冊，在月光中慢慢翻看，淡淡而語：「你畫得不錯。」
「女皇陛下太看得起阿寶了，阿寶可畫不出。」他笑答，絲毫看不出任何破綻。
我一直看著他，揚唇而笑。
「那……你看看本女皇畫得怎樣？」我緩緩把畫冊放到他的面前，他笑著探頭過來看，登時，在月光中怔住了身體，這小小的變化已經足以出賣他。
畫師有自己的原則，每一幅畫都像自己的孩子，不容他人篡改！畫得越好，對自己畫的愛惜度也越高。藝術家多多少少都是有傲氣和脾氣的。阿寶再隨意，也不會對別人動了他的畫無動於衷。
他看了一會兒，可愛甜美的笑容依舊，低下了臉說：「女皇陛下畫得真好。」
「不好意思，破壞了你的畫。」
「那畫不是阿寶……」
「別不承認了。」我拍拍他的頭：「承認會畫畫有什麼好緊張的？又不會死。」
阿寶跪在我的裙邊，忽然趴伏在地。
「女皇陛下英明，此畫確實是阿寶所繪，阿寶擔心因為畫春宮圖而被女皇陛下嫌惡，所以不敢承認。」他急忙解釋。
我低眸看他片刻，起身道：
「畫得很好，我很喜歡。以後就跟著我吧。最近懷幽要照顧小明明，我身邊正好無人。」
「謝女皇陛下給阿寶這個機會！阿寶定當好好服侍女皇陛下，盡心盡力！」

他開心地大呼，絲毫沒有驚訝或是愣怔，似是意料之中，又似是天性使然。到底是這阿寶天性開朗，初生之犢不畏虎，還是深藏不露，泰山壓頂心不驚，只消用時間來證明。

無論是敵是友，對我來說，放在身邊比讓其隱藏暗處更為安全。

寢殿已經燈火通明，阿寶緊緊跟隨我的身旁，在我走上台階時，他立刻像懷幽一樣伸手輕扶我手臂。當我走到殿門前時，他立刻像懷幽一樣跪坐在我華裙之下，在我抬腳時，他輕輕為我脫去鳳靴。無論如何看，他都將是一個貼心的奴才，又一個懷幽，甚至有過之而無不及。

但是，他的可疑之處也在於此，一個入宮不久的奴才，在第一次面對女皇時，何以如此沉穩鎮定，不出差錯？

我走入殿內，阿寶緊緊跟在我身後，臉上始終帶著他純真如孩子般的笑容，用他那雙可人的水汪汪大眼睛好奇地四處張望。

還未入殿，已傳來蘇凝霜高冷無聊的聲音：

「女皇陛下怎麼還沒回來？長夜漫漫，獨守空床分外寂寥～～」

「噁心！」殿內溫暖的空氣中傳出瑾崋嫌惡的話音：「你早晚會失寵的！」

「哼，你這種無趣的木偶都沒有失寵，我怎會？」蘇凝霜的語氣裡滿是輕蔑與嘲諷。無論誰也不會對這兩個傢伙產生任何懷疑。

「女皇陛下就寢——」候在內殿外的宮女見我前來，大聲呼喊提醒。

懷幽立刻從殿內匆匆走出，看見阿寶跟在我身邊，只是淡淡看了一眼，不動聲色地到我面前。

「女皇陛下，今夜留哪位公子在寢殿？」

「懷幽，我們很久沒一起睡了，我想你了，你讓小花花去偏殿吧。」我笑看他。

懷幽微微蹙眉，故作推託：「女皇陛下，懷幽今夜要值夜。」

我立刻指向身邊的阿寶：「看！我給你找了個徒弟，以後你不用那麼辛苦了。」

「女皇陛下，阿寶是新人，懷幽擔心他……」懷幽依然面露為難。

「懷御前請放心！」阿寶殷勤上前，熱情的笑容帶著讓人無法拒絕的魔力。「您今晚就好好服侍女皇陛下，阿寶保證兩隻眼睛瞪得大大的，耳朵豎得高高的！」

阿寶說罷把懷幽推進了屋，顯得格外積極。

我笑著跟著入室，蘇凝霜從內走出，已是一身較厚的睡袍，但收腰貼身的絲綢依然襯出男子性感的身姿。

蘇凝霜高冷地瞥了阿寶兩眼，對我說：「新收的？」

我開心地點頭：「不錯，以後他就是小寶寶了。」

阿寶身體微微一怔，燦燦地笑了：「謝女皇陛下賜名。」

懷幽看看他，開始每晚的吩咐：「蘭琴、桃香，帶瑾崋公子回房就寢。」

「是。」

「小雲，帶阿寶下去換侍者的服裝。」

「柔兒、碧詩、慧心服侍女皇陛下更衣就寢。」

「是——」

宮女們開始忙碌起來，小雲來到阿寶身邊，阿寶純真地看向我。

「女皇陛下請安歇，有任何吩咐請喚阿寶。」說罷，他隨小雲離開，一邊走一邊輕聲與小雲說話：「小雲姊姊妳辛苦了，外面涼，小心身體。」

小雲也被阿寶那陽光燦爛的笑容感染，嬌笑起來。

「哪裡、哪裡，阿寶你嘴那麼甜，難怪女皇陛下喜歡，一躍千里……」

殿門緩緩關起，遮住了早已遠去的瑾崋，也遮住了阿寶和小雲歡聲笑語的身影。

「阿寶是個開心果。」懷幽在我身旁幽幽地說，柔兒與碧詩開始為我寬衣，懷幽接過我脫下的衣服整齊掛在屏風之上。

「確實是，他的笑容很討喜。」我笑看他。懷幽淡笑不語。

「好了沒啊～～」外面傳來蘇凝霜冷冷的催促。慧心正在外面鋪床。

柔兒和碧詩開始為懷幽寬衣，懷幽依然有些尷尬：「妳們去吧，我自己來。」

「是。」柔兒、碧詩和鋪好床的慧心退出了寢殿，我坐到床邊，懷幽到屏風後開始寬衣。

「呼！」蘇凝霜忽然吹熄了燭光，伸了伸懶腰。「那個阿寶明顯是來跟懷幽爭寵的。」

他忽然說，懷幽走出屏風的腳步一頓，身體就此在黑暗中發怔。

蘇凝霜瞥眸輕笑看立在屏風邊的懷幽。

「怎樣？是不是突然有了危機感？服侍女皇陛下是你的全部，現在怕是有人來搶了。」

懷幽的神情沒入黑暗之中，無法看清，他緩緩走出陰暗，沉沉而語：

「阿寶不可信，女皇陛下留他在身邊自有用意。」

「哼，自欺欺人。」蘇凝霜輕笑一聲，倒身躺在床上。

懷幽面露不悅，到我身前如往常般恭敬一禮，柔聲輕語：「女皇陛下，請安歇吧。」

我在昏暗中看著他：「懷幽，留心阿寶。」

「是。」

「如果這個阿寶真的有心來與你爭寵，那他下一個目標就是……」

我轉臉看向躺在床上的蘇凝霜，他瞥眸看我，嘴角勾著輕嘲的笑。

「我看妳還是盡快查清他背後的勢力比較好，以免在妳和孤煌少司鬥得兩敗俱傷之時，有人乘機得利～～」

蘇凝霜的提醒沒有錯。如果這阿寶第一步是為取代我身邊的懷幽，那他的野心絕非如此。需要跟月傾城聯絡，看看這阿寶是不是他的人。

若是月傾城的人，倒簡單了；若不是，只怕這宮裡除了妖男、梁相，又要多出一股不知身分的第三勢力。

他們的目的到底是什麼？他們想做什麼？他們的下一步又是什麼，一切還是個謎。

✤ ✤ ✤

第二天下朝，無事可做。

我在房裡翻出美男冊，開始琢磨。

阿寶已經換上一身深褐色的侍者長衫站在我椅邊，他與懷幽的安靜不同，他閃亮耀眼，活潑靈動，讓你無法不注意他的存在。

他站了沒一會兒，就單手撐上我的書桌指向美男冊：「女皇陛下，妳最喜歡哪家的公子？」

我翻看著，殿內只有我和這個新來的阿寶。現在，在後宮之內我是自由的，也包括蘇凝霜和瑾崋。瑾崋應該要感謝蘇凝霜，多虧他的到來，他才能時常出去透氣，儘管只限後宮範圍內。

「我正打算把這些人做成卡牌。」我一邊翻一邊說，五十個角色，剛剛好。

「卡牌？那是什麼？」阿寶好奇地問，他蹲下身體，趴在桌沿上好奇看我。

我想了想：「是一種遊戲，不過用紙不行。」

我轉了轉眼珠，也趴上桌面與他的不老童顏面對面，他微微睜圓了大大的眼睛。

「我現在出宮很麻煩，你去，去給我弄五十張大小一樣的牛皮來，大致是這麼大，做好了我們一起玩。」我鬼鬼祟祟對他說。

阿寶眨眨眼，滿臉的貪玩。

「好！我這就去！」他像個開心的孩子，立刻跑了出去，可是沒跑多遠又匆匆回來。「我現在走了，就沒人服侍女皇陛下了，我等懷御前回來。」

正說著，蘇凝霜拖著瑾崋回來了，阿寶立刻熱情迎上前。

「蘇公子、瑾崋公子，你們回來了？需要伺候嗎？」阿寶討喜的笑容任誰都喜歡，但依然化不去蘇凝霜渾身的高冷氣息。

蘇凝霜懶得看他一眼，直接拖著像是他寵物的瑾崋回到床邊，往床上又是直接一躺，把鞋直接放床上。整個大殿只有他一人不脫鞋，脫不脫鞋還要看他蘇大公子的心情。

「喂，有個女人正勾搭你的小幽幽呢。」他一躺下就對我冷笑。
「誰敢？在哪兒？」我立刻故作憤怒拍案起身。
「在蕭玉明那兒，妳再不去，說不準妳的小幽幽就被別的女人吃了。」蘇凝霜嘴角勾起冷嘲的笑。
「她敢！阿寶！走！」我提裙就走，阿寶立刻緊跟我身邊，擔心看我。
「女皇陛下小心，別絆著。」
我越走越快，阿寶也加快腳步，他蹙了眉，直接提起我拖拽的裙襬，讓我可以走得更加順暢。
我帶著阿寶一路走到蕭玉明房外，急停！後背忽然被人重重撞上，一腳踩住了我的裙襬，我被撞得往前撲，後面的人匆匆伸手直接從我身後環抱住了我的身體，阻止我跌倒。他的胸膛貼上我後背的那一刻，我感覺到了他劇烈的心跳。阿寶會武功，但不強，他能一直跟上我的步伐，應是用上吃奶的力氣了。
他抱住我後匆匆放開，我立刻轉身捂住他要喘氣的嘴。
他紅著臉呆呆看我，我對他豎起食指：「噓……」
他立刻點點頭，我緩緩放開了手，他單手扠腰撫住胸口不出聲地喘氣。
我轉身側立門邊，裡面傳來蕭玉珍的聲音：
「懷幽，女皇好色無道，你為何還要跟她？懷幽！你看那昏庸女皇將我爹打得只剩半條命了！她還因為蘇凝霜羞辱老太君。懷幽！跟我走吧，這宮裡……不安全。」
最後三個字，蕭玉珍刻意壓低了聲音，宛若別有含義。

「蕭侍官，請妳不要再說了！」懷幽沉沉而語：「懷幽是不會離開女皇陛下的！也請妳自重！」

「不行，懷幽，我這次真的不會再放手，我這就去跟攝政王提親，讓你離開這見鬼的後宮，離開那個淫亂的女皇！」

就在蕭玉珍話音落下的那一刻，我登時內勁爆發，一掌推在了房門之上。

「喀嚓！」房門被我內力震碎，身邊阿寶驚呆的同時，也讓屋內的蕭玉珍瞬間面色蒼白如紙。

「說誰淫亂？」我大怒地看蕭玉珍，她驚嚇地踉蹌兩步，跪在了地上。懷幽也立刻匆匆下跪，連床上的蕭玉明也踉蹌爬起來，跪在了地板之上。

我冷冷看蕭玉珍：「蕭玉珍，妳這個賤人！好大的膽子，敢勾引我的懷幽，說我昏庸無道！妳真是膽大包天！本女皇、本女皇……」

我看看周圍，直接拿起了花瓶，高舉。

「本女皇現在就砸死妳！」

「女皇陛下饒命——」蕭玉珍大喊起來，嚇得渾身顫抖，趴在地上不停磕頭。「女皇饒命，女皇饒命——」

「饒命？哼！晚了！」我作勢要砸，懷幽立刻抱住了我的腿。

「陛下，看在懷幽的面子上，饒她一命吧。」

我舉著花瓶冷冷看伏在地上顫抖不已的蕭玉珍，憤然摔落花瓶，「啪！」花瓶瞬間在蕭玉珍身邊摔了個稀巴爛，嚇得蕭玉珍又是渾身打哆嗦。

我提裙轉身，怒道：

「阿寶！懷幽！跟我去抄家！我要抄光蕭玉珍的家！我看誰還敢搶我巫心玉的女人！」

「是！」阿寶開心地立刻應聲，我大步離開，懷幽急急起身跟隨。

「不——不——女皇陛下饒了臣吧——求您了——饒了臣吧——臣該死——臣該死——臣掌嘴！臣掌嘴！」身後蕭玉珍一邊哭喊一邊爬來。

「啪！啪！啪！啪！」一聲又一聲巴掌聲在寂靜無聲的房內響起。

懷幽轉身，彎腰輕語：

「蕭侍官，您就消停一下吧，若您再喊下去，女皇陛下不只是抄家，而是滅九族了……」

懷幽不輕不重地說完，轉身隨我步走出房間。我回頭看到了跌坐在地上已經失魂落魄的蕭玉珍。目光越過她，落在依然跪在地上的蕭玉明身上。他緩緩抬臉，與我對視之時，眸中是一抹恰似解脫般的安然微笑，那長期在他心底盤踞的恨，在今天這一刻，終於大仇得報！他枉死的母親，終於可以在他的心底安息。

我亦對他一笑，轉頭直接離開！

這就是我們讓他做的，在蕭玉珍來找他時，誘她向懷幽表白，激她說出向攝政王提親帶走懷幽之言。

蕭成國被打，起因於蕭玉明，在宮內當值的蕭玉珍必會來找蕭玉明。我讓蕭玉明向蕭玉珍訴苦，求她救他離開，告訴她我留蕭玉明在宮內實則做藥劑的試驗品，他不想忍受藥物帶給他的痛苦，並答應蕭玉珍會在懷幽面前為她美言，為她出謀，可向攝政王提親，救出懷幽。

蕭玉珍一直鍾情於懷幽，在我打了蕭成國之後，她越發擔心懷幽，僅憑這份憂切之情，足以讓她就範，助我抄家！

我提裙大步向前，懷幽和阿寶一路跟隨，經過寢殿時，蘇凝霜和瑾崋正好走出，身後緊跟著桃香、小雲她們。

「走！跟本女皇去抄家！」我朝她們喊道。

蘇凝霜輕鄙而笑，瑾崋的眸中劃過喜悅。桃香那些宮女滿臉莫名，只有小雲的臉上寫滿驚訝。

「女人抄家搜得更仔細點！」我說完就走。

「是……」懷幽淡淡而笑。

「那是，姊姊們做事最認真了。」阿寶也開心地小跑在我身邊。

蘇凝霜拉起瑾崋直接跟我走，身後響起「噠噠噠」混亂的腳步聲。

到宮門時，侍衛見我這陣仗，一時呆愣，直到我到門口，他們才匆匆跪到我面前攔阻。

「女皇陛下，您若要出宮，請容小人稟報。」

我怒氣沖沖掃視他們。

「本女皇現在要去抄家！你們也隨本女皇去！抄出多少，本女皇分今天在場所有人一成！」

登時，侍衛們直接起身，齊齊喊：「是！小人遵命！」

立刻，所有侍衛在侍衛長帶領下，排到我身後，我帶著宮女和官兵這一奇葩隊伍去抄家！

今天貴族區的街道又熱鬧起來，女皇遠遠率大隊風風火火前行，百姓停在兩邊好奇觀望。

經過攝政王府時，看見我的文庭驚呆了，還以為我來找孤煌少司，都讓人開了大門，哪知我直接走過攝政王府大門直奔一旁的蕭家。

「給我圍上！一個都不能放掉！」
「是！」
百姓們迅速圍觀，文庭也好奇地拉長脖子。
我沉沉而語：「蕭家蕭玉珍膽敢勾引本女皇御前，詆毀本女皇為無道昏君！欺君犯上，膽大包天，給我抄了他們蕭家！」
我右手揚起，袍袖飛舞之時，侍衛立刻衝入蕭家，頓時裡面一片雞飛狗跳，驚叫聲四起。
「走啦～～」蘇凝霜拉起瑾崋翩然入內，顯得悠閒自在，宛若不是來抄家，而是去超市購物。
懷幽為我推開門，我大步入內，阿寶找來一張太師椅放在我身後，我袍袖甩起，大大咧咧坐下，看向宮女們幽幽而語：「妳們也去，給本女皇翻乾淨點，翻出來的首飾，本女皇自會賞妳們！」
「多謝女皇陛下！」桃香和蘭琴她們開心地朝我一禮，立刻手拉手抄家去也。
小雲面露擔心地往外看一眼，也匆匆跑入蕭家。
「阿寶，你也去吧。」
「是！」阿寶開心地笑了，他馬上歡脫地蹦入抄家隊伍。
「啊——啊——」蕭家裡尖叫四起。
很快地，蕭家家僕、隨從、大小公子小姐都被侍衛趕到了院子裡，跪在我的面前。
我冷冷俯視他們，接著臥病在床的蕭成國也被抬出，放在我的面前，若不知蕭成國所做的罪孽，旁人看他只會覺得萬分可憐。
「女皇陛下……臣知錯了啊……」蕭成國艱難地爬到我面前，懷幽立刻上前攔住他前進。

「不准靠近女皇陛下。」

「女皇陛下……女皇陛下……」蕭成國看著進進出出扔金銀珠寶的侍衛哭啞了嗓子，心疼地捶胸不已。

有錢能使鬼推磨，自我說了分成，抄家的效率明顯提高，頃刻間，大箱小箱的金銀珠寶就丟了一地，已經堆成了一座小山，這還只是從蕭家各公子小姐房裡抄出來的！

百姓們在門口看得咋舌，議論紛紛。

「怎麼了、怎麼了？」

「蕭家抄家呢！」

「什麼？誰敢抄蕭家？」

「我們的女皇陛下啊！」

聽聞百姓們說「我們的女皇陛下」，懷幽垂臉而笑。

「什麼？女皇陛下昨天才打了蕭尚書，今天就抄家了！」

「女皇陛下真厲害！真是大快人心！」

「快看！那是從蕭家抄出來的！」

「活該！大貪官！抄得好！」

「別說了、別說了！攝政王來了！」

我揚唇一笑，身後赫然傳來厲喝：「都給我住手！」

立時，還在搬大箱子的侍衛立刻跪下。

蕭成國聽到聲音，像是聽到救星一樣直接爬向我身後。

「攝政王！攝政王救我啊！女皇陛下無緣無故就抄我蕭家，臣委屈啊！攝政王！我蕭家這些年對攝政王忠心耿耿，沒有功勞也有苦勞，求您一定要為臣做主啊——」

身後變得靜謐無聲，整個院子的人都不敢喘氣，懷幽也在我身邊緩緩跪下，只有我一人坦然自若地坐在院中。

他緩緩朝我走來，陽光將他的身影漸漸帶到我的身邊，他絳紫的身影立在了我的身旁。

「小玉，可以了。」他輕柔地說。我勃然大怒，拍案起身，轉身看他時，看到了緊跟他身後不遠的蕭雅。

「怎麼能可以了！」我憤然指向蕭雅：「她女兒，說我無道！說我荒淫！那麼，她們為什麼還要讓你跟我成婚？」

孤煌少司神情立時收緊，側臉冷睨蕭雅，蕭雅嚇得立時下跪。

「那不是在說孤煌少司你蠢！你笨！好好的攝政王不做，偏偏要入宮，跟我這種無道昏君成婚？氣死我了！氣死我了！給我抄！給我抄！給我抄光他們家！」我朝侍衛大喊。

侍衛驚恐地看孤煌少司一眼，立刻低頭，依然跪在地上一動也不動。

孤煌少司沉下了臉，臉上的神色已如雨前的陰天，陰沉地讓人膽寒。

我生氣地提裙跺腳：「你們居然不聽我的，氣死我了！我不要做女皇了！我不要做了！」

我摘下頭上的鳳冠要扔，被孤煌少司立刻扣住，沉語也隨之而來：「小玉！不許胡鬧！」

我立刻氣憤地看他：「蕭玉珍還要搶走我的懷幽！說她喜歡懷幽！要讓懷幽跟她走！」

跪在一旁的蕭雅登時身體僵硬起來，這些官員已經知道搶我巫心玉男人的嚴重性。

我憤然甩開孤煌少司的手。

「你們這群賤人，一個個都看中了我的男人！反了！真是一個個反了！」

我手臂劃過跪在孤煌少司身後隨他而來的百官時，無意間瞄到了椒萸的身影。他也正跪在門外的百姓中，雙目恨恨瞪著蕭家！

是啊，當初害他們椒家的第一功臣，應該就是蕭家啊！蕭成國是刑部尚書，又有虐待囚犯的喜好，當初椒家被囚禁，定是沒少虐待。

「我不管！我就要抄！我就要抄！」我開始撒潑。

「女皇陛下！」孤煌少司的話音也嚴厲起來：「抄家需要確鑿證據，不然百官不服！」

「我是女皇，我做事為什麼要讓百官服？我愛做什麼就做什麼啊！」我生氣看他。

孤煌少司俊美無瑕的臉上也露出無奈神情，再次輕柔耳語：

「小玉，正因為妳是女皇陛下，做事才要更加深思熟慮。妳看，百姓們都看著呢，妳不想被人叫做昏君吧。」

他柔柔的話音如同哄一個孩子，而這些話從他大奸臣孤煌少司嘴裡說出來是件多麼諷刺的事。

他讓我看向門外跪落一地的黑壓壓百姓們，蕭家抄家，果然來圍觀的人群簡直人山人海，殊不知這正是我想要的。

椒萸在人群中低垂臉龐，巧的是，我還看到了那夜隨月傾城而來的一男一女。

我鼓起臉，依然一臉小孩子使性子的表情，不爽地看孤煌少司，他微笑看我。

「蕭玉珍欺君，是蕭玉珍一人之行為，這些人是無辜的。」孤煌少司指向蕭成國還有蕭家其他子女親戚。

「是是是，蕭玉珍是我姊姊的女兒，與我無關啊——」蕭成國立刻點頭。

「你還算是我弟弟嗎？」蕭雅立刻瞪他。

「那妳跟妳女兒坐牢去啊！」蕭成國看她。

蕭雅立刻一怔，立刻義正言辭道：「我蕭家沒有這種欺君不敬的女兒！我蕭雅今日便與她斷絕母女關係！」

我愣愣看蕭家演戲。我靠！這哪是賤人一兩個，分明是一窩人渣啊！不除怎行？

我立刻提裙到金銀珠寶旁，一些來得晚的侍衛正把一個沉甸甸的箱子搬出來，看見孤煌少司，立刻放下箱子低頭下跪。

「砰砰！」箱子沉得落地悶響。

我抬腳就踢開那一只箱子，登時被裡面的黃金白銀閃瞎眼。

我遮住眼睛，再次回到蕭成國面前：「蕭成國！你一年俸祿多少？」

「一年兩百兩。」蕭成國吶吶答。

「兩百兩！你一年才兩百兩，那這些金銀珠寶你哪來的！啊！你哪來的？」我揪起蕭成國耳朵。

蕭成國立刻嘶喊：「臣、臣祖上積下來的！」

「你祖上積下來的？你祖上什麼官職，做的是什麼？哪來那麼多錢？你給我說清楚！」

蕭成國看向蕭雅，蕭雅鬱悶地瞪大眼，忽然驕傲地說了起來：

「我們蕭家歷代為官，一直為巫月效力，從祖上就開始深受先皇信任，在吏部為官……」

「妳騙誰呢！」我一巴掌打在蕭雅頭上，她「啊啊」直叫。「妳以為我不知道妳祖上做什麼的？你們蕭家祖上是逃難過來的好不好！做的是臭豆腐！直到三代之前，你們蕭家才中了功名，開始入朝為官！還深受先皇信任！先皇是吃了你們家臭豆腐還是怎的！」

我抬腳要踹，蕭雅立刻抱住頭：「女皇陛下別打了——臣、臣知錯了。」

「滿嘴胡言！既然你們要從祖宗那輩開始算，本女皇就找個人來給你們算清楚。懷幽，去把梁相公子梁子律請來。」

「是。」懷幽默默起身，向孤煌少司一禮，匆匆離去。

孤煌少司的胸膛大大起伏了一下，單手握拳緩緩背到身後，臉上的笑容已經不在，面色緊繃，雙眸深沉地看落別處。

「女皇陛下，妳對蕭家，怎麼那麼清楚？」

看出他已經開始懷疑，我直接說道：

「他們家祖輩就在狐仙山下麻古村賣臭豆腐，他們家從賣臭豆腐到做一品官員的故事在麻古村傳了上百年，茶館裡天天都在說，連學堂裡也在教孩子不要氣餒，即使現在賣臭豆腐，將來也有做一品大員的時候！」

孤煌少司聽完，雙眉擰得更緊，雖無懷疑之色，但臉上的神情可謂五味雜陳。

忽然間，我感覺到了熟悉的陰邪氣息，是他，他也來湊熱鬧了。自然，他不會露面。

很快，梁子律騎著馬來了，未見懷幽。來給蕭家算帳，他這冷漠的人也變得積極起來。

他一入內，直接拿出了算盤甩得「劈劈啪啪」響，動作格外俐落瀟灑，一派商人風姿！算珠顆顆歸位，宛如隨時準備打一場硬仗！

梁子律進門後，並未對孤煌少司行禮，而是到我面前對我一禮：「女皇陛下，小人來了。」

「你給他們蕭家算算帳。」我說道。

「是。」梁子律開始算了起來。

「他們家祖輩賣的是臭豆腐，一直賣了三代，十塊臭豆腐的本錢是三錢，十塊臭豆腐能賣六錢，每天最多能做一百塊臭豆腐……」

梁子律在我的話音中開始飛速地算了起來，院內院外靜得只有他的算盤聲。

「第三代開始，他們家有人為官，做的是縣令，年俸五十兩，做了二十年，隨後，他們家開始一直做官……」

「做什麼官，女皇陛下知道嗎？」

「我哪知道，你就算他是四品好了。」我可不能表現出我知道得很詳細。他們蕭家的女人很喜歡跟狐仙大人祈禱，內容除了繼續做官，更常祈禱自己能變得更加美麗以及風騷嫵媚。

「好。」梁子律和我在孤煌少司越來越陰沉的目光中一搭一唱。

「直到現在，蕭雅是戶部尚書，蕭成國是吏部尚書，你看看，他們能不能攢下這黃金白銀！」

蕭成國和蕭雅的神情越來越心虛不安。

「啪！」如同一個音律的節拍停下，梁子律算好了。他手托算盤，在懷幽氣喘吁吁趕回時，朗聲而語。

「除去日常正常開銷，我這裡已按最低開銷計算，蕭家這百年資產應該是白銀一百萬兩左右！」

「一百萬兩？」我立刻看向滿眼的金山銀山，一掌打在蕭成國頭上。「你這兒只有一百萬兩嗎？啊？你又騙我！欺負我歲數小是不是？你這錢根本就是貪來的！本女皇還不能抄一個貪官的家嗎？給我抄！」

我大喝一聲，平地立時陰風乍起，吹得飛沙走石，枯葉亂飛。

「且慢！」孤煌少司再次沉語，天瞬間陰了下來，陰雲滾動，遮天蔽日。

就在這時，蘇凝霜和瑾崋抛扔著一只琉璃花瓶出來了，那花瓶瞬間吸引了孤煌少司的目光。

我心中暗暗一笑，立刻上前：「你們玩的是什麼東西？」

「不知道，看著挺漂亮，特地拿來給妳。」蘇凝霜隨意地把花瓶扔給我。

「烏龍麵、烏龍麵你看！你不是說你家那只花瓶天下獨一無二嗎？」我抱在手中，大呼小叫。

當我把花瓶高高舉到空中時，烏龍麵臉上已經湧現殺氣，與此同時，門外的椒萸看得目瞪口呆。

孤煌少司如此珍愛那個花瓶，他是絕對不允許別人手中也有一個的。因為，他要的就是獨一無二的至尊感！他是那麼的獨裁，那麼的至高無上！又怎容忍別人也擁有他孤煌少司絕世無雙的寶物？僅憑這一點，我敢打賭，孤煌少司絕不會再姑息蕭家！

他孤煌少司就是那麼任性！這才是真正的妖男兄弟，那一對可以任意妄為的孤煌兄弟！

「女皇陛下——女皇陛下——」桃香那些小宮女也在此刻興奮地朝我跑來，太過激動以至於她們沒有發現孤煌少司的存在，她們手拿幾本厚厚的帳本跑到我面前。

「女皇陛下，您看，我們發現了什麼？是帳冊！被藏在書架裡面了！」

我接過帳冊，心中已經揚唇而笑，但是，我不能笑出來，我只能呆呆看向孤煌少司。

「好像……真被我抄對了。」我正準備翻，孤煌少司倏然到我身邊，一陣風揚起了帳冊，眼中劃過「攝政王」三個字。

孤煌少司立刻從我手中拿過帳冊，驚得桃香她們立刻下跪！

「妳們看了沒？」孤煌少司眸子陰冷，俯看桃香她們。

她們連連搖頭，孤煌少司瞥向小雲，小雲也抿唇搖搖頭。

孤煌少司沉臉轉身，把帳冊牢牢捏在手中。

「蕭家貪汙罪證確鑿！立刻抄家！逮捕蕭家所有人，滿門抄斬！」

我心中一驚，這可真的在我意料之外了。

瞬間，蕭雅和蕭成國驚得三魂掉了二魂。

忽然，蕭雅匆匆爬到一個少年身邊，把他的臉抬起來，臉上堆起諂媚的笑，但雙目已經嚇得徹底空洞。

「女皇陛下，這是我最小的兒子，您看，您看啊！您喜歡嗎？」她幾乎顫抖地說。

而她身邊的少年已是嚇得淚流滿面，再美的美男子對著你鼻涕橫流的時候，也會讓你倒了胃口。

「妳膽敢用兒子勾引女皇陛下！」孤煌少司憤怒拂袖，殺氣從他絳紫的袍下掀出，揚起蕭雅已經凌亂的髮絲。「拖出去！」

「是！」侍衛們因為有了攝政王的命令才敢起身，抓人的抓人，抄家的抄家，立時，整個院子又開始雞飛狗跳。

「冤枉啊——冤枉啊——」

「啊——女皇陛下饒命啊——饒命啊——」

「娘——我不要被砍頭啊——我不要啊——」

「老爺——快求求攝政王啊——我們的孩子還小啊——」

在大大小小百餘人中，我看到了孩子。我抄蕭家只想處斬蕭成國和蕭雅，但沒想到孤煌少司如此狠辣，要斬蕭家滿門。

瑾崋的目光冰冷，他當初全家被抄斬時也有年幼弟妹，而判他們的正是蕭成國。如今，蕭家滿門抄斬，他是否也會因為蕭家有年幼之子而動惻隱之心？

可是，我沒有看到，他只是撇開目光不再看蕭家一眼。

「哼。」蘇凝霜冷笑一聲，用斜睨的目光看號哭的蕭家成員。「早知今日何必當初。」

我再看梁子律，冰冷淡漠的獨狼更不會為別人的眼淚所動容，他對身周的一切似乎毫不關心，只是整理了一下算盤，對我再次一禮：「小人告退。」

說罷，他轉身直接離開，依然雷厲風行，毫不拖泥帶水。

他從蕭家的孩子們身邊走過，甚至不看一眼直接上馬而去。

蕭家有多可惡，讓周圍的百姓也不同情他們的孩童？因為，那些孩童也耳濡目染太久，在民間也欺壓虐待百姓們的孩子，讓人深惡痛絕！曾有蕭家的孩子把蕭家奴才的孩子丟入井中，只為戲玩！

陰風捲過蕭家大院，如同陰厲的鬼魂經過，我感覺到了他們，聽到了他們的哭喊，我不禁大吃一驚。蕭家怎會有那麼多冤魂徘徊？冤魂無法離去，是因為他們的屍體還在這裡！

忽地，孤煌少司奪走我懷中的瓶子要摔，我立刻抱住。

「不要！這樣我就可以跟你一人一個了！」

孤煌少司緊繃的神情在我話語中立時柔和起來，深邃的雙眸看向我。

「小玉，有些東西，世上只有一件才更珍貴。」

「嗯～～不要、不要～～」我抱住花瓶死死不放：「我想要跟少司有一模一樣的東西，這叫情侶花瓶，只有我們兩個才有，放在我們的婚房裡，多好看啊！婚房裡的東西都是成雙成對的，哪有一個一個的……」

「小玉妳！」孤煌少司眸中劃過喜色。

「烏龍麵、烏龍麵，我們現在有那麼多錢，辦一場盛大的婚禮可好？」我一手拉住他的衣袖，充滿期待地看他。「你快點訂日子，皇宮好久沒熱鬧了，我想要熱鬧熱鬧。」

「好。」孤煌少司在陰雲之下揚起了喜悅的笑容，那笑容如同溫暖的陽光一般，驅散了院中的號哭陰厲之氣，也讓陰翳的院子頓時霞光四射起來。

「啊——啊——」忽然間驚叫聲從深處傳來，竟是一隊侍衛滿面驚恐之色地跑出，有人腿軟地被人扶住，還有幾個邊跑邊吐，狼狽不堪。

「怎麼回事？如此驚慌？」孤煌少司擰緊眉。

「太、太、太……太可怕了！」侍衛似是真的被嚇壞了，滿臉驚恐，蒼白如紙，說不出整句話，也忘記禮數。

「到底是什麼？帶本王去！」孤煌少司一臉陰沉地看他們。

「是、是。」

在侍衛的帶領下，我們到了蕭家的六層樓閣前，而孤煌少司的藏珍閣亦肉眼可見。

侍衛推開了樓閣的門，立時迎面撲來一陣血腥之氣，乍看還很正常，一排排架子上擺放的也只是骨董花瓶，並無特殊之處。但是在最深處的地面上卻有一扇暗門，此刻正打開著，可以感覺到那濃重的血腥味是從那暗門之下而來。

「那是我們無意中發現的，下面是地牢，下面全是……全是……」侍衛恐懼地無法再說下去。

「是什麼？」孤煌少司冷冷問。

「是死屍……」侍衛臉色蒼白地說。

「死屍！」我驚呼。

「還、還有活的！」侍衛立刻補充：「但、但已經被虐待得不成人形了……」

他再次低下臉，恐懼搖頭。

「太殘忍……太殘忍了……」

「一定是蕭成國打發惡趣味的私牢。哼！」蘇凝霜冷視深處的暗門，轉臉看我。「女皇陛下，我勸妳還是不要看比較好，免得晚上作惡夢。」

我看看孤煌少司，他也柔柔看我：「小玉，回去吧，這裡我會善後。」

我難過地看向地牢的門：「為什麼這裡會有死屍？」

「女皇陛下，還是回去吧。」阿寶忽然擋在我的面前，擋住了我的目光，可愛的娃娃臉上掛著憂傷的神情，像是在憂傷我的難過。

「你是誰？」孤煌少司上下打量阿寶。

阿寶立刻行禮：「見過攝政王，小人阿寶，是女皇陛下的男侍。」

孤煌少司立刻看我，我轉轉眼珠：「呃……懷幽，帶我的小花花還有小蘇蘇回宮。」

「是。」懷幽淡笑頷首。

我在孤煌少司已經開始陰沉的目光中立刻轉身。

「阿寶，走了、走了。」我邁開腳步就溜，身後傳來孤煌少司綿長而沉重的嘆氣聲。

抱著花瓶走出蕭府時，百姓立刻再次跪在了我的兩側。陰風捲過我的身後，我轉身看了一眼，陽光破雲而出，淡淡灑落在蕭家大院中，一個個幾乎不可見的模糊人影在空氣中漸漸消散。

我淡淡而笑，你們可以安息了……

瞥眸看向藏珍閣的方向，赫然在一扇窗戶邊看到了那白色的詭異面具，他猶如幽靈般一晃即逝，只留下飄飛在風中的縷縷雪髮。

轉回身時，看到了人群中抬臉的椒萸，他與我的目光相觸之時，驚然垂臉，胸脯大大起伏，氣息紊亂。他是不是已經猜到了？

他的花瓶為玉狐而做，現在卻出現在蕭家的家裡，而又那麼巧地，女皇來抄家。

椒萸只是淡笑，他懦弱，但不蠢。

我再次揚起呆純的笑容，對百姓們招手：「起來吧，都起來吧，今天本女皇心情好，分錢！」

「哇——」百姓們驚喜抬臉，立刻高呼聲四起：「女皇陛下萬歲——萬歲萬歲萬萬歲——」

椒萸也在其中，跟隨下拜，而月傾城的人則對視一眼，悄悄離去。

我看向阿寶，發現他並未留意月傾城的人，而是看著院中的金銀珠寶流口水。如果阿寶是月傾城的人，他應該認識那兩個人，還是，只有月傾城認識他？

不過，這個答案，在我大婚前就會揭曉。

我坐在蕭玉明身前，懷幽立在我身後，阿寶被我遣去買牛皮。

蕭玉明的神情很平靜，低眸始終看著蓋在自己身上的被子，反倒是我有些沉重。

「結束了嗎？」他沒有看我。

「結束了。」

「判罪……了嗎？」他雙手交握在一起，顯得有些不安。他在擔心孤煌少司會阻止，會釋放蕭家。

「滿門抄斬。」我沉沉回答。

他吃驚抬臉。

「對不起，這在我意料之外。你……有要保的人嗎？」我沉重地蹙眉。

我抬眸看他，他愣了愣，似乎一時想不出要保誰，但是他的眸中還是劃過了絲絲不忍。

「你……知道蕭家有刑房嗎？」

「知道。」他低哽地說，似是有什麼恐怖的回憶纏緊他的全身，他的雙手也微微輕顫起來。

我握住了他輕顫的手，一滴淚落在我的手上，他埋下臉哭泣起來。

「娘……就是在那裡被打死的……」

我沉痛地閉上眼，深深呼吸。

懷幽也是一聲哀嘆地側開了臉……

和懷幽靜靜走在鵝卵石的小路上，兩邊金桂滿枝，甜香陣陣，卻驅不散我心中的陰霾。蕭玉明告訴我，蕭家大多數人都進過刑房施虐，並以此為樂，茶餘飯後還會探討一番，這也深深影響了蕭家的孩子們。

但蕭家也有和他一樣良心沒有泯滅的子孫，大多是被虐待過，或是住在偏院盡量不與蕭家接觸，而這些人，今天也被收押進了天牢。

這些人是無辜的。

「這就是權力嗎……可以那麼輕易地決定生死……」我看向自己的雙手。

「女皇陛下，蕭家死不足惜。」懷幽在我身邊輕聲安慰。

我抬起臉，眼前是滿園的金色，卻無心欣賞。

「我知道，我知道……但這是我第一次殺人吶……」

滿門抄斬，簡簡單單四個字，卻那麼輕易地奪取了無數條人命，有多少忠臣是死在這輕巧的四個字裡？這才是人人都渴望的至高無上的權力！

慕容老太君想要，巫溪雪想要，孤煌少司更想要！

正因為他想要，他才深陷我的騙局之中。我利用他急需與我成婚生子這一點，屢屢化險為夷，搶先布局，但是，棋招也有用完的時候；待到成婚之時，無法再佯裝下去，我的身分遲早敗露。所以現在我與孤煌少司搶的不是權力，而是時間。

蕭家被判了滿門抄斬，消息傳開，讓其他官員大驚不已，誰也想不到孤煌少司會砍掉曾經是他左膀右臂的蕭家！這也讓百官對孤煌少司越發懼怕起來。

晚上，我呆呆坐在床上，瑾崋雙手環胸在我面前彎腰一直盯著我看，抬手在我面前揮來揮去。

「哼，妳要習慣殺人。」蘇凝霜輕笑一聲從我面前忽然倒落，要躺在我的腿上，瑾崋立刻伸手托住他已經放在我腿上的頭。「滾開！」

蘇凝霜斜睨瑾崋，輕笑一聲。

「哼！做作。想做就大膽做。」蘇凝霜說罷，忽然起身朝我側臉吻來。我回過神，不疾不徐抬手，於是他親在了我的手心上，我不禁蹙起眉。

「睡覺，今天沒心情跟你鬧。」說罷，我翻身入床，甩手打滅燭火，不想再說話。

房間變得沉寂，蘇凝霜在我背後又是一聲輕笑。

忽地，瑾崋從我上方翻過，趴在了我的面前，身形矯捷地如同一隻白貓，他疑惑地看我。

「巫心玉，妳到底在煩什麼？蕭家死有餘辜，你難道還同情他們？」

我抬眸看他一會兒，深思而語：「我在考慮蕭家的孩子要不要殺。」

登時，瑾崋怔住了身體，雪白的身影也定在我的面前，宛如被我的話深深觸動。

「你怎麼看？要殺嗎？」我深深凝視他。

瑾崋的星眸睜了睜，立時煩躁起來。

「這種事不要問我！妳是女皇，妳決定！」

說罷，他翻身躲到了我身後。看，他也在逃避這個問題，這是一個涉及人性、倫理、道德、哲學、科學、數學、玄學等等極其複雜深奧的問題，乃至數千年來一直存在爭論。

我轉身微微撐起身，看瑾崋身旁的蘇凝霜：「蘇凝霜，你最冷血，你覺得呢？」

「呼……呼……」

我靠！蘇凝霜直接裝睡了，從跟他睡到現在，他跟懷幽一樣從不打呼！

這個問題連自傲清高、冷漠冷血的蘇凝霜都迴避了，可見問題的的複雜性。我決定放棄，明天可以拿來考群臣消遣一下。

睡夢之中，又來到那溫熱的溫泉之處，置身在悶熱的空氣中渾身開始發熱，朦朦朧朧的霧氣中，再次出現了那修挺的誘人身影。他朝我伸出雙手，宛如在召喚我入他懷中。

「要他……要他……妳想要他……」那沙啞性感的誘惑聲音不斷在我耳邊迴響，催眠我的意志，內心的火焰開始燃起，一種深深的渴望無法控制地從身體最原始的地方像蛇一樣緩緩湧出。

「不要去聽他說話。」忽地，一雙清清涼涼的手從我身後捂上了我的耳朵，那清涼舒適的感覺讓我情不自禁地往後靠在他的身上，鼻息之間，立刻滿是流芳身上的幽幽清香。

我閉上了眼睛，絲絲清涼透過後背從他的身上傳遞到了我的身上，除卻了我身上的躁熱，也將我帶入了一片清幽世界。

那個世界裡，有我喜愛的狐仙山的清風、清脆的鳥鳴、顫顫的溪水，和流芳師兄身上，那沁人心脾的舒服香味。

我緩緩睜開眼睛，眼前已經是一片清澈的天空。我站在了熟悉的迴廊裡，上方卻是淡粉色的天空。

流芳的絲絲銀髮隨風掠過我的臉龐，他捂在我耳邊的手緩緩撫下我的頸項、我的肩膀和我的手臂，用他那雙清清涼涼的手撫去我身上最後的躁熱。

他的雙手最後停落在我的雙手上，忽然他清清涼涼的指尖插入了我的指間，我微微一怔，他扣住了我的手緩緩環住我的腰，下巴靠在我的肩膀上，銀髮滑落我的臉邊，貼在了我的臉上，帶來如同蠶絲般的清涼。

「心玉……我想妳……」耳邊是他深深的話語，環抱我的雙臂也越來越緊，我深刻感覺到了他對我的思念之情。我們青梅竹馬，從小一起，這是我第一次離開他那麼久，甚至我在他的呼吸中，感覺到了一絲隱隱的不安，他在不安什麼？

「回來吧……心玉……情劫將至……妳會死的……會死的……」我吃驚轉身，就在我轉身的那一剎那，狂風乍起，整個世界化作粉色的雪花飄飛在我的面前，遮住了流芳的身影。我緊緊握住他的雙手，可是那雙手也像是一團脆弱的雪花一般，徹底粉碎在我的手中。

「師兄！師兄！」我擔心地朝流芳伸出手去。

他在飄雪中緩緩消逝，銀髮飄散在了粉色的雪花之中，整個世界是他淡淡的聲音。

「回神廟……躲情劫……」

「師兄！」我猛然驚醒，眼前一陣暈眩，兩個模模糊糊的人影在我面前不停地晃動。

「巫心玉！巫心玉！」蘇凝霜又拍上了我的臉。

「別碰她！」瑾崋又是生氣地將他拍開，漸漸清晰的視線裡看到他擔心的眼睛。「巫心玉，妳到底怎麼了？」

「中邪啦～～」蘇凝霜從一旁再次進入我的視野，冷冷斜視我。「據說是那個白毛給她下了癡迷於妖男的邪術，也不知道是不是真的。哼，我看她是自己迷上那妖男所找的藉口。」

「真的？妳迷上那個妖男了？真的！」瑾崋激動地扣住我的肩膀劇烈搖晃起來，晃得我的長髮顫動蓋落他的手臂，他緊緊盯視我，如臨大敵般鄭重緊張。

「別晃了！我頭暈了！」我鬱悶地用力推開他的身體。

瑾崋臉上的神情倏然認真起來，一把扯起我睡袍的衣領。

「巫心玉！我說過！如果妳迷上妖男，我第一個殺了妳！」

「哼！」瑾崋的話音剛落，蘇凝霜那邊的冷哼已經傳來。「你下得了手嗎？」

「蘇凝霜你閉嘴！」瑾崋惱怒地甩手朝他搧去。

「啪！」蘇凝霜抬手擋住瑾崋搧去的手，冷豔嫵媚外加不屑地瞥他一眼後撇開臉，緩緩翻轉手扣住瑾崋的手將其按回床。「口是心非的話還是不要說了，讓人噁心。」

瑾崋憤憤瞪視蘇凝霜：「我一定會的！」

「夠了！」我受不了地看他們，瑾崋「哼」一聲也甩開臉，和蘇凝霜後腦勺對著後腦勺。我鬱悶地看他們。

「一大清早就在這裡爭會不會殺我，你們真是無聊到該吃藥了！」我掀被直接下床。

「妳做什麼？」瑾崋跟了下來：「現在還沒到上朝的時間。」

我走到屏風後甩上脫掉的睡袍。

「我是女皇，不像你們能逃避一些問題。蕭家還有些人罪不至死。」我換上簡便的便服，披上溫暖的披風，走出屏風。

「所以妳現在要去救那些人？」瑾崋挑眉看我。

我淡淡看他一眼，目視前方：「不，是去殺人。讓懷幽準備一壺毒酒來。」

瑾崋面露吃驚，躺在床上的蘇凝霜又發出一聲輕笑：「哼。」

晨光微露，宮內晨霧繚繞，松樹的針尖上還掛著露珠兒，映出宮內寂寥世界。

我帶著懷幽和蘇凝霜匆匆走過寂靜的宮道，來到大門前。

門前的侍衛匆匆行禮：「女皇陛下。」

「開門。」

侍衛面露緊張，不敢抬頭：「攝政王吩咐，不能……」

「不能什麼？」我沉沉問。

「不能給女皇陛下再放行，請女皇陛下不要為難小人們！」侍衛為難地低下頭。

我深沉看向緊閉的宮門，孤煌少司不讓我出宮了，他開始懷疑了，即使不是，他也不想我再出宮給他惹麻煩。

我掌心運力，出手時，雙腳離地，直飛宮門，掌心碰到宮門的那一刻，宮門「匡」一聲被我直接震開！

厚重的宮門被我用內力震開之時，也驚得侍衛們脖子僵硬。

我從空中落下，裙襬緩緩垂於身下，單手背在身後。

「這樣你們就不用為難了。懷幽，走！」

「是。」懷幽緊跟在我的身後。我巫心玉要出去，誰也攔不住！

侍衛們不敢攔我，只有匆匆跟在我的身後，我沒有攔阻，讓他們跟我一直到了天牢。天牢的衙役一見我和身後的侍衛，立刻陷入戒備。

「來者何人！」他們舉起手中長槍。

「放肆！看見女皇陛下還不下跪！」懷幽沉沉而語。

衙役一聽，面露懼色，立刻下跪：「拜、拜見女皇陛下！」

「起吧，帶我去見蕭成國。」

衙役立刻面露難色，在濃濃晨霧之中偷偷看了彼此一眼，低下頭：「女皇陛下，不、不太方便。」

「怎麼不方便？」懷幽上前一步，深褐的身形在深重的霧色中更添一分深沉。

「攝政王正在審問。」

懷幽微微轉身朝我看來，我揚唇一笑。

「正好，我也想參觀攝政王是如何審問的。」說罷，我直接入內，衙役縮了縮脖子，立刻跑到我身前低頭哈腰地為我帶路。

侍衛留在了天牢外，懷幽手托毒酒繼續跟在我的身旁。

走入陰暗的牢房，潮濕腐敗的氣息已經撲面而來，懷幽蹙了蹙眉，從懷中取出一方絲帕呈到我面前。

「女皇陛下，遮遮腥味吧。」

「謝謝懷幽。」我微笑看他，從他手中取過絲帕捂在了鼻前，嗅到了他那淡淡的桂花幽香。

提裙緩緩進入，幽深狹窄的通道兩邊全是牢房，髒汙不堪的囚犯看見我緩緩起身，走到了牢籠邊，明明牢裡塞滿了囚犯卻靜得出奇。

他們冷冷地盯視我，一道道懷恨冤屈的目光宛如形成一張密不透風的鋼絲網，狠狠勒緊每一個進入這裡的衣衫奢華之人，讓他陷入窒息之中。

「美人～～妳是來找相公的嗎？哈哈哈——」一個囚犯沒正經地笑了起來，笑聲在格外寂靜的監獄裡響起回聲。

「放肆！放肆！」獄卒拿出皮鞭朝他們一個個抽去。「你們知道她是誰嗎？她是女皇陛下！」

登時，原本寂靜的監獄喧譁起來，越來越多的人湧到了牢門邊，狠狠看向我。

「又是一個新女皇？哈哈哈哈——妳活不久的，滾回妳的皇宮去！」

「你們都錯了，她是來找妖男的——」

「哈哈哈——」

「昏君！昏君！巫月皇族早該死絕了！」

「滾回去！滾回去！」

呼喊聲頃刻間炸開，衝破了先前的寧靜，整齊而充滿憤怒的喊聲在整個監獄裡迴響，驚得獄卒立刻又要揚鞭。我直接奪過他的鞭子，登時，所有的喊聲忽然戛然而止，每個人都用他們仇恨的眼睛瞪視我，似是等我去抽他們！

獄卒也有些緊張地看我。

我握緊鞭子前端的握手短棍，內力爆發，「啪！」一聲，鞭子在獄卒面前直接被我折成了兩斷，我扔在了地上，不發一言地繼續往前而行！

獄卒徹底呆滯在原地，看著那常人根本無法凹斷的鞭子短棍。

抽氣聲陣陣傳來，所有人的目光從仇恨漸漸轉為了困惑與驚訝，他們雙手牢牢抓住牢門，緊緊盯視我。

我隱忍憤怒昂首向前，威嚴的神情讓整個牢門後的人再次噤聲。

「喂！昏君。」有人從我身後輕笑地叫住我，是一個年輕男子清朗還帶著一絲不正經的聲音。

「妳給誰賜毒酒？那個妖男又想殺誰？」

他直接問孤煌少司想殺誰。

「哼。」我沒有轉身，揚唇輕笑：「蕭成國。」

說罷，我在忽然凝滯的空氣中大步向前！今天，我巫心玉，要開殺戒！

「啊——啊——」當慘叫聲遠遠傳來時，我知道已經到了。

獄卒們不敢向前，手裡握著被我折斷的鞭子。

我的面前是一扇厚重的鐵門，慘叫聲正是從裡面傳出。

「冤枉啊——啊——攝政王——臣真的沒叫人做飛鳳花瓶啊——」

即使厚重的鐵門，也擋不住這撕心裂肺的慘叫。

我推開了沉重的鐵門，生鏽的鐵門發出「吱吱嘎嘎」如同人關節扭動的聲音，讓人渾身戰慄。更濃的血腥味，和一種像是人肉烤糊的味道瞬間撲鼻而來，讓人作嘔。

刑訊的聲音也因為鐵門的打開而停止，我看下去，下面是與別處分開的三米深地牢。地牢很大，左側是牢籠，右側是刑訊台，陳舊的台階上血跡斑斑，炭爐裡的火光閃爍，把刑訊室照亮。

各種刑具一一掛在牆壁上，一張長長的桌子上整整齊齊擺放了各種我甚至連見都沒見過的刑具，有的更像是解剖的器具。

此刻，鎖鍊上正掛著蕭成國，一旁的蕭雅已經嚇得驚恐發顫，整個人像丟了魂魄一般雙目瞪大，神情呆滯。

而旁邊的囚籠裡關滿蕭家的人，長長的囚籠像關押牲口一樣，沒有空隙。

我緩緩走下台階。

「女皇陛下小心。」懷幽在我身旁輕聲提醒。

當我走下台階轉身時，看到了穩如泰山坐在刑訊室靠牆座椅上的孤煌少司，和一身白衣如同鬼魅狐妖的他。

他依然戴著那詭異的面具，正對我的臉，宛如我還沒出現在他面前時，他已經看向這個方向，隨時等待我的到來。

孤煌少司一臉陰沉地坐在原位，沒有看我，也沒有迎來，只是坐著，不發一言地看著對面那個已經皮肉模糊的人。

「拜見女皇陛下。」有人跪了下來，是文庭。

「起來吧。」我淡淡說了聲，整個刑訊室裡只有我一個人的聲音，彷彿孤煌兄弟立在另一個世界裡，那個世界和我的世界隔了一道深深的深淵。

「烏龍麵你在玩什麼？」這一次，輪到我問。

他輕笑了一聲，才轉臉揚起微笑看我：「小玉來這裡做什麼？回宮吧，這裡不適合妳。」

「我來試我的毒酒。」

我微笑的語氣讓孤煌少司為之一怔，深沉似海的雙眸中掠過一絲寒意。

我淡然地拿過懷幽手中的毒酒：「聽聞宮裡的人喜歡賜毒酒和白綾，我也想試試。」

孤煌少司擰了蹙眉，轉回臉看向前方。

「小玉，妳不該殺人。」他淡淡的話語像是在勸告，又似是老友之間雲淡風輕的談話。而這看似普通的談話，卻讓人心驚膽戰。

「這酒是我做的。」我托起酒壺，打開聞了聞，隨意道：「不確定毒性，正好找這些人試試。」

我抬眸看向孤煌少司，他俊美的側臉在閃耀的火光中忽明忽暗，面露狠絕與不悅。

文庭呆呆看我，宛如無法相信我說的一切。

「妳這個狠毒的女人——」忽然間，我聽到了蕭玉珍的嘶喊：「妳把我堂弟關在皇宮裡做可怕的藥物試驗，現在，又來找我們試——妳怎麼這麼狠毒——」

我默不作聲，晃動酒壺，酒壺裡的藥酒在寂靜的刑訊室中傳來微微聲響。然後，我停住了手，轉身時，囚籠裡的人猛地一縮，我淡淡而語：

「你們蕭家有一間地牢，我一直好奇，你們怎麼能玩出那麼多花樣來？」

立時，他們的目光驚慌起來，紛紛縮回身體，退到了最裡面。

「娘……我怕……」孩子們害怕的哭泣聲隨之而來，一些女人捂住孩子的耳朵和嘴，不讓他們哭出聲音。

我看看他們，轉身對孤煌少司說：「烏龍麵，反正這些人也要被處斬了，給我玩吧。」

「不行！」孤煌少司第一次拒絕了我。

我一直看著他，他雙手握緊扶手，似在隱忍極大的憤怒。他到底怎麼了？即使他懷疑我，以他深沉的性格不會這樣表露出來。他對我的怒氣，更像是我欺騙了他感情，可是，他對我怎會有感情？

「我倒是想看看。」

孤煌泗海帶著邪笑的聲音冷酷地響起，那詭異的面具依然正對我，面具後的雙眸閃爍出陰邪狡黠的目光。

「哥，我跟你不同，我很享受小白兔把獵物撕碎，鮮血四濺的畫面。哥，你的小玉是那麼的純潔善良，如同白玉一般無瑕無垢，忽然間，她拿起了屠刀，刺入……」

「住口！」孤煌少司的大喝迴響在刑訊室內，孤煌泗海的目光流露出一抹邪邪的笑意，不再說話，雙手一如往常地插在袍袖之中。

孤煌少司深吸了一口氣，讓自己恢復平靜後，沉下臉看向我。

「妳那個真是毒酒嗎？」他竟然懷疑。

我拿起毒酒，看向已經氣息奄奄的蕭成國。

「蕭成國，你是想繼續被攝政王審訊，還是喝我的毒酒？」

蕭成國緩緩抬起臉，蕭雅依舊表情呆滯，渾身輕顫地看著他，似是已經神智不清。他們已經得到了應有的懲罰。

「請……女皇陛下……賜酒……」蕭成國奄奄一息地說，嘴角帶出了笑。「攝政王……我對你一直……忠心耿耿，最後……卻因為一只花瓶……遭此對待……也是我自己的報應……我殺的人太多了……太多了……」

他垂下了臉，喃喃碎語。

「報應啊……報應啊……」

「懷幽，賜酒。」

「是。」

懷幽手托托盤到蕭成國面前，蕭成國忽然抬起頭大喊：

「攝政王──你不得好死──女皇陛下──攝政王一直想殺……」

倏然，白影掠過懷幽身旁，揚起懷幽長髮和緞帶之時，鮮血立刻噴濺在了懷幽的臉上。懷幽驚得雙手發軟，托盤從手中滑落，「匡噹」落在地面，而酒壺落在了一隻蒼白的手中，他緩緩起身，雪白的衣衫上沒有半絲血跡。

他手托酒壺走過呆滯的懷幽身後，右手之中是一把似是開膛的利刃，鮮血滑落利刃，他隨意地扔掉，朝我緩緩走來。

「啊──」尖叫聲才響起又像是被人捂住嘴似地很快停住。

孤煌泗海站在了我的面前，詭笑的面具後是邪笑的眼睛，他執起了我的手，冰涼的手根本不像是常人的溫度。他把酒壺放回我的手中，眸光裡閃過一抹笑意。

「妳的酒，用不上了。」

我垂眸看了看手中的酒，他收回手再次插入袍袖之中，用那張笑容詭異的面具對著我，宛如對我邪氣笑著。

蕭成國被孤煌泗海直接割斷了喉嚨，腦袋完全往後垂落，懷幽的身體搖曳了一下，「撲通」墜地。他的臉龐沾上從蕭成國喉嚨裡飛濺出來的鮮血。他被徹底嚇暈了。

孤煌少司依然穩坐在他的座椅上，文庭看一眼已死的蕭成國，微微蹙眉。

「你嚇到他了。現在，他暈了，怎麼跟我回去？」

我無辜地看孤煌泗海，他靜謐無聲，眸光之中彷彿宣告自己擁有至高無上的生殺大權！他剛殺了人，他卻沒有任何變化，像是不管他的腳下踩著多少屍體，鮮血變成汪洋，他也不會有任何變化。

我低下頭：「你真可怕，我要回神廟，我不要做女皇了。」

我轉身，默默走回，一步一步走上布滿血跡的台階。

走到關閉的鐵門前時，忽然有陣風從身後襲來，是熟悉的麝香。下一刻，我被人從身後緊緊環抱，圈入懷中，巨大的力量像是要把我嵌入他的身體之中。

他的手順著我的身體撫上了我的頸項，牢牢握緊，熱燙的臉貼上了我的耳側，伴隨著他熾熱的呼吸傳來他沙啞的話語：

「小玉……不要騙我……我是那麼的喜歡妳……我孤煌少司從沒喜歡過女人……妳是第一個……也是唯一的一個……不要讓我失望……」

他握緊我的脖子，我纖細的頸項在他的熱掌中宛如隨時可以被輕易折斷的麥稈。

我感覺到了從未有過的強迫感，一股他從未表露過的極其強烈的感情化作了滾燙的火焰，幾欲燒毀我的全身，將我灰飛煙滅。

忽然他加重了力道，把我壓在了面前的鐵門上，熱掌倏然攀上我的腹部，火熱的雙唇也重重含住了我的右耳，宛如一頭壓抑已久的猛獸要大口大口把手中的獵物咬碎。

心跳迅速加快，我的內力開始蓄積。

「哥，克制一下。」下面傳來了孤煌泗海冷冷的聲音：「當著這麼多人的面，太噁心了。」

「呼！呼！呼！呼……」孤煌少司緩緩停下，動作變得緩慢，火熱的手在我的聳立下緩緩退回我的腰間。他含住我的耳垂又深深吮吸了一下才緩緩離開，留下的濕熱液體讓我的耳垂感覺到了深深的涼意，我血脈賁張，殺意幾欲突破心底，無法隱藏！

「小玉，我不想傷害妳……我真的不想……不要逼我，知道嗎……」他沙啞地說著，話音裡濃濃的情慾和殺意交雜在一起，讓人膽寒。

我趴在鐵門上點點頭，氣息也在他失控的情慾中開始不穩。這才是真正的他嗎？藏在溫柔表面下的，竟是這樣一頭可怕的猛獸，我終於看到孤煌少司的原形了！

孤煌少司並沒完全放開我，他環住了我的腰，為我打開了鐵門，轉身沉沉而語：

「他們沒用了，先行收押，擇日處斬。」

「是！」血腥味濃重的刑房裡，傳來文庭的應聲。

「泗海，你讓人把懷幽送回宮。」

身後沒有任何聲音，宛若孤煌少司是在對幽魂說話。

我看著手中的酒壺，原本想讓蕭家主犯自服毒酒，換其他人的命，結果，蕭成國被孤煌少司殺了。蕭成國是想告訴我，孤煌少司想殺我。哼，這點何須他告知？也算是他在臨死前的懺悔和一點人性的回歸。

門外早已沒了衙差，空空蕩蕩，更顯陰森。

「小玉，剛才嚇到妳了。」孤煌少司再次恢復一貫的溫柔，用他溫熱的手撫上我的臉。我側臉躲開，不想再被他碰觸，邁開一步想要離開他的身邊。

倏然，一股巨大的拉力將我拉回，我重重撞在了鐵門邊的牆上，他的臉也隨之朝我俯來。我立刻往他胸口推掌，無法忍耐的怒意還是爆發出來。他被我震開，扶住胸口，低垂的臉深深隱藏在黑色長髮之中！

我自知已經瞞不了多久了，我生氣道：

「你們討厭！我只想找個人試試我毒酒的藥性！現在我沒心情了！」

「哼……」輕笑從他長髮下傳來，他緩緩抬起臉，俊美的臉在昏暗的牢獄中忽然陰厲起來，他深邃的黑眸之中劃過一抹讓人心寒的狠辣。「妳不就想找人試酒嗎？這裡有的是！」

他赫然拽起我的手臂，大力把我拉起，失去平日的溫柔，對我粗暴而強硬。他把我快速拉到了那幽深的牢門前，立時，所有人的目光全部投向我們。

孤煌少司的唇角揚起，微笑中透著冷漠和不屑，如看草芥般掃視囚籠中的囚犯。

「看，這裡的人都可以，妳隨便挑。」

「我沒心情了！」我沉臉斜睨他。

「妳沒心情？還是……妳不捨？」

他冷冷一笑，忽然拿走我手中的酒，挑眉對我一笑。

「我幫妳，妳的手那麼乾淨……」他緩緩執起我的手，邪魅地深深注視著我。「不應該沾上血腥……」

他俯落臉，嫣紅性感的雙唇印在我的手背上，囚籠中的人無不輕嗤撇開臉。

孤煌少司放開我的手起身，拿起酒壺俯看我一眼，眸中帶著笑意，然後緩緩走到一個牢籠前，伸手一把揪過靠在門邊的一個小孩。

「不！不要——」小孩的母親撲了過來，抱住小孩，跪在牢門之後。「我來，我來喝！」

孤煌少司瞥眸含笑朝我看來，宛如在等我何時阻止。

我對他瞇眼一笑，揚手做出請的姿勢，他微微一愣，轉回臉扣住小孩的下巴，小孩已經嚇呆，母親在牢門邊用力磕頭。

「攝政王求您了！求您了——放過我的孩子吧——求您了——」

「我來！」忽然旁邊一個大漢趁孤煌少司不備，伸手搶過了毒酒，直接咕咚咕咚喝了下去。所有人都同情地垂下臉，無奈、無助以及更多的憤怒和仇恨，在這暗沉的地獄裡膨脹發酵，等待一個時機徹底爆炸。

喝下毒酒的大漢突然痛苦地雙手僵硬，酒壺從他手中掉落，摔在潮濕的地面上，「啪！」一聲摔了個粉碎。酒從酒壺中流淌而出，在地面上冒出讓人渾身戰慄的白沫。

「啊！啊——」大漢在全身一陣抽搐後，倒落在地，不省人事。大家紛紛圍上，憤怒地轉臉瞪向孤煌少司和我。

「畜生！畜生——」有人怒不可遏地嘶喊起來，立時，整個監獄像暴動般全數湧到牢門前，朝我和孤煌少司伸出烏黑的雙手，像是要把我們撕碎！

「畜生——畜生——」

「禽獸——」

「昏君——」

一聲聲大喊在牢房裡迴蕩。

孤煌少司看著地上的人也不禁目露疑惑，似是沒想到我會眼睜睜看別人死去。

他在那一聲聲喊罵中，瞇眸朝我看來。

「小玉，妳到底在玩什麼？」他又這麼問我。

「你猜。」我揚唇而笑，在那一束束想要把我們撕碎的憤恨目光中也瞇起眼。

孤煌少司瞇起的雙眸內，閃過一抹憤怒的目光，倏然身邊的牢房傳來一聲大喊：「啊——」

登時，所有人立刻朝那牢房看去，那大漢忽然坐起來，愣愣看著前方：「我、我沒死！」

所有人露出驚疑的目光，整個監獄如同抽走空氣般鴉雀無聲。

「哈哈哈——」我在瞬間靜謐的牢房內仰天大笑，孤煌少司一直盯視我，我對他說：「原本我只想嚇唬蕭成國、蕭雅和他們那些變態子女的，誰教他那麼可惡，在家裡私設刑房，把人折磨致死！所以，我也要好好折磨折磨他們，結果……蕭成國被你弟弟殺了，我沒得玩了。」

我滿臉責怪地看孤煌少司。

孤煌少司緩緩睜開了眼睛，臉上再次浮起溫柔的微笑，但那笑容在昏暗的牢房中顯得格外陰暗。

「是嗎？那真是對不起，是我和弟弟敗了妳的興致。」

我收回目光，雙手背到身後，一步一步走到他身旁。

「小明明的母親是被蕭成國虐待致死的，所以，我要蕭家。」

「原來妳是想為妳的小明明報仇？」孤煌少司的話音沉了下去，帶著一絲陰冷的笑意。

「不錯，把蕭家給小明明，讓他去處置，我欠你一個人情。」我轉臉笑看他。

「我的人情很貴的，妳什麼都可以給嗎？」他也側下臉笑看我。

「我們馬上要成婚了，我還有什麼不可給？」我轉轉眼珠。

我看著他，他看著我，我們的視線在滿是血腥餿臭的空氣中相觸，相視而笑。我不再是曾經的純真，他亦不再是曾經的寵溺。

他笑了笑，深邃的眸中滿是狠辣。

我轉回臉，伸伸懶腰。

「這藥不錯，捉弄人剛剛好。啊～～這地方實在太臭了，我受不了了，先走一步。」

我甩袖而去，飄逸的裙襬在牢門之間飛揚。一切該結束了，我跟孤煌少司的大婚，將是京都之行的終點。希望在我離開京都前能一切順利。

✣ ✣ ✣

懷幽真的被嚇壞了，直到我上朝完也還沒醒，臉色蒼白，額頭上全是冷汗，臉上的血跡倒是處理乾淨了，但衣領還有一些。

蘇凝霜靠立一邊，輕蔑地笑著，宛如在笑懷幽居然被嚇暈了。瑾崋好奇地在一旁捏懷幽的臉。

「什麼鬼東西，把這老實人完全嚇暈了？」他好玩地一直戳懷幽蒼白的臉。

我取來藿香瓶，拔開瓶蓋，放在懷幽的鼻前，淡淡解釋：

「孤煌泗海在懷幽面前把蕭成國割喉了。」

瑾崋和蘇凝霜同時一驚，我把頭後仰，進一步解釋：

「蕭成國這裡徹底斷了，整個頭掛在後面……」

「別說了！妳噁不噁心！」瑾崋受不了地蹙起眉：「妳是個女人，怎麼說得那麼平靜？」

「你害怕？」我擺正腦袋疑惑看他。

「我、我怎麼會怕？」瑾崋撇開臉。

「哼。」蘇凝霜瞥眸輕笑：「巫月一直太平，他又從未上陣殺敵，如果不是妳上次讓他一起救他爹娘，他還沒開過殺戒呢！就像他還沒破處一樣。」

「蘇凝霜你煩不煩啊！」瑾崋憤懣地轉回臉瞪蘇凝霜，蘇凝霜倒是疑惑看我。

「倒是妳，妳怎麼不怕？」

「鬼都看得見，還怕什麼屍體？」我眨眨眼。在狐仙廟的時候，托師傅的「福」，可沒少見鬼怪。他就喜歡嚇我，我算是被嚇大的，所以現在無論看見什麼鬼樣，都不怕了。

蘇凝霜和瑾崋古怪地看著我，接著蘇凝霜搖搖頭，對瑾崋指指自己的腦袋。

瑾崋也點點頭，輕聲對蘇凝霜說道：「她什麼都好，就是這裡不太正常。」

我鬱悶看他們，懶得跟他們解釋。

「啊！啊！啊——」懷幽忽然驚叫著坐起，雙手在空中害怕地揮舞，我立刻握住他的雙手。「懷幽！懷幽！沒事了，沒事了。」

「女、女皇陛下！」懷幽受驚的渙散視線落在了我的臉上，他忽然撲向我，緊緊抱住我的身體。我被他抱得太緊，胸口發悶，差點喘不過氣。

瑾崋看得呆住了，蘇凝霜的視線也落在了抱住我的懷幽身上。

「女皇陛下……」懷幽的胸膛大大起伏著，沒有放開我的意思。我的雙手僵在他的身後，他冰涼的臉緊貼在我臉頰，輕輕磨蹭，宛如想從我身上汲取他想要的溫暖和力量，尋求受驚後的安慰。

「沒事了……沒事了……」我緩緩撫上懷幽的後背：「沒事了……懷幽，回宮了……」

對於懷幽來說，這座看似牢籠的後宮，才是他的家。

懷幽的呼吸漸漸平緩，在我耳邊恢復了綿長的呼吸，輕輕吹開了我耳畔的髮絲。

「喂，當我們不存在啊，抱夠了沒？」蘇凝霜冷冷嘲諷，受不了地白了一眼懷幽。「還以為多老實呢，哼。」

懷幽身體立時一怔，匆匆放開我，察看自己染血的衣領，倉皇行禮。

「懷幽該死，汙了女皇陛下的衣服。」

「沒事的，懷幽。」

「懷幽立刻去沐浴更衣。」懷幽匆匆下床走了。

「懷幽今天已經被嚇壞了。」我冷睨蘇凝霜。

「那就要寵他嗎？」蘇凝霜好笑地看我：「還是……妳也很享受被男人抱著？既然如此，不如我來抱抱妳。」

見他張開雙臂，我一腳把他踹開：「滾！你們兩個今天好好休息，今晚我要大開殺戒！」

蘇凝霜和瑾崋目露吃驚，隨即對視一笑，一起滾床上去了。

今晚，會是一場硬仗！

懷幽受驚過度，請假歇息，他今天這個狀態也無法做事。

阿寶回來時，我讓他去照顧蕭玉明。昨天出宮，我直接讓他去買牛皮。他回來時給我帶回六十塊大小相同，花紋幾乎相似的牛皮，可見這小子細心挑過。

下午傳來了消息，蕭成國在獄中畏罪自殺，蕭家貪汙一案發回刑部重審，刑部尚書一職空缺，將在重新任命後，開審蕭家貪汙與虐待他人致死一案。但刑部尚書是誰？孤煌少司並沒說，這是在給我這個人情，讓我來任命。

這個人情，好貴。

夜深人靜之時，懷幽一人坐在窗內，依然驚魂未定。

我坐在他的對面，他長髮披散，朦朧月色下的臉依然帶一絲蒼白，目光也常常呆滯，一身白衣讓他更像鬼一分。

「懷幽，我們很快回來。」我握住他冰涼的雙手，他緩緩抬起臉，蒼白的臉上是一雙驚魂未定的眼睛。

懷幽老實，因為善良所以老實。本本分分做事，不敢越軌半分。無論是在孤煌少司那裡，還是在宮內，他都謹慎小心，努力地活下去。

他看了看我，顫顫地垂下眼瞼，默默地點點頭。

我知道，他很害怕，白日大家都在還好些，而此刻是晚上了，更別說這是第一次我們傾巢出動，只留懷幽一人。夜深人靜之時，那瑟瑟的風聲會讓他分外難熬。

「女皇陛下……懷幽沒事……」懷幽從我的手中收回自己的雙手，在身前捏緊。

我點點頭，看向床邊靜立在黑夜中的二人，他們已經蓄勢待發，黑色的身影，但眸光異常明亮。

我躍下床，手卻被人匆匆拉住，我往回看，是懷幽，他拉住我的手又匆匆退回：「對不起。」

「別拖拖拉拉了！」瑾崋不耐煩地說。我轉回身對他們一點頭，戴上玉狐面具的那一刻，我們三人進入密道之中！

「今晚做什麼？」在屋簷上穿梭之時，瑾崋激動地問。

我看向椒萸家的方向：「帶你們去見月傾城。」

「月傾城？這倒是有意思了，是不是，蘇蘇？」瑾崋帶著笑意看蘇凝霜。

「月傾城關我什麼事？」蘇凝霜冷睨他。

「別不承認了，你以前可是整日跟月傾城在一起，俗稱京城雙豔，受到學堂的萬千少女膜拜，不就是你們兩個嗎？你們也是許久沒見，今夜要見到故人，你可別哭啊。」

瑾崋說得分外曖昧，如同爆料。

京城雙豔？這個稱呼恰當，月傾城是豔麗，蘇凝霜是冷豔。

「不要拿我跟那個庸脂俗粉相提並論！」蘇凝霜忽然生氣起來。

「噗哧，庸脂俗粉，不就是不想承認月傾城長得比你好看嘛！美男冊裡，他也排在你前頭，怎麼，不服氣？」瑾崋在一旁偷樂，也不怕岔氣從空中掉下去。

「別笑了，今晚還要圍捕孤煌泗海！」我嚴肅地沉語，蘇凝霜與瑾崋立時頓在房樑之上，我落下看他們。「孤煌泗海的功夫你們也見識過了，今晚先行試探，若是殺不掉他，走為上計！」

瑾崋和蘇凝霜對視一眼，蘇凝霜眸光閃動起來，瑾崋迷惑問道：「今晚獨狼來嗎？」

「來。」我點點頭。

「那我們這麼多人還怕殺不掉他！」瑾崋顯得很有自信。

我擰緊眉，心裡也沒個底，跟孤煌泗海一直沒有好好戰過一場，他到底有多大的本事並不知曉。

我異常認真地凝重看他們。

「或許，你們總當我失心瘋，但是，今晚我要告訴你們，孤煌泗海並非完全是人類。」

蘇凝霜和瑾崋的雙眸閃過驚訝，我轉身躍起：「走！獨狼和月傾城他們應該差不多到了。」

身後揚起一陣風，瑾崋和蘇凝霜再也沒說過話，和我在月下穿梭。

當我們三人落在椒萸院內之時，獨狼已經與月傾城三人在月下對立。

我落到獨狼身邊，他修挺的身形比瑾崋和蘇凝霜更高一分。

「妳來晚了。」他的眸子轉向我，隨後看了隨我而來的瑾崋和蘇凝霜一眼，再將目光轉回前方月下而立的月傾城。

瑾崋靠近蘇凝霜蹭了一下他的胳膊，那神情像是在說你老情人來了。

蘇凝霜瞥眸睨他一眼，轉臉看向別處。

月傾城見我又帶來二人，顯得有些驚訝，他身後的阿峰、鍾靈微微陷入戒備。

椒莢從房中匆匆出來，自那日後，椒莢成了我和月傾城的聯絡人，而我的訊息是通過獨狼另一個身分來傳遞。

椒莢看見我微微閃神，匆匆上前，對我竟是多了分恭敬：「玉狐女俠，東西做好了。」

「嗯。」我要上前驗收，月傾城微微伸手攔在我的身前。

「不介紹一下新朋友嗎？」他微笑看我。

「讓開！」

瑾崋要伸手推開月傾城時，獨狼已經直接按落他的手，冷冷看他一眼對我說：「走。」

「你們太囂張了！」鍾靈生氣走出。

「主子，他們完全不把我們放在眼裡。」阿峰也面帶憤怒。

我轉臉好笑地看他們：「我們只是彼此合作關係，如果我整天對著你們主子馬首是瞻，巫溪雪還以為我看上你們主子了。」

登時，阿峰和鍾靈變得啞口無言，月傾城美豔的臉上也是掠過一抹尷尬之色。

瑾崋在旁邊環手幽幽而笑，椒莢也垂眸偷偷一笑。

我打量月傾城，月傾城在我的目光中略感不適，微微側臉，我笑了。

「看，光是看看都不好意思，莫說接觸了。紅顏禍水，為避免閒言碎語，你我還是保持距離為好。」說罷，我昂首入屋。

屋內燈火通明，今夜椒老夫婦自然不在。桌上和地上擺滿了鋼索、滾軸和鎖釦。

我拿起鋼索拉了拉，滾軸滾了滾，上面上了油，很利索。最後是鎖釦，非常牢固。我點點頭。

「可以了。」

椒萸一直站在一旁偷偷瞧我，我微微蹙眉抬臉看他，他又立刻匆匆轉開臉不敢看我，臉上掛著被我肯定的笑容。

我起身，獨狼、蘇凝霜和瑾崋讓開路，月傾城和阿峰鍾靈入內，我取出圖紙鋪在桌面之上，圖紙上是孤煌少司的藏珍閣與蕭家的觀月閣。在兩座樓閣七樓與六樓之間畫著兩條鋼索，鋼索上則掛著裝滿黃金的鐵箱！

我認真看月傾城：「時間緊迫，我們必須馬上行動。鋼索已經做好，運輸時還要小心，畢竟黃金過於沉重，若是數箱一起，鋼索斷裂，功虧一簣！」

大家在暗淡的燈光中紛紛點頭，牆面上是我們重重疊疊的身影。

月傾城也認真點頭，美眸之中是男子的英氣，已經看不出他作為皇族被嬌生慣養的嬌氣。

「可是，黃金太多，若是運輸太慢，會被攝政王發現。」

我在面具下揚唇一笑：「放心，那天妖男兄弟都不在王府。」

當我話音落下時，屋內所有男子一驚，面面相覷，目露疑惑。

「妳怎麼確定？」獨狼冷冷注視我，我按落圖紙，眸光冷寒。

「女皇大婚那天，就是你們行動之時！」

倏然，瑾崋握住了我的手臂，他吃驚看我，閃亮亮的眸光之中，宛如在著急，似是驚訝我真的會與孤煌少司成婚。

蘇凝霜和獨狼無不朝我看來，蘇凝霜一直不屑一顧的眸光裡也微微露出一抹疼惜。

只有獨狼很平靜地看我一眼，垂下臉。

「好，我們就在那天行動。」他最為冷靜，所以那天由他坐鎮，我放心。

椒萸吃驚地看看我，默默垂下眼瞼，黯然神傷。

「好主意！」鍾靈欣喜地說了起來：「那晚攝政王府必然防範較少。」

「不過即使兩個妖男離開王府，王府中依然高手不少。」阿峰憂慮地說。

我看向他們：「沒關係，那晚或許王府會很亂，你們只要遮好，盡量不被人察覺。」

大家一起看向旁邊一塊折疊好之後依然厚實得像巨石的黑布，上面星辰點點，如同黑夜。那一晚，我們就要來個偷天換日！

「亂？」月傾城疑惑看我，我笑了笑。

「到那晚你們就會知曉。」

「小心行事，否則，前功盡棄！」我收好圖紙鄭重交給月傾城。

「知道了。」月傾城的眸光也分外認真。

我看落地面所有的道具。

「把這些東西運走，椒萸，花瓶之事很快會牽連到你，你盡快躲起來。」

椒萸吃驚看我一眼，立刻點頭。

我和獨狼、瑾崋、蘇凝霜準備離開，進行下一步圍捕孤煌泗海的計畫。

當我走過月傾城時，他忽然伸手拉住我，但就在那一刻，蘇凝霜一把拍開他的手，冷蔑看他。

「要說就說，不要動手動腳。」

月傾城一怔，看向蘇凝霜：「凝霜？是你嗎？」

蘇凝霜瞇了瞇眸，側開臉。

月傾城不再看他，而是看向我。

「凝霜是不是妳的人？在昏君搜查蕭家的時候，那花瓶是凝霜拿出來的。」

他美豔的雙眸緊緊盯視我，我轉臉看他：「不錯，蘇凝霜是我的人。」

瑾崋和獨狼朝我看來，蘇凝霜雙手環胸發出了一聲冷哼：「哼。」

我繼續看月傾城：「他甘願犧牲色相為我潛伏在女皇身邊，替我行事，遠遠比那些只知隱藏在暗處的人，作用大多了。」

「玉狐！妳太過分了！」鍾靈生氣地跨出：「妳知道我們主子有多努力嗎？他……」

「是啊～～一直接濟北城是不是？」

蘇凝霜索性摘下面罩，讓鍾靈和阿峰吃驚不已。月傾城目露欣喜地看他，如見兄弟。但是，他這熱切的目光卻傳不到蘇凝霜的心底，直接被蘇凝霜那道冰牆給逼回。

蘇凝霜不屑地睨向與他同高，美豔勝過紅梅的月傾城。

「哼，能接濟多久？只要妖男在人世一天，大家都不得安生，你跟了那女人又如何？那女人現在自身都難保！真不明白你還跟著她幹什麼？還在作夫王的春秋大夢？」

我忽然明白蘇凝霜對月傾城的鄙視從何而來。蘇凝霜最反感的就是政治利益的聯姻，從蘇凝霜輕鄙的話中，不難判斷當年月傾城可能也有想做夫王的打算。

月傾城的笑容在蘇凝霜的冷言冷語中，最終消逝，憤懣地撇開了臉。

蘇凝霜瞥眸看他一眼，繼續追擊。

「你那個女人還不如那個昏君，一次胡鬧就削了慕容家的爵，一次亂來就抄了蕭家，你們潛伏了那麼久，做成了什麼？焚凰成立三年，昏君三個月就把你們想做的事都做了，你這麼想做夫王，不如由我引薦入宮啊～」

月傾城被蘇凝霜說得越是不堪，臉上的神情越是不服。

「今晚的行動，我要參加！」他擰緊雙拳，看著我說道。

「不行。」我直接回絕。

月傾城終於惱怒，豔麗的雙眸瞪視我：「妳看不起我！」

「不，你想多了。」我淡淡看他：「雖然我也希望你加入，你的功夫不錯。但是，圍捕孤煌泗海實在太過危險，如果我們失敗，至少女皇大婚那天還有你可以行動。」

月傾城聽完怔立在原地。

「你要保存你和你身後的實力，因為巫月的皇位，要有人坐。」我認真看他。

當我最後一個字出口時，月傾城如同黑珍珠一般的眸中劃過一抹格外炫麗的神采，他一直看著我，視線落在我玉狐的面具上，隨著我的離開而移動。

我走了兩步，回頭：「對了，你在宮裡有人嗎？我需要他和凝霜聯繫。」

他看著我緩緩回神：「有，他叫阿寶，已經順利到昏君身邊。蘇凝霜，你應該已經見過他了。」

蘇凝霜微微蹙眉，看向我。我垂下目光，為何這個意料之內的答案，卻讓我心中浮起絲絲不安。似是阿寶的身分揭穿得太過簡單容易，讓我反而懷疑事實的真實性。

我點點頭，起身離去。阿寶果然是月傾城的人。這也在意料之內，他們是本家。但是，僅僅如此嗎？

那這個阿寶，倒是忠心。若我被別人退婚，心中定然不屑再與他們為伍，他們死活與我何干。

✣ ✣ ✣

今晚，有兩件事：一，和月傾城接頭，檢查偷運黃金的工具。畢竟在這之後，只怕我出宮不易。二，捉出焚凰內奸，順便誘捕孤煌泗海。

「今晚，我希望你們誰也不要戀戰。」我看向跟隨我而來的三個男人，他們是我身邊功夫最高，進可攻、退可守的三位將才。今晚若捉了白毛，那是最好，若是不能，他們需要保護梁相他們撤退。

三個男人一起對我點頭，從他們的眸中，我看到了他們對我的信任！此刻，他們自願聽命於我，即使是最為冷傲的蘇凝霜。

早在之前給梁相的書信裡，已經和她約好了與焚凰會面的地點——心玉湖。

更深露重，心玉湖在明月之下靜如明鏡，一陣刺骨的東風掠過湖面，帶起層層波光，停在湖中的畫舫也隨之慢慢搖曳。

畫舫停在離岸邊不遠處，上面點點火光，如同空中星火，與湖中倒映的星空融為一處，畫舫如入銀河之中。

我們四人從橋心齊齊躍下，點水前行，穩穩落在畫舫之上。畫舫輕輕搖曳了一下，船艙門前的兩名黑衣守衛立刻陷入戒備。他們是一男一女，分別身穿紅衣斗篷，戴有飛鳳形狀銀質面具，眸光分外明亮。

當他們看見我臉上的玉狐面具時，目露欣喜，立刻相請：「玉狐女俠請！」

我點點頭，帶著獨狼、蘇凝霜和瑾崋入內。

船艙內有一張長桌，長桌邊坐有十名焚凰的成員，皆是一樣裝扮，如同火焰在船艙內熊熊燃燒！

他們見我進入一起起身，對我一禮，我也對他們頷首一禮。

「歡迎玉狐女俠加入我們焚凰。」說話的人微微變聲，語氣嚴肅而莊重，但我知道，那是梁相。

「請通過我們的儀式！」

另一名焚凰成員端上一碗白酒，放落我面前，然後取下燈火往白酒裡一點，立時火焰在碗中燃燒，接著他呈上一把鋒利匕首：「請血祭！」

我蹙眉看匕首，匕首寒光閃閃。我拿起匕首，看了看，轉向蘇凝霜、瑾崋和獨狼。

「你們誰替我？」

三個男人一愣，第一次看到這三個性格迥異的男人露出相同的表情。

「哼，玉狐女俠連這點痛都怕嗎？妳有沒有誠意加入我們焚凰？」有人變聲質疑。

我立時冷眸看向說話之人，她面具下的眸光微微一顫，眨眨眼，低下臉說：

「血祭是入焚凰的儀式！」

我看看匕首，揚唇而笑。

「你們的主子沒跟你們說我玉狐不是來加入焚凰的……」他們齊齊在我話音中一怔，我冷冷掃過他們每個人的面具。「而是……來統領你們的！」

他們面具後的目光閃過驚訝，紛紛在我的傲視中緩緩低下臉，先前端白酒給我的男子看向梁相，估計他應該是安大人。

梁相面帶笑容地對我頷首，恭敬行禮。

我拿起匕首：「所以，今晚我要送你們一份大禮，以示我的誠意：就是，抓出內奸！」

立時，所有人身體一緊，懷疑地看身邊之人。

「妳怎麼知道內奸是誰？」有人朝我看來。

匕首的寒光掠過我的面前，我幽幽而笑：「不用我知道，孤煌泗海一定會殺了他。」

登時，眾人目露驚詫，但右邊第二個女人眼裡還多了一抹驚懼。我笑了。

「正因為知道有內奸，所以今天我與你們相約，目的是為了讓內奸引孤煌泗海而來。那孤煌泗海若知我會來，他必會出現！所以我集結了高手，在此恭候！我會告訴孤煌泗海，是內奸出賣了他！」

立刻，右邊第二個女人身體輕輕一顫，我繼續笑道：

「我想……這個內奸只怕是活不了了，以攝政王的性格，說不準又會……抄家。」當我話音落下之時，「撲通！」右邊第二個女人已經渾身發顫地坐在了位置上。所有人立刻驚訝地看向她。

「妳是內奸！」梁相驚呼。

眾人還來不及回神，一股猛烈的陰風猛地掃入船艙之內，瞬間掃滅船艙內的燭火，如同厲鬼過路，為我們報訊。

「怎麼回事？」眾人慌張起來，這裡可都是一些老弱之人。

我閉眸細細感覺，他來了！

「妖男來了！」我睜開雙眸：「我會纏住妖男，你們先撤，內奸交給你們處置！」

「是！」梁相和其他人扣住內奸，直接摘掉了她的面具，發出一聲驚呼：「陸大人！怎麼是妳？」

內奸之事已結，該輪到白毛了。

「嘩！」四周響起水聲時，我立刻喊：「蹲下！」

在梁秋瑛所有人蹲下時，我甩出手中的匕首，與此同時，蘇凝霜也甩開雙臂，立刻暗器化作流星飛出，和我的匕首穿透兩邊紗窗。

「啊！啊！啊！啊！」外面傳來痛呼之聲。

獨狼和瑾崋破窗而出，立刻刀光劍影，人影凌亂！

我和蘇凝霜對視一眼，也躍出船艙之門。當我們站在甲板上時，一抹白影從冷月中而下，身形飄浮如鬼魅，白衣飛揚如妖狐！

他幾乎沒有任何聲音地落在我面前，眸光透過詭異的面具閃耀著興奮光芒。雙手依然插入袍袖之中，邪氣叢生！

「啊——」一聲淒厲的慘叫劃破夜空，瑾崋一腳把暗衛踹人湖中。立刻，畫舫恢復寂靜，鴉雀無聲。

「你的人不怎樣啊。多虧你的內奸，今晚總算把你這隻妖狐給引出來了！」

我對孤煌泗海揚唇一笑。

瑾崋和獨狼回到我身後，護住船艙。

詭異的面具下依然靜謐無聲，縷縷白髮在月光下如銀絲般迷人。

「玉狐，我想死妳了！」他灼灼的目光只盯在我一個人臉上，無視旁人。

「你是想死我，還是，想我死？」我冷笑。

他默不作聲，面具上的笑容透著絲絲邪氣。

「等我殺光這裡所有人，用他們的血來裝扮我們的洞房！」他清脆的聲音是那麼的動聽，說出的話語，卻血腥得讓人膽寒。

「你真變態！」瑾崋受不了地說。

一陣陰邪的風立時從孤煌泗海白色的短袍下掠過，忽然間詭異的絲絲寒氣開始在他腳下凝固，那如煙如霧的寒氣像是白色的狐尾在他黑色簡單的布鞋邊搖擺，緩緩朝我們而來。

「怎麼回事？」瑾崋驚訝地看那詭異的寒霧。

「跟你們說了，他不是人！」我蹙眉低語。

身邊三個男人目露驚訝，他們總算不再認為我失心瘋了，而是看了看彼此，立刻陷入緊張，全身戒備。

「哈哈哈——真是找死！」倏然，孤煌泗海的雙手忽然從袍袖中抽出，我立刻抽出碧月劍。

「小心！」兩個字還未說完，孤煌泗海鬼魅的身影已經到了瑾崋的面前，速度之快，快到髮絲掠過我的面頰時，他的手已經推在了瑾崋身上。

「啪！」幾乎是瞬間，瑾崋被他用內力震開，他落在我的身邊，倏然腰間被人環住，我被他帶入懷中！

「玉狐！」獨狼立刻朝我而來，孤煌泗海揮手之間，帶我飄忽而起，我真真切切感覺到了他那飄忽的速度，是那麼的輕巧，如同羽毛一般在風中自由飛翔。

他甩起的衣襬掠過獨狼的手臂，立刻「嘶啦」一聲，獨狼的衣袖出現一道口子，血絲瞬即飛出，在蒼白月光下灑落甲板！

我見狀立刻運功，手推向他的胸膛。他看了我一眼，在我將要打中他時轉動我的腰身，我借力使力轉出他的身前。他穩穩落入密布甲板的白色寒氣之中，足尖點開層層氣浪，如妖如魅，明明殺氣深重，動作卻是那麼的美輪美奐。

那看似仙氣的妖氣遊走在我們腳下，格外陰寒，如同一隻從陰間伸出的手，拂過我們的腳踝，冰冷刺骨！

瑾崋扶住胸口，獨狼的手臂已經受傷，但看似並不嚴重，蘇凝霜冷冷盯視孤煌泗海。

「你們沒事吧？」我問他們。

「沒事。」瑾崋揉了揉胸口。

「你這個妖孽！回你的妖界去！不要危害人間！」我看向孤煌泗海，攥緊碧月劍，渾身內力開始爆發，仙力從丹田而起，絲絲幽香開始從我身周散發。

他靜謐地站在邪氣之中，仰臉用力地嗅聞。

在他呼氣時，他緩緩低下臉，用他那張詭異面具對著我邪邪而笑。

「這才對……玉狐……今晚，我一定要吸光妳這誘人的香氣，用妳的陰來補我的陽！哈哈哈——

哈哈哈——」

他撐開雙臂狂笑起來，倏然只聽「嘩嘩嘩」水聲四起，黑色的暗衛又從水中而起，這一次，比方才更多！

沒想到他帶了那麼多人！我捏緊碧月劍低語：「人太多了，撤！」

「是！」獨狼、瑾崋和蘇凝霜緩緩後退，忽然有人從旁側飛速而來，直擊孤煌泗海。

「妖男！我要為月氏報仇！」

「不好！」黑夜之中，月傾城手提長劍朝孤煌泗海飛去，如同一抹流光劃破夜空，直直刺入孤煌泗海的身體。

那一刻，瑾崋、蘇凝霜和獨狼都驚訝不已。

可是，孤煌泗海的身影晃動了一下便隨即消失，月傾城還在愣怔之時，孤煌泗海緩緩落在他的身後。我心中大驚，來不及多想便立刻提氣朝月傾城飛去。

仙氣加快了我的速度，在孤煌泗海一掌打來時，我一把推開還在發愣的月傾城。

「閃開！」然後轉身抬掌和孤煌泗海的撞在了一起！

「轟！」我和孤煌泗海相撞的勁風掃開了地上的寒霧，也震開了身邊的月傾城。他震飛在空中，獨狼接住了他的身體。

因為太過倉促，我的內力沒有接上，也被孤煌泗海的掌風震開，踉蹌後退一步，一口血從口中噴出：「噗！」胸口立時如同翻江倒海一般難受！

「玉狐！」驚呼從瑾崋他們口中傳來，我揚起手不讓他們靠近這裡。

「別過來！」

瑾崋焦急地站在原處，蘇凝霜伸手擋在他的面前不讓他上前。

黑影落在了我的身旁，寒刀亮出，殺氣騰騰。

孤煌泗海收回手掌，變得越發陰沉，陰寒之氣從他衣襬下不斷湧出，冷到刺骨的寒意從他眸中掠過，他轉過面具狠狠盯視月傾城。

「你居然讓我的女人受傷！」

見他伸出了雙手，我立刻大喊：「害我受傷的不是你嗎？」

孤煌泗海收住了手，緩緩放入袍袖，側對我陷入陰沉的靜謐之中。

月傾城立時捏緊手中寶劍，被獨狼用力扣住手臂：「別再害玉狐！」

月傾城朝我看來，我扶住胸口斜睨他。

「你來做什麼？不要叫你別來嗎？你對孤煌泗海了解多少！」

「孤煌泗海？」月傾城驚詫地朝孤煌泗海看去，我忍住胸口那火辣辣的痛。

「我去，連敵人是誰都不知道，就來報仇！」

月傾城的美眸中湧起無限仇恨憤慨。

「當初，就是他帶領暗衛夜襲我全家！我永遠不會忘記他那張面具！」月傾城激動地在月光下大喊。

我緩了緩勁，所以心懷仇恨是成不了大事的。

「他是妳男人？」忽然孤煌泗海清清冷冷地問，動聽的聲音像琴聲那般清脆，卻透出絲絲寒意。

我提起劍，站直。不能讓瑾崋他們看出我內傷，不然他們不能安心撤退。

「他那種姿色，我看不上。」我輕笑。

「也是。」詭異的面具下，帶出了絲絲笑意。他轉身朝我看來，我收好劍。

「你不是想要我嗎？追上我，我就是你的！」

他眸光立刻閃過寒光。我轉身直接飛入夜空。身後一聲輕笑，陰邪的寒氣直逼而來！

我和他相繼飛躍在湖面，腳尖踩碎明月，他的身影已經到我身旁，悠閒飄浮如同飛在空中。雪髮在月光中映在清澈的湖面之上，像是一條銀色的美人魚跟隨我一起前行。

「我追上妳了。」他飄忽在我身邊，我看向他的那一刻，一把將他狠狠拽入水中。

「啪！」我們雙雙掉入湖中，他的雪髮在清澈的湖水裡飄蕩開來。月光灑落湖面，照射在他的身上，飄逸的白衣和雪髮，在朦朧的水月之中，美得讓人窒息。

他推開水光朝我而來，身影美麗得如同白蛇。我立刻轉身游入更深之處，希望能用月光無法穿透的深水逃脫他的追捕。

胸口越來越疼，剛才硬生生接下那掌，胸口的內力炸開像是傷到了胸骨，現在又這樣強行運功、劇烈運動，胸口的劇痛越發讓人無法忍受。

腳踝突然被人握住，我立刻運力到掌心，那雙比水還冰冷的手拉住我的腳踝猛地往後一扯，他順勢游到了我的上方，扣住我的肩膀翻轉我的身體，他揭去了面具扣緊我的肩膀吻住了我的唇。

我心中大驚，冰涼的唇用力含住了我的雙唇，一隻手用力扣住我的下頷，迫使我張開嘴讓他進入，立時，冰涼的水和他的舌一起滑入我的口中，我想也沒想便用全部的掌力打上了他的胸膛。

立刻，血腥味在我的唇中瀰漫，他被我震飛出去，我轉身往上游去。

「呼啦！」我終於浮出水面，竟是來到我和他第一次相遇的那個橋洞。

橋洞下依然波光粼粼，幽靜偏僻。

「咳咳咳咳……」我狼狽地爬上岸，每一次咳嗽都讓我的胸口痛如斷裂，一口血又吐在岸邊，已經分不清嘴裡的是自己的血，還是他的。

「咳咳，咳咳咳……」如果孤煌泗海那一掌落在月傾城的身上，他就不只受傷那麼簡單了，估計要讓獨狼直接收屍送回給巫溪雪。

「嘩啦！」忽然身後傳來水聲，我大吃一驚：這死白毛怎麼那麼耐打！我立刻用盡最後的力氣爬到橋洞邊，轉身靠牆捏緊了碧月劍。死白毛真是陰魂不散！

孤煌泗海從水中浮出，嘴角和白色的髮絲上都掛著血絲，那張本就蒼白的臉襯得他嘴角的血絲越發豔麗一分。

「咳！」他爬上岸也是噴出一口血，然後抬手抹了抹。他看似不在意，反而邪氣的笑從他嘴角揚起，顯露出一種極其享受的興奮，那興奮讓我從頭麻到雙腳。他的變態不在於他自己很享受這種廝殺，而是讓我感受到了他的興奮！

他雪白的衣服完全被水浸濕，不斷淌落水注。他從水中爬出來，又是滿頭白髮，簡直像是水鬼前來索命。

「哼。」他垂著臉輕笑一聲，晃晃悠悠。「妳是第一個能傷我的人！」

我戒備地看著他，我那一掌近距離重創了他，現在我們兩個半斤八兩，誰再運功誰就死。他殺不了我，我也殺不了他！

「是嗎……咳咳……」我靠緊牆壁，拿起碧月劍戳在地面撐住自己搖搖欲墜的身體。「我更想做第一個能殺你的人！」

我狠狠看他濕髮下尖尖的臉。

「但是……」他緩了緩氣，蒼白的指尖落在自己濕透的腰帶上，在晃動的波光中緩緩扯開。「我更想讓妳做我的女人！」

他緩緩抬起臉，嘴角掛著血絲，邪氣地看著我，細長的狐媚眸子中是熾熱的冰藍火焰，他的雙瞳在那火焰中竟是燃燒成了銀色。我驚呆地看著他的銀瞳，妖孽變身了！他的妖力完全爆發了！他的妖力徹底爆發，讓我安了心，終於試探到他全部的實力。

他一步一步朝我踉蹌走來，腳下黑色的布鞋踩出一個又一個濕濕的腳印。他解下腰帶，浸了水的腰帶從他手中滑落，「撲簌」墜地，又浸染出一塊水跡。

雪白衣衫在他的步履中緩緩打開，露出了他那不同於常人的蒼白身體。他「撲通」一聲跪落在我面前，邪邪地笑著，明明身體因為傷重在夜風中搖曳，臉上的笑容卻是那樣興奮和愉悅。

他緩緩抬起雙手，捏住衣襟在我面前慢慢脫掉了濕透的白衣，如同一件白色的禮物一層層緩緩打開，將藏在裡面的寶物漸漸展現在你的眼前，當他赤裸的身體徹底暴露在我的面前，我的腦中一根弦倏然繃緊，瞬間轟鳴，化作一片虛無與空白。

我不明白為何自己會無法動彈，只能這樣呆呆地看著他，我更不明白為何看著他的雙眸我會淚濕眼眶，腦中浮現師傅那雙嫵媚的眼睛和嘴角風騷的笑。

雪白衣衫墜落他的腰間，他的雪髮絲絲縷縷黏附在他雪白的身上，那本該是病態的白在月光中卻閃爍出了如同水晶一般迷人的霞光，讓人心跳停滯，無法移開目光。

他笑了笑，抬手撐到我的臉邊，那雙本該布滿殺氣，陰厲而冷酷的雙眸，此刻卻流露出嫵媚姿態，那魅惑勾人的眼神掃過我的身體，如同酒醉的迷離視線，最後落在我的唇上。他緩緩撫落臉，雪髮映入我的眼簾時，他濕潤的舌緩緩舔過我嘴角的血跡。

我的身體開始輕顫起來，握緊了手中的碧月劍。

他的氣息因為傷重而有些不穩，動作也變得遲緩，可這分外緩慢的動作恰恰多了撩人的魔力，讓人欲罷不能，心中充滿了各種期待，卻苦於得不到！

他緩緩俯到我的耳邊，又輕輕舔上我的耳廓。

「妳的血真是甘甜，真想舔遍妳的全身，嚐盡妳的味道……」

醉啞的聲音，撩人的話語，讓我終於忍無可忍，用僅有的力氣提起碧月朝他的頸項橫劈過去。

他微微一躲，抬手扣住了我已經虛弱無力的手，一縷白髮在雪光閃亮的碧月下墜落，一抹嫣紅也隨之而出，染紅了他頸邊的雪髮。一注鮮紅的血緩緩爬過他修長雪白的頸項，在他精巧的鎖骨停留片刻繼續而下，流過他胸口那似是無人碰觸過的粉色珍珠，那鮮豔的光澤和粉嫩的顏色足以證明他身體的純正。

他瞥眸睨向我，眼神之中充滿了玩味的笑意，讓他的狐媚反而增添了一分純真。

不可能！

絕不可能！

這種殘忍血腥的妖孽怎會眼中帶著純淨！

他不含殺氣的雙眸充滿妖邪的嫵媚，他抬手摸向自己的脖子，指尖染上了鮮血，讓他的銀瞳裡閃現越發興奮的眸光。他抬起手指，看了一會兒，狐媚地瞥向我，嘴角含笑地伸出舌頭舔上自己的手指，眸光之中掠過一抹狐狸的風騷。

那風騷是骨子裡透出來的！果然是親兄弟！但是，他的騷帶著邪氣，而師傅卻帶著慵懶。

我全身汗毛戰慄地看他舔過自己的手指，他狐媚的視線落在我的臉上，帶著燃燒的情慾。狐狸是天生風騷的尤物，他們能瞬間挑起人的慾火，讓人撲向他們、撕碎他們，而他們卻異常享受情慾帶給他們的快感與歡愉。狐族修仙，最難熬的關卡，便是他們自己的情慾。

忽然，他朝我壓來，把我拿碧月劍的手按在了牆壁上，雪白俊美的臉蹭上我的面具，粗重的氣息噴吐在我額前的髮絲上。

「我知道……妳喜歡我舔妳……是不是？」他另一隻手緩緩擒住我的面具：「讓我看看妳……」

他緩緩摘下我的面具，看向我。我冷睨他，以防萬一，我易容了一張普通的臉。

我本以為這張普通的臉不會引起他的興趣，沒想到他目光之中的火焰越來越熾熱，宛如燒穿了我的軀殼，想要吞噬我巫心玉的靈魂。那一刻，我有一種被他看穿的錯覺。不可能，無論聲音還是招式，我完全用了另外一套，他不可能認出我來！

在我剎那間的心虛時，他一下子俯了下來，吻住了我的唇。我用另一隻手推他，也被他按在了我的頭頂。他用一隻手扣住我的雙手，猛地捏緊我的手腕，我手中的劍「噹啷」墜地。

「呼呼呼呼。」他用力啃咬我的雙唇，用他漸漸火熱的舌舔過，舔上我的耳垂，我的心跳在他這不斷的舔弄中開始加速。

「放、放開我！」儘管，我知道這抗議是多麼的無力。

他根本無視我的抗議，緊貼我的頸項緩緩舔落，那酥癢的感覺讓我幾欲崩潰。

一隻手開始拉扯我的衣領，被水浸濕的衣衫拉扯起來很吃力。他放開我的雙手，我雙手無力地垂落，在他舔落我頸項時，他用力扯開了我的衣領，好讓他順利舔上我的鎖骨。我想抬手，卻還是綿軟無力，呼吸在他的舔弄下開始打顫，顫動的呼吸帶動了胸口的傷，不禁又咳嗽而出。

「咳咳……啊！」他忽然在我鎖骨上猛地一吮，重重的吮吸像是要把我的皮膚撕下，我痛呼出口，他的手立時滑入我的領口，一把握住了我的胸口。我登時全身繃緊，腦中嗡鳴不斷。

好想！殺了他！

他用力扯開了我濕透的衣衫，當涼氣襲上我胸口時，我的大腦徹底空白。我知道有些事情，已經無法阻止，因為我無力反抗。我的胸口很痛，痛得快要昏厥，全身也因為疼痛而布滿冷汗。我正在等自己昏厥，那樣，我就可以什麼都不知道了。

他的雪髮蹭過我的肌膚，順滑的宛如流芳的毛髮。我抬手無力地放落他的後腦，想狠狠揪住，哪怕能做一點反抗也好，可是，手觸上那絲滑的髮絲時，卻讓我一時失了神。絲滑的長髮完全無法揪住，那迷人的觸感更讓人無法狠心去傷害那世間絕無僅有的雪髮。

「我知道妳喜歡……」他緩緩舔落我的心口，舌尖劃過我的胸口，喚醒了身體最原始的深沉慾望，我開始被憤怒和被他挑起的無法抗拒的本能深深糾纏，無法逃脫！

他冰涼的指尖緩緩在另一邊滑下，如同羽毛般輕輕劃過我的傷口，在他猛地吮吻敏感的嬌嫩花蕊之時，我的手從他的雪髮上緩緩滑落，墜落地面。真希望此刻能靈魂出竅，忘記現在發生的一切。指尖碰到了獨狼的狗哨，我開始緩緩回神。

忽然，傷處被他猛地用力一按。「啊！」我痛呼的那一刻，他抱緊了我的身體，傷處的痛被他之前的撫弄覆蓋，淹沒在那一片火熱情潮之中，幾乎無法感覺。

我愣愣看著前方，他……給我接骨。為了不讓我疼，所以才那樣做……或者，他只是順便在愛撫之中，幫我接了骨。無論是為了不讓我疼而愛撫我，抑或只是順手治療，他都……幫了我……

為什麼？

他這麼變態的人怎麼會救人？

他抱緊了我的身體，雙臂插入我的衣內撫上我赤裸濕濡的後背，臉在我的頸項開始輕蹭，這是他們狐族的喜好。師傅這樣，師兄這樣，孤煌少司這樣，他孤煌泗海還是這樣。他們表達喜歡的方式，就是蹭你。

他赤裸冰涼的身體開始小心地輕輕貼上我解開衣衫的身子，冰涼的肌膚碰到我的胸口時，他緩緩壓落，讓我們徹底肌膚相親，密不可分。

我抓起了地上的狗哨，吃力地放到嘴邊吹響。現在我連動一下手指頭的力氣都沒有。

狗哨的聲音常人無法聽見，但是他察覺到了。他頓了一下後繼續壓落身體，用他的身體開始磨蹭我的，他緩緩地蹭著，吻上我的耳垂：「想叫誰來？」

他果然不是人！

「你現在這個樣子，咳咳……還打得過別人嗎……」我冷笑，胸骨被他接回後舒服了許多。

「我喜歡妳要殺我的樣子……」他在我頸邊深深嗅聞：「如果廢了妳，妳就不是我想要的玉狐了……」

他磨蹭的身體開始漸漸火熱。

「現在就要了妳！」他忽然貼近我的胸口，胸口的狐仙護身符立刻被他壓住。

「啊！」他痛呼一聲，突然從我身前退開，看向自己的胸口，只見他的胸口上赫然像是被烙鐵烙印一樣，出現了一個火紅的狐狸印記！正是我狐仙牌的雕刻！

「哈哈哈——哈哈哈——」我吃力地拉住衣領：「你果然是妖！只有妖才會被狐仙護符所傷！」

他纖長蒼白的手指摸上胸口的烙印，殺氣瞬間在他身上炸開，他猛然朝我撲來，想再次扯開我的衣領。我拚盡全力拉住，忽然，「嘶啦！」一聲，他像是著魔般撕開了我的衣領，一把抓住狐仙牌的吊繩狠狠扯落。

「妳跟那個白癡女皇……什麼關係？」他狠狠看著在風中搖曳的狐仙牌。

我好笑看著他，衣領被扯開，肩膀被夜風吹涼。

「我跟她能有什麼關係？咳咳，你上次不是還上狐仙山找我嗎？我早說過，我是狐仙！是派來收你回狐族受罰的！」

當我話音落下之時，他立即朝我看來，雪髮甩起，在夜風中飛揚，狂亂飛舞的雪髮半掩住他再次布滿邪氣的容顏。他狠狠瞪視我片刻，似是察覺到什麼，看向橋洞之外。

「哼，我的救兵到了……咳咳……你現在跑，還來得及……咳咳……」我蹙眉咳嗽。

他拿起衣物，發狠地一甩，狐仙牌從他蒼白的指尖甩出，「咚！」一聲落入湖中，緩緩沉下。

「汪汪！」寧靜的夜中，傳來聲聲狗吠，並且不斷地接近。

面前雪髮突然落下，他扣住我的下巴又重重吻上我的唇，深深的吻像是戀戀不捨。他再次舔過我的唇，蹭了蹭我的臉，貼在我的耳邊。

「妳想要什麼……我下次送給妳……」他充滿依戀的話語像是情人間的呢喃。

「你怎麼還有心思問這個！」我受不了地看他。

他退開身體忽然笑了，雙眸之中又浮出那抹我根本無法置信的純真。

「妳沒說要我的命。」他顯得分外開心：「玉狐，就算妳是狐仙，哪怕遭受萬劫不復的天劫，我也要定妳了！」

他真摯火熱的話，和純然的眸光，讓我徹底發怔。

他拿起手中的白衣罩在了我的身上，雪髮掠過我的眼前，「啪！」一聲，他赤裸的身影消失在水中，我看著波光粼粼的橋洞發呆。孤煌泗海，到底是什麼？

他是人，但他沒人性，他濫殺無辜，恣意妄為，視人命為草芥，任性屠戮。

但他……又不是妖，他似是擁有妖的一切邪惡，卻又有著妖不可能有的純真純淨。

我不明白，我真的不明白！孤煌泗海到底是什麼鬼東西？

「玉狐！」有人扣住了我的肩膀。我蹙了蹙眉，視野裡出現了獨狼憤怒的眸光，他拉下面罩，露出了梁子律俊挺的容顏。

他看了看蓋在我身上的白衣，立刻憤怒地扯開並丟到一旁，轉回臉時，眸光一滯，匆匆從我身上移開，並脫下外衣罩在了我的身上。立刻，溫暖包裹了全身，總算讓我從那濕冷中解脫出來。

「怎麼樣？」在把我蓋好後，他才再次把視線落在我的臉上，關切地詢問。

「還好，沒死。你早來半刻，就能殺了孤煌泗海；你晚來半刻，我大概就能吃了天下第一的美男子。」我勉強扯出一抹笑。

他一蹙眉，冷峻的臉上露出一抹氣鬱：「都什麼時候了，妳還不正經！」

「呵……咳咳。」我難受地咳嗽起來。他的目光再次收緊，生氣看我。

「妳是不是在救月傾城的時候已經受傷了？」他的語氣相當嚴厲，不像是詢問，更像是審問。

我摸上胸口點點頭：「得讓你們安心撤退。」

「妳？」梁子律更加生氣了，側開臉似是讓自己努力平靜一會兒，再轉回臉看我。「下次不用管別人死活，他們的命怎比得上妳巫心玉！」

我怔怔看他，不知是不是因為狐仙牌被孤煌泗海扯去，無法再壓制他的邪術，我的心底，因為獨狼的這句話，而開始發熱……

獨狼氣鬱地從鼻息中發出一聲悶哼，似在為我感到不值。他看我一眼，伸手將我輕輕抱起，飛速離開這個讓我血脈幾乎凝滯的橋洞。我的眼角瞄到那件被獨狼丟棄的，孤零零躺在岸邊的白衣。

那件白衣讓我的視線模糊起來。那狐媚的眼神，那透著純真的眸光，還有那邪氣而風騷的笑容，以及動聽黏膩的聲音，一切的一切已經在不知不覺間深深印入我的心底，在我的眼前時時浮現……

獨狼把我直接送回了宮，我心中有些驚訝，因為這樣一來，也就暴露了他獨狼知道我是誰的底細，也同時暴露了他是梁子律。

但是，他依然把我直接送回了寢殿，我已經看見在寢殿內著急徘徊的瑾崋，獨坐在床上呆滯的懷幽，和靠立在窗邊目光銳利的蘇凝霜。

蘇凝霜第一個看到了我們，立刻躍出窗。梁子律落下時，他目露驚訝。

「原來獨狼是你？」

「我是誰並不重要，重要的是巫心玉受重傷。」梁子律依然很平靜。

「什麼？」蘇凝霜立刻搶步來到我身邊察看我，迅速從梁子律手中將我接了過去，轉身躍入窗戶。

「巫心玉！梁子律？」瑾崋驚呼出口，吃驚地看梁子律。

「女皇陛下！」懷幽憂急地朝我而來，握住我無力的手，心痛地呼吸輕顫。

蘇凝霜直接抱著我走向床，懷幽一直握緊我的手，宛如在心疼我手的無力和冰涼。蘇凝霜把我輕輕放坐在床上，緊接著他衣襬一甩，躍到我身後，雙掌直接推上我的後背，同時傳來他的話音：

「還站著幹什麼？快來給她療傷！」

瑾崋回過神來，立刻躍到我身前盤腿坐下，從懷幽手中拉起我的手與我手心相對，開始把他陽剛熾熱的內力源源不斷送入我的掌心。

懷幽擔憂地跪坐我身旁，一直察看我的氣色。梁子律站在一邊蹙眉觀察，似是準備隨時與瑾崋或是蘇凝霜交換，為我療傷。

梁子律蓋在我身上的衣衫緩緩滑落，露出了我鬆散的衣襟和被撕破的衣領，懷幽的雙眸立時瞪大，怒不可遏地摸上我的破衣。

「那個禽獸到底做了什麼？」

瑾崋在懷幽的話音中睜開雙眼，眸中立時火焰燃起，傳給我的氣息也開始不穩。

「什麼都沒做！沒有！」我立刻說。

我撇開目光時，撞上了梁子律精明的目光。他注視我片刻，在我迴避他目光的同時，他也側開臉，似是默認了我的回答。

我不想讓他們為我擔心，更不想讓他們知道橋洞下發生的事，那件讓我分外羞恥、憤怒的事！我一定會殺了那白毛！一定會的！

懷幽心疼地為我拉好鬆散的衣襟，整理破碎的衣領，見無法遮蓋時他垂下臉嘆了口氣，似是感覺到瑾崋的目光，他生氣地抬臉。

「看夠了沒？」

瑾崋一怔，也有點煩躁地說：「你煩什麼？她那件睡裙可比這暴露多了！」

懷幽一愣，眨了眨眼，神情複雜而無奈地低下臉，不再碰我破碎的衣領。

身上的衣服在瑾嵂和蘇凝霜內力的輸送中漸漸烘乾，我閉上眼睛深深呼吸，仙力再次從丹田而起，與他們的力量一起遊走在全身經脈，快速修復。

蘇凝霜、瑾嵂和梁子律三個人輪流為我療傷，一個放開，一個立刻接手，而懷幽手拿帕巾為我擦去額上的汗水。

不知不覺間天已經濛濛亮，我的身體在他們男人火熱的內力中越來越熱、越來越熱。我睜開眼睛看到了正閉目專心為我療傷的瑾嵂，他的臉在我的視線中逐漸模糊，他的容顏開始發生變化，漸漸被孤煌少司所取代。

孤煌少司緊閉雙眸坐在我的面前，他長長的睫毛在晨光中輕顫，讓人動心。

「妳要他……妳要他……要他……妳想要他……」

一聲聲蠱惑從心底而來，我吶吶低語：「是……我要他……」

孤煌少司驚訝地睜開雙眸，那眸中的視線變得溫柔而寵溺，我彷彿聽到了他溫柔的呼喚：

「小玉……來……」

我放開了他的雙手，耳邊傳來遙遠而朦朧的驚呼：「怎麼回事？」

「小心走火入魔！」

「少司……」我撫上了面前人的臉，伸手勾上了他僵硬的脖子，朝他豔麗的紅唇吻去！

「快拉開她！」

「她到底怎麼回事？」

「我什麼都沒做！」

我感覺被人用力拉住，耳邊嘈雜的話音遙遠的像是空谷回音。

「快看看她脖子裡的護身符！」

「我！」

感覺有人拉開了我的衣領，我只想去碰觸我面前的少司。

「少司……少司……我要你……我要你……」

「快去拿塊護身符來！她說過，她中了妖男的邪術！那東西能壓制！」

「知道了！」

我感覺身體被人重重拉住，就是碰不到我的少司。我生氣地用力震開，終於掙脫了束縛，我撲向面前的少司，把他壓倒在床上！

我的眼中只有他瞪大的雙眸，我捧住他的臉吻落，吻上他性感柔軟的雙唇，撫上他的胸膛，開始拉開他的衣領。

「快給她戴上！」

忽然，胸口一陣發涼，我的頭立刻像是被重重敲了一記悶棍似的疼，我蹙眉撫住額頭，刺耳的嗡鳴像是利爪刮過玻璃般讓人渾身難受。

我緩緩睜開眼睛，看到了滿面通紅的瑾崋！

我愣愣看他，他全身僵硬地瞪大眼睛。與此同時，我感覺到了下身有什麼硬物正漸漸脹大，我的臉登時炸紅，揚手一個巴掌重重甩落。

「你下流！」

「啪！」瑾崋被我一巴掌打懵，我立刻離開他的身體，憤怒看他，他也騰一下坐起憤怒看我。

「我下流？是妳撲過來那個什麼什麼的好不好？」

「我？我怎麼會？」我愣了愣，看看四周。懷幽臉紅地僵硬看我，蘇凝霜正在抹汗，梁子律長舒一口氣，眸光正由尷尬轉為冷靜，他指了指我的胸口。

「幸好懷幽及時為妳戴上，不然妳真的把瑾崋給吃了。」

模糊的記憶掠過腦海，我立刻看向胸口，正是狐仙護符。

「妳之前跟我說妳中了邪術，我還不信……」蘇凝霜面露一分認真看我：「現在我信了。還有你！」

蘇凝霜立時扯起眉毛踢了踢瑾崋，滿臉不屑和鄙夷。

「你該不是硬了吧，真噁心！」

蘇凝霜異常直白的話讓懷幽立刻看向瑾崋，臉色下沉，目露憤怒！

梁子律狹長的眸光也立時收緊，冷厲地看向瑾崋，瑾崋一時間如同眾矢之的，又像是被批鬥的目標，成為房內所有男人目光的焦點。

我也因為蘇凝霜這張賤嘴而極為尷尬。房裡全是男人，只有我一個女人，這蘇凝霜難道從不考慮一下我的感受嗎？

再看瑾崋，他此時應該是最尷尬的一個，我想他現在的心情應該是想殺了蘇凝霜！只見他的臉由紅到黑，難以言語地張了張嘴，想辯解但又無言以對，最後，他惱羞成怒地推開蘇凝霜躍下床，憤憤甩袖指向懷幽和蘇凝霜。

「我就不信你們能冷靜！」

懷幽生氣地站起身，在床上由上而下冷冷地俯視瑾崋。

「你居然對女皇陛下起非分之想！我真是看錯你了！以後不准你再靠近女皇陛下！不准再侍寢！」

懷幽憤怒的沉語更像是命令，他身穿白色睡袍的身姿在晨光之中鍍了一圈金色，多了一分夫王般的威嚴！

我心中暗暗驚嘆，懷幽也變了。若是從前的他，斷不會把這些話說出口，只會深深藏在心裡，不說就不會錯。而現在，他卻敢於指責瑾崋，或者也是因為他們混熟了，彼此間無君臣尊卑。

瑾崋呆呆看著懷幽張口結舌，紅透耳根。

遇上這樣的事，原本他不言，我不語，大家也不會知道，各自心裡搪塞過去也就是了。偏偏這蘇凝霜……所以才說他最討厭！

「哼。」蘇凝霜冷冷一笑：「早說你別裝了，這下全暴露了。」

「蘇凝霜！」瑾崋生氣地擰緊了雙拳，狠狠瞪視蘇凝霜和懷幽。「還有你！懷幽！你們都別裝了！你們才想對巫心玉那什麼什麼呢！」

懷幽看也不看瑾崋，悶悶地沉臉，再次跪坐我身邊，對我一禮，憂心忡忡地探問：

「女皇陛下，身體好些了沒？」

梁子律的目光在懷幽輕柔的話音中朝我看來，沒想到我受傷卻讓這些同伴們正式相認，不再彼此隱藏。

蘇凝霜也從我身邊探出頭好奇地看我。

「在給妳療傷的時候就感覺妳的內力異於常人，剛才妳對小花花用強，我和獨狼可是拉都拉不住妳～～」

他這句話語調拔高，像是故意說給我聽，我的臉瞬間拉黑，好想砍了他！

「我說，妳該不是和那妖男來自一路，也是個……妖精吧？」他扯著唇角斜睨看我。

蘇凝霜的話讓大家的目光再次落在了我的身上，我冷睨他一眼。

「就你話最多！」

「哼。」他揚起臉笑了起來，笑容變得格外輕鬆諧趣，不再像往日那般帶著一種憤世嫉俗的沉重。

我白了他兩眼，閉眸調息感覺了一下，胸口的傷恢復得最快，內力已經恢復五成。

我睜開眼睛，在忽然凝滯的緊張氣氛中說：「好多了。」

我才說完，在我身邊的懷幽第一個鬆了口氣，垂下臉淡淡微笑。

瑾崋的面色也恢復如常，不再因方才的事情尷尬。梁子律眨眨眼，收回目光看向窗外，冷漠的面容浮現一分安心。蘇凝霜搖頭晃腦起來，似是在自得其樂。

我感激地看著這些為我守了一夜的男人，我的夥伴。

「下次你們如遇孤煌泗海，萬不可戀戰。」

「下次別叫月傾城那礙事的。」瑾崋第一個煩躁地說，臉上寫滿不爽。

我看看蘇凝霜，他眨了眨眼，我再看看梁子律，他也是點點頭。

這一次本就沒叫上月傾城，沒想到他還是為了復仇而來！這就是我為什麼不喜歡跟另一個皇族合作的原因，不夠聽話！

突然間，我察覺到了孤煌少司的氣息，並且他移動的速度異常快！

難道孤煌泗海已經開始懷疑我的身分，所以讓他哥哥來查看我是否在皇宮？但為什麼不是在孤煌泗海回去之後馬上來？

巫心玉，不能急，現在妳最需要的是恢復冷靜。

我細細一想，明白了，孤煌泗海也身受重傷，極有可能在回去後跟我一樣脫力昏迷，無法說話，估計也是現在才醒。

我有瑾崋、蘇凝霜和梁子律三個男人一起為我療傷，他們三人的力量應該比孤煌少司強些，所以，我現在恢復得應該會比那死白毛更好些。

「孤煌少司來了！」我立刻說。

「什麼？」大家目露緊張的同時，陷入戒備。

「瑾崋，帶獨狼走密道。」我迅速吩咐道。

「是！」瑾崋投給梁子律一個眼神，梁子律略帶憂慮地看我一眼便隨瑾崋而去，細長的冷眸中因為看到密道而目露吃驚。

我看向懷幽和蘇凝霜：「懷幽、蘇凝霜，你們繼續配合我演邪術發作的戲。」

懷幽和蘇凝霜一怔，懷幽有些侷促地眨眨眼，蘇凝霜的嘴角已經露出了好玩的輕笑。

我立刻下床到屏風後換衣。

屏風外，懷幽和蘇凝霜也迅速收拾床鋪，等我更衣出來時，床上已整潔乾淨。我隨手把夜行衣扔入密道，關上密道之門後，我摘下狐仙護符朝懷幽灼灼看去，懷幽登時全身緊繃，垂落眼瞼，不敢看我的臉，侷促地握緊了雙手。

「懷幽，只有犧牲你了！」我抱歉地說。

「砰！」在寢殿門被人推開之時，我隨手把狐仙護符藏入腰間就朝懷幽撲去。

「少司！我要你——」

「巫心玉！妳給我清醒點！」蘇凝霜迅速入戲，從我身後抱住我的腰，把我努力往後扯。我抓住懷幽的臉，胡亂地親上。

「少司！少司！少司！」

「小玉！」倏然傳來一聲厲喝，我無視地繼續抓懷幽。

「嘩啦！」下一秒，涼水潑上我的臉，我愣在了原地。

孤煌少司深沉的身影站在懷幽身邊，手中抓著空空的茶杯。

我眨眨眼，冰涼的水從我睫毛上顫落，孤煌少司陰沉的臉在晨光中緊繃，金色晨光無法驅散他全身的陰霾。

他雙眸似是隱忍什麼，落眸看向我的胸口，然後放落茶杯沉語：「下去吧。」

「是。」懷幽露出慌張受驚的神色，轉身如同逃命般匆匆離去。自從他跟了我，也越來越會演戲了。

「攝政王，你怎麼能潑我的女皇陛下？」蘇凝霜用手背輕輕擦過我的側臉，立時孤煌少司的雙眸浮現殺意。黑色的袍袖掠過我的眼前時，已經扣住了摸我的手。

「你也滾！」他冷冷斜睨蘇凝霜。

「哼。」蘇凝霜從鼻息中輕笑一聲，甩開孤煌少司的手，反過來斜睨他。「我不會走的，誰知道你會做出什麼禽獸的事情來。」

「是嗎？」孤煌少司瞥眸看蘇凝霜，微抬下巴，溫柔的面容霸道而狂傲。「就算我想，你攔得住嗎？」

倏然，他伸手拉住我的手一把將我拽入他懷中，蘇凝霜立刻出手來阻止。孤煌少司緊接著拂袖掃過蘇凝霜，環過我的腰旋轉數步，驟停，墨色長髮如同黑色的狐尾飛逸般甩起，又緩緩落下，垂在了我肩膀之上，絲薄的睡衣無法阻止那髮絲清涼的觸感。

絲滑的髮絲又從我絲滑的外衣上緩緩滑落，滑過我頸邊的肌膚，帶來絲絲瘙癢，如同黑天鵝的羽毛一點一點滑落我的身前。他圈緊我的腰，讓我緊貼在他的胸前，鄙夷地冷笑看向遠處的蘇凝霜，扣住我的下巴緩緩俯下了臉。

頓時銀針飛來，孤煌少司立刻放開我的下巴，沒有看向銀針便直接出手，指尖夾住銀針的同時，他澈黑的眸中也閃現狠狠的殺意。他直接推開我朝蘇凝霜而去。我立刻從他身後躍起，搶在他之前落在蘇凝霜面前，飄逸的絲薄外衣如同薄翼般緩緩垂落我的腳邊。

「不許你欺負小蘇蘇！」我立刻撐開雙臂。

孤煌少司立刻收回掌風側身而立，黑色袍袖緩緩垂落，如同烏鴉慢慢收回翅膀。他側臉的嘴角卻揚起了一抹微笑，神情反而柔和起來。

從他看我胸口開始，我懷疑他是不是想試探我是玉狐，而此刻他突然襲擊蘇凝霜，我更加確定他在試探我是不是受了重傷。

孤煌泗海可能懷疑我是玉狐，抑或懷疑我與玉狐是兩個人，但彼此有聯繫。但是，他絕對想不到我的身上有仙力。

流芳師兄說過，孤煌兄弟為了能讓一人在輪迴中保留妖力，而犧牲了一人全部的力量，即使如此，孤煌泗海也只能保留三縷，連三分都沒有。

雖然，我昨晚說要捉他回狐族受罰，但在孤煌泗海模糊的記憶裡，或許他還不清楚自己到底是什麼，這從他在狐仙山上，站在楓林之中目露熟悉而疑惑的情緒，可以看出。

所以，孤煌泗海絕對想不到我恢復的速度異於常人！

房間忽然安靜下來，靜得可以聽到晨風吹拂枯葉的聲音：「沙……沙……」

「女皇陛下，請更衣上朝。」輕輕的，傳來懷幽略帶遲疑的提醒聲。他已經一身整齊地站在門外，低臉似是過於恭敬而不敢看向屋內。

孤煌少司慢慢轉身，溫柔的微笑再次如同春水浮現他的臉龐，他又用那寵溺的目光溫柔看我。

「小玉，該上朝了。」

我呆呆看他一會兒，摸了摸臉，露出驚魂未定的神情。

「我到底怎麼了？我怎麼會變得越來越奇怪，身體……」我抱緊了身體：「也好熱好熱，烏龍麵，我想回狐仙山。」

我不安地看向他。

「我感覺預言要成真了，可是……可是一年還沒到啊！」

孤煌少司在我最後的話音中微微蹙眉，笑容在臉上逐漸消逝。他抬手撫上我的臉，露出讓我安心的微笑。

「不會有事的，小玉，我們大婚後，就不會有事了。」

「少司，你也不要騙我，不然，我會殺了你！」

我緩緩垂下了眼瞼，發狠地說。面前玄色的身影立時一怔，我握緊了雙拳。

「我巫心玉得不到的，也不會便宜別的女人！」說罷，我轉身面對蘇凝霜的胸膛，沉語道：「少司，不要騙我。」

我把他在監獄裡對我說的話，原封不動還給了他。

他在我身後靜默了片刻，抬手輕輕放落我的肩膀。

「妳我將是夫妻，我怎會對妳有所欺騙？」他柔柔的話語宛如真心誠摰，又像是丈夫對妻子做出的保證。

然而，這世界上最不可信的，便是老公對妳說：「我對妳從不說謊。」

「哼。」蘇凝霜輕笑一聲，拉起我的手轉身。「女皇陛下，該更衣上朝了。」

「嗯。」我點點頭，仰臉時轉身對孤煌少司露出大大的燦爛笑容。「烏龍麵也去忙吧，我可是女皇陛下，要上朝的，沒工夫陪你玩了。去吧去吧。」

我朝他揮手，他笑了笑，轉身離去。我一直目送他離開，他走到院中時，我也趴在窗邊朝他揮手。他朝我傾城傾國地一笑，笑容美得如同芙蓉花在淡淡的晨光中綻放，染上了金色炫目的光芒。

「妖男開始懷疑了。」我保持笑容目送孤煌少司黑色的背影，對身邊的蘇凝霜說著。

蘇凝霜靠立在窗邊，雙手環胸，嘴角掛著蔑然的冷笑。

「妳快暴露了。」

「那該怎麼辦呢？」我雙手托腮靠在窗欞之上，撇了撇嘴。

他抬手輕敲我頭頂：「乾脆妳別跟他成婚了，我們一起捲舖蓋私奔吧。」

我轉過臉挑眉看蘇凝霜：「這麼不負責任？」

蘇凝霜睨我一眼，難得對我露出不再輕鄙的笑容。

「反正我全家已經撤出京城，其他人干我何事？」

「蘇凝霜果然是蘇凝霜，可惜，我得負責吶。」我輕嗤搖頭。

身在其位，又怎能不謀其職？蘇凝霜是平民，而我，卻是女皇。

「蕭玉明好些了嗎？」我轉身看已經入內的懷幽。

「回女皇陛下，好些了。」

「好。」我昂首而立：「讓他上朝。」

懷幽頷首而笑：「是。」

我的身分，只怕是瞞不下去了。只怕我和孤煌少司這盤棋，要重新開局了。

現在，不管是孤煌少司仍然懷疑我是玉狐，或是已經發現我是玉狐，我的行動應該已在他嚴密掌控之下。他不會再讓我有機可乘，去削弱他剩餘的勢力。

他之所以還留著我，或許，是他正高興能有人跟他下這盤棋。沒有政敵的男人，是寂寞的。

又或許，我的作用遠比那慕容和蕭家兩顆棋子更有用。抑或……他真的……對我有情……

若他在監獄裡對我說的話是真的，那麼之前他對我的一切溫柔和寵溺，是出自他內心對我的喜愛了。

我應該感到高興嗎？

萬千女子，甚至是四任女皇都得不到的傾城美男孤煌少司，對我，卻有了特殊的感情。雖然這份情在我看來更像是對寵物的寵愛，絕非男女之愛，但至少，他對我有了感情。

可惜，我現在是無法利用這份感情了，因為，他已經知道我在欺騙他。儘管我們兩個都口是心非地說：「不會欺騙對方。」

忽然間，有一種莫名的傷感了。不知是為他，還是為自己。

而我，也必須在他徹底控制我之前，下完最後一步棋，但願還有時間。

✣ ✣ ✣

當我走入朝堂時，格外燦爛的陽光照亮了朝堂上所有養眼的男人，他們衣冠整潔，容光煥發。甚至是蕭玉明，他的臉上也散去了往日的苦楚與陰翳，雙目炯炯有神地站在連未央身後，讓所有人都驚訝於他在短短幾日內的改變。

我轉身揚起寬大的袍袖坐於鳳椅之上，瑾崋與蘇凝霜也一起站立在男臣之中。

阿寶隨蕭玉明而來，和懷幽分立我的左右。

懷幽在我身旁上前一步，昂首高喊：「女皇陛下上——朝——」

立刻，群臣叩拜，齊齊高喊：「女皇陛下萬歲萬歲萬萬歲——」

男人們的喊聲迴蕩在整個殿堂之中，當一個女人讓所有男人俯首稱臣，跪於鳳袍之下，這種感覺會讓人上癮的。

若非女皇心煩的事遠遠比這種爽快的感覺多，或許我就繼續將這女皇做下去了。哎，可惜女皇不僅要處理政務，還要繁衍子嗣，那才是真正讓我感覺到煩悶和束縛的。

「平——身——」我揚起寬大的袍袖。

「謝女皇陛下——」眾臣起身，慕容飛雲用那雙雪白的眸子看向了蕭玉明，面露恭喜的微笑，似在恭喜他全家滅門。

「蕭玉明上前聽封。」我朗朗說道。

蕭玉明面露吃驚，連未央笑看他，伸手推了他一把，他才一瘸一拐走出。抬眸時，看到了殿外的慕容燕，果然對我的監視開始嚴密了。

我清了清嗓子。

「咳咳！蕭成國畏罪自殺，蕭家一案發回刑部重審，攝政王命刑部尚書審理此案，因刑部尚書一職空缺，所以……」

我立刻揚起不正經的笑。

「小明明，我跟攝政王把刑部尚書要來了，你以後就是刑部尚書了，你們家的案子由你審，你想殺誰就殺誰。我對你好不好？」

審案歷來避嫌，但此案非但不能避嫌，更要讓人有仇報仇！才能顯出我這女皇有多胡鬧。
蕭玉明吃驚看我一會兒，欣喜湧上雙眸，立刻撲通跪地。
「謝女皇陛下！女皇陛下萬歲萬歲萬萬歲！」
我也笑了，笑得像頑童，我笑看大家。
「大家鼓掌啊，恭喜小明明做官了！我可是第一次封官，只要你們陪我玩開心了，我人人都封官！」
大家一聽，立刻開心鼓掌：「啪啪啪啪！」
「恭喜小明。」
「是啊，恭喜小明明！」
「哈哈哈——」朝堂上一片歡笑之聲，熱鬧地如同家中辦喜宴。
「臣有事啟奏。」慕容飛雲的話音在一片笑聲中揚起，但其他人並未因此停止歡笑，一時間，他像是在菜市場裡說話。他那嚴肅的面容與此刻的歡樂氣氛格格不入。
「就你事多，說吧。」我不開心看他。
就在慕容飛雲走出之時，我看到慕容燕也微微側臉看向他。慕容飛雲似有察覺，撇眸看了看身後輕笑搖頭，隨即向我啟奏：「請女皇陛下盡早訂下與攝政王大婚之日——」
又催婚？
瑾崋和蘇凝霜不約而同看他。
「好啊，回頭我跟烏龍麵說，一切隨他，這種事挺煩的，他安排好告訴我一聲就成。」我笑道。

慕容飛雲不再言語，退回原位。

我看看他們，說道：「現在我點到名的，陪我回宮繼續玩遊戲。剩下的回去吧。」

我說得很隨意，如同學堂放學。

大家紛紛站好，再次看我，等我點名。

「瞎子。」我說道。

慕容飛雲微微蹙眉。

「小連子。」我繼續說道。

大家面面相覷，最後看向了連未央。連未央也指向自己的鼻子：「女皇陛下是在叫臣嗎？」

「對，就是你。然後是小明明和小聞聞。其餘人回家吧。」

「哈哈哈——小聞聞，哈哈哈——」連未央指著聞人胤大笑。

聞人胤一臉菜色，白了對面的連未央一眼：「我聽說鄰國小什麼子都是太監。」

「咳咳咳……」連未央笑不出了。

大家紛紛大笑起來，然後，朝我一禮：「臣等告退——」

男人們開始有說有笑地紛紛離去，與當初他們第一次上朝時的戰戰兢兢完全不同！

慕容燕站在門口看大家離開，眸光裡是天生的凶相。

我提裙起身，袍袖一揮。

「跟我走！我們打牌去！」

說罷，我蹦蹦跳跳下了朝堂，完全沒有重傷之人該有的虛弱。

慕容燕帶領侍衛在殿外齊齊跪下，等我跑過後，他又起身，帶領侍衛跟在了我的身後。我跑了一會兒，冷不防轉身飛起就是一腳，直接踹在了慕容燕的身上，他登時震飛出去，壓倒了身後一片侍衛。

因為此事過於突然，就連瑾崋、蘇凝霜、懷幽、阿寶以及慕容飛雲他們，也是嚇了一跳！

踹慕容燕，是我臨時的決定。因為我被孤煌少司看得太緊了，如果找不出突破點，下一步棋，我極有可能廢在自己的棋碗之中。直到看到慕容燕那副凶相，我才心生一計。

我生氣地提裙來到慕容燕身前。

「死跟屁蟲！死狗腿！」

我抬腳再次踹落，狠狠羞辱慕容燕。他捂住胸口，低下臉始終不吭一聲，任我踢踹，但是從他緊繃的身體和捏緊的拳頭，我知道他已經快要出離憤怒！

我抬手再打他的頭。

「和你們家老太婆一樣讓人討厭！別以為你們慕容家有多麼了不起！我哪天高興也去抄光你們家！讓你們得意！讓你們說我們皇族全靠你們慕容家！讓你們看不起我！讓你們說我是荒唐女皇！你們慕容家全家都是豬！」

「女皇陛下！」忽然，慕容燕捏緊雙拳壓在蒼白的地面之上，渾身已經憤怒地輕輕顫抖。「請不要侮辱我們慕容家！我們慕容家一直守衛巫月邊境，護佑女皇陛下的安全，我們……」

「你還說！」我用力擰住他的耳朵，化身市井潑婦讓人厭惡憤恨。「你的意思是在說你們慕容家應該擁有這個天下是不是？你們慕容家才應該坐上這個皇位是不是？」

我每一個字都說得清清楚楚，分分明明，用一種近乎催眠的方式將慕容家應該做皇帝的話植入他的心中。

「你們慕容家才是這個巫月的主人，才能守護巫月是不是？哼，可惜～～現在是我這昏君做了女皇。我告訴你們，我不僅要削你們的爵，還要你們慕容家永遠被我踩在腳下，永世不得翻身！哼，說什麼守護巫月，這個皇位你們倒是來坐坐看？我等你們！」

說罷，我拂袖轉身。

「再敢跟上來，滅你們九族！」

我拂袖而去，在身後越來越濃的殺氣中，我揚唇而笑。現在，就差有人推慕容家一把，把他們送入我的圈套之中。

這件事因為臨時起意，沒有知會懷幽他們，所以他們一直默然無聲地在一旁觀看。胡亂幫襯，不如不幫襯。

「女皇陛下罵得好！」

沒想到第一個說話的，竟是阿寶。但他也聰明，等我們走遠了，慕容燕也聽不見了，他忽然蹦出來諂媚地抱大腿。

「慕容家在外面總是欺負人，可討厭了。」他嘛起紅嘟嘟的嘴，百般可人。

「可我聽說你跟慕容燕好像有不清不楚的曖昧關係啊～～」我壞笑看他。

「誰陷害我！」阿寶生氣地鼓起臉，格外粉嫩的臉因為生氣而瞬間漲紅。「我才沒有那種喜好，只是慕容大侍官是宮中侍官之首，我阿寶只是個小小雜役，不好得罪，平日只要見他，我阿寶可是掉頭就走的。」

「哈哈哈——哈哈哈——」我大笑起來，伸手狠狠扯他的臉。「你果然可愛，等把討厭的慕容燕趕出宮，我封你做大侍官可好？」

「真的啊！」阿寶一邊揉被我扯紅的臉一邊興奮地下跪：「謝女皇陛下，謝女皇陛下啊！」

我回頭笑看慕容飛雲：「喂，瞎子，我剛才罵慕容燕你可生氣？」

慕容飛雲微微側臉，聞人胤扭頭有點擔心地看他，他一直拉著慕容飛雲手中的盲杖為他領路。

慕容飛雲停下了腳步，在幽幽的鳥鳴中側臉思索片刻，轉回臉。

「臣是女皇陛下的臣，不是攝政王的。」

他的這句話說得頗有深意……

清爽的風從我們一行人中拂過，揚起慕容飛雲黑色的髮絲，墨髮掠過他那雙白色的眼睛，讓那雙眼睛神祕起來。

我看了他一會兒，笑了笑。這慕容飛雲有一雙看清真相的眼睛。我很慶幸他現在處於中立狀態，而不是敵人。

慕容家族因為身為三朝元老，功高自傲，所以家族之中也分成了兩大派系。一是親皇派，想剷除妖男；另一派則是親王派，也就是以現在慕容老太君為首的親攝政王一派。親皇派因為沒有實權，在慕容家族中也是備受欺壓。

家族大了，一個字——亂。

我轉身時正好看到阿寶好奇地打量慕容飛雲。阿寶天生的靈氣與可愛，即使他此刻的打量別有用意，在他人眼中，也只是像好奇的孩童般，不會多加懷疑。

我一把揪住阿寶的耳朵：「走，我們做牌去，你的畫技最好，可得給我好好做！」

「啊、啊！疼！疼！是、是！女皇陛下。」阿寶連連呼痛，懷幽在旁看了一眼阿寶，默默垂下了臉，不知怎地，他似乎有些不開心。

懷幽怎麼了？

我視懷幽為家人，故而他神情的變化，我無法忽視。他似是有些落寞，宛如無法徹底融入我們之中。是不是因為他是唯一不會武功之人？

端來筆墨、瓜果、熱茶和精美的糕點，大家熱熱鬧鬧坐在鋪滿金色銀杏葉的草地之上，金色的枯葉為這裡鋪上了一層金色的地毯，柔軟而溫暖。

繡有百菊爭豔花紋的厚實毯鋪在銀杏樹林之下，更加溫暖。長長的矮桌擺放上地毯，大家圍坐一起，不分君臣，像是同齡的夥伴野外郊遊。

阿寶拿來牛皮放上，大家圍坐兩邊看我。

我拿出美男冊：「你們當中誰會畫畫？」

側躺在地毯上的蘇凝霜抬了抬腳示意。瑾崋看不慣地睨他一眼，轉身背對他。

連末央和蕭玉明紛紛伸手，目露疑惑。

我拿起牛皮說：「現在，我要你們在這牛皮上畫上這裡的每個人物，不過，不用畫得那麼標準，我先示範一下。」

我伸手，阿寶已經積極地把毛筆放入我的手中。我畫了起來，畫出一個Q型，停筆之時，我愣愣看著那個詭異的面具，我怎麼畫了孤煌泗海？對了，因為畫冊上沒有他。然後，我在人物的右上角寫上了「孤煌泗海」四個小字。

我翻過牛皮對著眾人說：「會畫畫的，按照這個樣子畫出人物，剩下的人在這裡寫上他們的名字。不能寫太大，還要寫別的東西。」

大家吃驚起來，吃驚不是因為我的畫像，而是畫像旁邊寫著孤煌泗海的名字。這裡除了我以外，其餘人都沒見過白毛的真面目，包括阿寶。

阿寶正眨著水靈靈的雙眼皮大眼睛，用他那張欺騙所有人的不老童顏對著我放在桌面上的女人巴掌大小的牛皮，他的臉幾乎都要碰到那張牛皮之上。

「這就是傳說中的攝政王弟弟？」他驚呼起來，懷幽蹙眉看他，伸手拉了拉他幾乎趴在桌面上的身體，阿寶不動，抬臉也是近近看我。「女皇陛下知道孤煌泗海的真面目嗎？」

「我當然見過，我什麼不知道？」我故作吹牛狀。

「女皇陛下好厲害！」阿寶睜大了水汪汪的大眼睛，滿臉的崇拜。

我也得意地大笑：「哈哈哈——你們乖乖做好，我命人給你們送好吃的。」

「是。」眾人一禮，懷幽跪坐我身邊蹙眉低首，又露出幾分悵然和落寞。

我看向瞎子：「那個瞎子，我們去談談你的眼睛，順便和你一起談談人生。」

慕容飛雲微微一愣，我已經起身，看向失神的懷幽：「懷幽，去扶慕容飛雲。」

「是。」懷幽回神道。他匆匆起身，阿寶靈秀的眼睛立時鎖定懷幽的身影，宛如想替他去扶慕容飛雲，跟隨我的身邊。

可惜，我沒給他機會。因為他畫得最好，他還是在這裡乖乖給我畫畫吧。

懷幽是個老實人，即使心裡有話也不會說出來。我想知道他最近為何神傷，但我知道，即使我問了，他也不會說。他就是這樣一個男人，他會悉心照顧我的一切，但不會讓我煩憂。

懷幽手提慕容飛雲的盲杖跟隨在我的身後，輕輕的腳步踩在枯葉上發出「沙沙」的聲音。

我站定在銀杏樹林中，單手背在了身後，揚起臉時，枯葉如蝶從空中翻飛而落。胸口因為方才那一齣激將之戲而再次脹痛。

「咳咳……」一縷血絲從嘴角溢出，懷幽大驚上前。

「女皇陛下！」

他匆匆取出絲帕為我擦去嘴角的血漬，滿目的憂急與憤恨，宛如在恨孤煌泗海傷了我，又宛如在憤自己文弱沒有武功無法保護我。

「女皇陛下，天涼，回宮吧。」懷幽顫動的雙眸中滿是心疼，這讓他的氣息也輕輕顫抖。他努力壓抑著，因為還有慕容飛雲在身旁。

「我沒事……咳咳！」我擺了擺手。

忽然，慕容飛雲到我身旁，衣袍捲起落葉，他抬手推上了我的後背，立刻一股暖流緩緩而入，替我壓下體內亂竄的功力。

懷幽怔立在我身旁，似是他根本來不及反應，慕容飛雲已來到我身後。

「好些了沒？」慕容飛雲收回手淡淡問。

「完了，欠了你這麼大的人情，不得不幫你治了。」我輕笑一聲。

身後傳來踩碎落葉的沙沙聲，他走到我面前，微微側臉，神情認真而嚴肅。

「那日與女皇陛下談過之後，飛雲也覺得女皇陛下說得有理。這雙眼睛，或許是天賦。」他抬眸看向遙遙遠方：「它救了我不知多少次，我不該捨棄它。」

我靜靜看他，他蹙了蹙眉，轉回臉俯看我。

「但是，我還是想看看能將巫月從妖男手中拯救出來的女人，是何模樣？」他靜靜注視我，白色的薄翼下是那雙被深深藏起的能夠洞悉一切，看透真相的眼睛。

我深吸一口氣，緩了緩方才因為內傷發作而一時紊亂的氣息，對慕容飛雲慢慢點了點頭。

「我明白了，我答應你，待天下大定，我為你醫治眼睛。」

秋葉緩緩飄落他的面前，他的臉上露出了輕鬆安心的微笑。他還是不想與別人不同吶。

有的人喜歡鶴立雞群，比如蘇凝霜；而有的人，希望回歸一個平凡人的生活，像平凡人那樣不被關注、不被冷眼，可以像平凡人那樣談戀愛，與自己心愛的女孩兒結婚生子，享受天倫之樂。

慕容飛雲便是這種。

他安心地閉眸享受片刻銀杏林的寧靜，才睜開眼睛再次面露認真地緩緩開口：

「臣願為女皇陛下達成心願。」

他輕掀雲藍色的下襬，單膝跪落在我面前，在這片金色的枯葉之上。

慕容飛雲，是真真正正地在向我獻出他的忠誠。

懷幽微露吃驚，略帶憂慮地看向我。我深深注視低垂臉龐的慕容飛雲，沉語：

「你知道我的心願是什麼嗎？」

「臣大概知道。」他雖說大概，但那篤定的語氣顯示出他已胸有成竹。

「說來聽聽。」我微微側轉身體。

「沙……沙……」秋風拂過樹林，帶落片片銀杏樹葉，也捲起了地上的枯葉，當枯葉溜過我的裙襬之時，傳來他異常深沉的話語。

「逼反老太君！」五個字，如夜間的悶雷，在這片寧靜的樹林炸響。

我揚唇而笑，轉回身俯看他：「慕容飛雲，你太聰明，不怕我殺你嗎？」

慕容飛雲不卑不亢，依然保持他一貫風輕雲淡的鎮定，他微微側臉，輕輕苦笑一聲。

「生不如死，殺了也好。」

我在他如同看透世態炎涼、爾虞我詐的苦澀語氣中沉默。慕容飛雲本是長孫嫡出，本該集全家萬千寵愛，賽過如今的慕容香，卻因一雙鬼遮眼，而遭冷遇。聽說老太君在他出生時，便因為他這雙鬼遮眼而覺得晦氣丟了顏面，打算將他丟棄。是因為他的爹娘極力保全，他才留在了慕容家。

之後老太君也讓他爹爹休妻棄子，他爹爹堅決不願，得罪了老太君，從此他爹這一脈如同被打入冷宮般被趕至偏院，不再參與慕容家議事。

大家族中，各房各院的月錢是由掌家分發，而像慕容飛雲這樣被打入冷宮的，也就意味著他們的月錢是全家族之中最低的，甚至還有奴大欺主的現象，會私吞了月錢。

我伸手扶起慕容飛雲。

「你今日忠於我，他日我必不負你。我只求亂，不要你們慕容家族的人命。慕容家族的確勞苦功高，只是太過自負，心存野心又站錯了邊，他們還是有機會的。」

「謝女皇陛下仁慈。」他對我一禮，我落眸時看到了他衣襬上沾有落葉，我俯身替他輕輕撣去。
「女皇陛下不可！」他第一次顯得有些倉皇：「君臣有別！」
「你即將替我安定巫月江山，難道，我連給你撣撣衣服都不行嗎？」我起身笑了。
他怔立在了金色的銀杏樹下，懷幽面露微笑地微微垂臉。
「慕容公子，女皇陛下善良溫柔，請您接受她的好意。」
慕容飛雲雪白的眼睛看向了懷幽。
「懷幽，謝謝。一直以來，是你在照顧我。」我也對懷幽表達感謝。
沒想到，懷幽卻在我的話音中再次目露神傷與自責：「懷幽無能，無法保護女皇陛下……」
「懷幽……」
我伸手放落他的肩膀，想與他說些真心話時，慕容飛雲卻在一旁提醒：「孤煌少司來了！」
懷幽立時面露吃驚，我也微微蹙眉，重傷影響了我的感覺。
「我看看你的眼睛。」我對慕容飛雲說。
「好。」在他俯下臉，我伸手撐開他的眼睛時，身後已經傳來了「沙沙」的腳步聲。
他靜靜站在了我的身後，似是不想打擾我。我仔細看著慕容飛雲的眼睛。
「你的眼睛能治，但有很大的危險，這個危險就是，如果我失敗了，你的眼睛將徹底失明，你願意嗎？」
他的睫毛顫了顫，跪在我的面前。
「求女皇陛下治好小人的眼睛，小人已經受夠家族的白眼！」他重重叩頭，在軟軟的落葉中砸出了一個凹坑。

我始終猶豫不決，一隻溫熱的手落在了我的肩膀上。懷幽看了一眼，匆匆垂下臉，面露恭敬。

「治吧，小玉。」孤煌少司在我身後溫柔而語，我依然很猶豫。

「可是……我沒有把握……我怕讓他徹底失明……」

「他現在，就是個瞎子。」看似溫柔的話音裡，卻帶著一分冷酷和殘忍。

我抿抿唇，點點頭：「好吧，我給你治。」

「謝女皇陛下！謝攝政王！謝女皇陛下！謝攝政王！」慕容飛雲連連叩頭：「小人告退！」

孤煌少司走到了我的身側，輕按我肩膀的手也順勢環住我的肩膀。

「懷幽，帶慕容公子離開。」

「是。」懷幽匆匆看我一眼，彎腰扶起慕容飛雲，帶他離開。

他們的腳步聲在我身後越來越遠，我轉身笑看孤煌少司在這片金色中更添一份柔光的俊美容顏。

「烏龍麵今天來得特別勤快。」

「因為我已經迫不及待想與小玉成婚，無時無刻不在思念小玉，擔心小玉身邊又多了什麼小東東、小西西。」他也溫柔笑看我。

「噗哧！」我低臉一笑：「其實，再多的小東東、小西西，也抵不上你烏龍麵。」

我抬眸看他，他深邃黑澈的雙眸裡捲起了深深的漩渦，深到恰似一汪真情，又似是夾雜了太多其他深沉心思。

一抹猶豫劃過他的雙眸，他垂下了眼瞼，第一次避開了我的目光，溫柔而笑。

「小玉想要怎樣的婚禮？」他扯開了話題。
我撇眸深思，他移步到我身後輕輕環抱我，親暱地俯下臉放在我的右肩，輕蹭我的臉龐。
我站在孤煌少司的懷中想了許久，說道：
「隆重的、盛大的、奢華的、別緻的，最重要的是：不要白毛！」
「噗哧！」這次，輪到他噴笑而出。
我走出他身前生氣看他。
「你笑什麼？你弟弟最可怕了！上次他！」我尷尬地撇開臉，咬了咬唇：「他摸了我之後，我一直怪怪的，今天早上還那個樣子，我、我……我太不好意思了！」
我捂住了臉。
「全被小蘇蘇、小幽幽看到了！丟死人了！」
「呵……」他輕笑起來，伸出手輕柔地握住我的雙手，緩緩拉下。「泗海是我的弟弟，我會看住他。」
「真的？」我表示懷疑地看他：「你確定你能鎮得住你弟弟？」
「至少，保證他不殺妳。」他的目光中劃過一抹調皮和狡黠。
我呆呆看他，這也算是保證？
「這個月十八是個好日子，我們成婚吧。」他在暖暖的陽光中溫柔看我。
十八……不就是半個月後？
這個日子來得好快，但也在意料之內。我也想盡快結束這一切。

「好，一切聽你的。」我乖巧點頭，低下臉，地上是我和孤煌少司相疊的身影，彷彿如膠似漆的情侶，無法分開。

他輕柔地執起我的手，與我攜手一起漫步走出銀杏樹林，地上的身影相依相偎，這鏡花水月的情侶足以迷惑世人的眼睛。而我的心裡、他的心裡，想的事情必是南轅北轍。

林外長桌邊，美男環坐，寫字的寫字，畫畫的畫畫，調皮的金色樹葉從空中緩緩飄落，或是偷偷貼在他們的墨髮之上，或是輕輕蹭過他們的臉邊，只為剎那間的親暱接觸。

圍在美男之外的卻是一隊侍衛，慕容襲靜略帶焦慮地站在懷幽身邊，頻頻朝我們這邊的樹林看來。在看到孤煌少司玄色身影的那一刻，她傾慕而笑，然而，在下一刻看見我與孤煌少司攜手同行時，眸光之中已浮出醋意和妒色。

女人的愛是癡的，這點孤煌兄弟比任何人都清楚，癡愛到了一定的臨界點就會瘋。我不知道慕容襲靜的臨界點在哪裡，但是她對孤煌少司的愛，絕對已達癡狂，否則，孤煌少司那樣羞辱她，她怎能依然對他死心塌地。

慕容襲靜微微低臉狠狠朝我看來，家仇情恨，她對我的恨已經到了極點，方才我又狠狠羞辱了他哥哥慕容燕一番，今晚他們慕容家必會是一番風捲雲湧的景象。若非我內傷深重，真想去看看慕容燕向慕容老太君告狀的模樣。

「小人拜見攝政王、女皇陛下。」眾人在我和孤煌少司出來時，齊齊下拜。只有瑾崋別開臉，和懶懶躺在地上的蘇凝霜一起不叩拜我和孤煌少司。

我立刻犯賤地走到慕容襲靜身前，她也老老實實跪在一旁。

「喂，妳家那個老太婆怎樣？聽說快不行了，要不要我去給她看看？我還想讓她來參加我和攝政王的大婚呢。」

「謝女皇陛下關心，太君很好。」慕容襲靜冷冷說：「太君還會在女皇陛下大婚時，送上一份大大的驚喜！」

「真的啊！」我開心地蹲下身，像鄉村野娃般沒有規矩，我湊到慕容襲靜面前：「快說說，什麼驚喜？我現在就想知道。說嘛說嘛～～」

「對不起，女皇陛下，既然是驚喜，又怎能現在告知？」慕容襲靜撇開臉，這哪是像要給我驚喜？整個臉色更像是要向我討債。

「小玉，起來，莫要為難襲靜。」孤煌少司溫柔的話語雖是對我說，卻讓慕容襲靜的臉上露出一抹女兒才有的嬌羞和喜悅來。

哼！只因孤煌少司喚她一聲「襲靜」，慕容襲靜已是如此幸福表情，這可不好。我可不能讓她的仇恨值降低。

於是，我俯到她耳邊輕輕說道：「烏龍麵是我的，他的眼裡只會有我，妳算什麼？」

我說罷收回身，聽著她的氣息漸漸不穩，憤怒到輕顫。

我站起身，不悅地看孤煌少司。

「烏龍麵，我不喜歡你身邊有別的女人，把慕容襲靜調走。」

孤煌少司笑了笑，毫不猶豫地說：「好。」

立時，慕容襲靜全身一陣僵硬，習武之人可以清晰感覺到她身上壓抑的殺氣。

躺在地毯上的蘇凝霜撇眸冷蔑地瞄慕容襲靜一眼，閉上了眼睛悠閒地甩起他架在另一條腿上的腿，一上一下，看得瑾崋心煩，更加轉身用後背對著他。

「起來吧、起來吧，都起來吧。」我笑道。

大家紛紛起身，跪坐在桌邊。

「我和攝政王本月十八成婚，大家記得帶賀禮來啊！」我大聲宣布道。

「恭喜攝政王——恭喜女皇陛下——」

在場眾人並未露出太大的驚訝之色，我與攝政王大婚早在我下山時已經傳得沸沸揚揚，只是未訂時間。

倒是起身的慕容襲靜捏緊雙拳撇開臉，美豔的臉上像是強忍哭泣般，出現不甘心又氣惱的神情。

「呵……」孤煌少司又是輕聲一笑，他今天心情格外好。

「烏龍麵你笑什麼？」我奇怪看他。

「女皇大婚，哪有跟群臣要賀禮的，那天是妳給他們禮物。」他輕笑搖頭。

「什麼？」我立時像守財奴似地捂住口袋：「憑什麼要我給禮物？在我們那裡村裡男女結婚，去喝喜酒都要給禮金的！」

「哈哈哈——」孤煌少司大笑起來，提袍坐下，依然大笑不已。懷幽立刻為他倒上一杯茶，他笑了一會兒看往桌面。「小玉這又是在玩什麼？」

「哦！這個可好玩了！」

我激動地坐在他身邊，在慕容襲靜恨得快滴血的眼中親暱地靠在孤煌少司身邊，拿起大家做好的一部分牛皮放到孤煌少司面前。

「你看，這裡有五十個人物，我把他們分成三組，你挑幾個吧，算是你的人。」

孤煌少司看了看，隨意挑選起來。桌面上並無朝中之人，故而不會引起他的留意。

然後，我拿起他挑的人做好標記，算是他孤煌一派。我再挑了些放入自己陣營。

我拿起瑾崋的卡牌，說道：「現在，大家在會武功的人上方，點上五點朱色，代表五滴血。」

大家開始點了起來。

孤煌少司迷惑看我：「只有五滴？」

我壞壞一笑：「文官只有四滴呢！不過你、我和慕容老太君是六滴血，我們算老王。」

「慕容老太君怎能算王？」孤煌少司目光深沉起來，已露不悅之色。

「可是這個遊戲就是需要三方的人啊，我又不認識別的國主，只能這麼做了。」

孤煌少司聽罷點點頭，不再懷疑。

「原來如此，下棋時二人，麻將四人，各有規矩，而妳這個遊戲是三個陣營。」

「對！你弟弟算是神牌，七滴血！」我拿起孤煌泗海的卡牌。

孤煌少司一怔，有趣地揚唇：「神牌？」

「對啊，你弟弟太厲害了，根本不像凡人，所以他最厲害，是神，誰拿到這張牌肯定贏。你聽我慢慢說玩法，你就明白了。大家都停一下，聽我說一下這個遊戲。」

大家紛紛停下，我巫心玉開始打造巫月版三國殺！

「所以還需要寫上各自不同的技能？」孤煌少司興致勃勃拿起他自己弟弟的卡牌。「這遊戲有趣，泗海定然喜歡。」

他寵溺地看手中的卡牌，宛如此刻孤煌泗海已在他面前。

沒有人可以割斷這對兄弟深深的情，他們才是真真正正的同生共死，一同投胎入凡塵，在這個凡人的世界從此相依相靠，建立起他們自己的秩序與天下。

「我看這牌還要做許久，小玉，不如妳隨我回府跟泗海說說這個遊戲？」孤煌少司說罷，拿起自己與孤煌泗海的卡牌放在手中，目露喜歡。

我從未見過他這種目光，比起看他那只心愛的飛鳳花瓶時更加喜愛。似是看到了這個世界讓他最感興趣的事，急於回去與自己心愛的弟弟分享。

孤煌少司竟是第一次主動提出讓我去他府上。這突然的邀請讓我也有些意外和遲疑。

懷幽跪坐一旁偷偷看我一眼，再次垂下臉，默不作聲。蘇凝霜撇眸朝我看來，似乎也在等我的決定。

然而，孤煌少司已經替我做了決定，他拿起卡牌起身時已經順手拉起我，腳步生風地直接拉著我離開。

眾人看向我，我向他們揮手：「好好畫，我回來再訂大家的技能。」

聞人胤、連未央、蕭玉明對視一眼，笑了笑，埋臉繼續。慕容飛雲眨了眨他那雙蒼白的眼睛，垂臉摸索那些卡牌，也面露好奇。

蘇凝霜一下子坐起身看向我，瑾崋側開的臉上已露凝重之色。

阿寶急切地想要起身，被懷幽按回。懷幽起身，隨慕容襲靜之後朝我跟來。

我轉回臉看向身旁，孤煌少司目視前方，第一次似是對周遭一切不再設防，手中攥著他和孤煌泗海的畫像，一心只想盡快回家給孤煌泗海看。

此時此刻，走在我身邊的，不再是殘酷無情的攝政王孤煌少司，也不是魅惑萬千女人，甚至連女皇也逃不過他溫柔目光的妖男，而只是一個哥哥，一個心愛自己弟弟的哥哥。

我第一次看到可以說是如此簡單的孤煌少司，他的笑容在陽光之中簡單而真誠，遠比他那讓女人動心的溫柔微笑，更能深入人心，能夠感覺到真正的溫暖和一絲感動。

我收回目光，跟在他的身旁，神思不由飄回了神廟。他們是不是曾經也簡單純真過，在狐仙山過著逍遙快樂的日子，哥哥垂釣，弟弟潑水，弟弟摘果，哥哥在下面老老實實當墊腳石？如同我和流芳師兄。

當他們玩累後，相互依偎地躺在那片楓葉林中，透過樹葉間的縫隙欣賞那碧藍的天空？和他們兄弟相處越久，越是好奇當年他們放棄修仙下山的原因。難道真的如師傅所說，是因為抵擋不住凡間權力慾望的誘惑？

天，忽然陰沉下來，一陣陰冷的風捲起了漫天落葉，孤煌少司停下了腳步，面露擔憂地看著天色。

「變天了，這對泗海的傷不好。」他輕輕的低喃充滿了擔憂。

我看向高空，目露抱歉，心中暗語：「對不起師傅，我不是有意懷疑你的，實在是你們神仙很少會說真話。」

「轟隆！」忽然一道閃電閃過天空，孤煌少司握住我的手也緊了起來，似是有什麼事讓他深深擔憂，澈黑的眸中還掠過一抹心慌。他拉起我更快地走了起來，腳步如風般掃過地面，帶起因為狂風而落的落葉。

他在擔心什麼？

唯一能讓他擔憂的，只有白毛。

白毛不是凡人，難道天氣的反常真的會對他有所影響？

一行人匆匆出了宮門，孤煌少司把我甩上馬車直奔攝政王府。一路上他的面容緊繃凝重，不與我說上半句話，讓人隱隱感覺將有不好的事發生。

當到了王府，孤煌少司直接下了馬車，在陣陣悶雷中把我獨自遺留在車上。

我愣住了，孤煌少司把我忘了。可見他真的很急。

「女皇陛下，請下車。」還是慕容襲靜在馬車外提醒。

懷幽扶我下了馬車，我望著陰雲翻滾的天空，也是奇特，秋天打雷很少見。

慕容襲靜領我入內，但在中庭之時，她已把懷幽攔住。我獨自一人進入內院，來到孤煌泗海臥房的院子時，此番連慕容襲靜也不敢進去了。

我看向她，她別過臉。

「二公子的院子，旁人不得入內。」

「是不能？還是不敢？」我壞壞看她，繼續招惹她。她不敢賞我白眼，唯有低下頭。我到她身前小聲問：「我問妳，如果二公子和攝政王讓妳選，妳選哪個？」

「他們都是女皇陛下的，臣不敢有非分之想。」慕容襲靜蹙了蹙眉。

我看著慕容襲靜笑了，她學乖了。

「轟隆！」雷聲再次響起，我甩著袍袖吊兒郎當地進入孤煌泗海的院子。前腳剛剛踩上廊下地板時，秋雨「唰」一聲，從我背後而下，切斷了我的後路。

這陣雨來得奇快又巨大，瓢潑的雨水瞬間像水簾一樣從廊簷掛落。我仰臉看了看，在我的世界所處的緯度，秋天可不會下這樣的大雨。

這雨跟孤煌泗海給人的感覺一樣，只能用兩個字形容——詭異。

「咳咳！」咳嗽聲從雨聲中傳來，我探頭探腦入內，當走到臥房門前時，傳來了更加猛烈的咳嗽聲。「咳咳咳……咳咳咳！」

「泗海！」孤煌少司憂急的聲音也隨之而來，而我心中想的卻是白毛真難殺。

我悄悄入內，站在鏤空花紋的木質玄關之後，一探頭，孤煌泗海的雪髮和他的床榻映入眼簾。他的床很奇特，似是白玉石床，並非常人的木床。

孤煌少司正坐在他身邊，將他環抱，讓他靠在自己的胸前，孤煌少司玄色的衣衫徹底包住了他的側身，一時看不到孤煌泗海的人，只有他那長長的雪髮略微從孤煌少司的肩膀和身下散出，鋪在床榻旁邊，上面則是刺目的鮮紅血跡！如同幾縷髮絲被染成了豔麗的紅色！

吐那麼多血都沒死！那真的只有等老天劈死他了！

我從玄關中走出，就聽見「噗」一聲，立時，一口血噴灑在了孤煌泗海身上銀藍的絲被上，空氣中開始瀰漫昨晚熟悉的濃重血腥味。

「小玉，妳快過來！」孤煌少司忽然喚我，房中響起了粗重的喘息聲：「呼呼呼呼。」是孤煌泗海的，他的情況好像很不妙。

我站在原處，故作呆愣地看著。

「小玉！過來！」孤煌少司的神情著急，竟像是命令我。

我亦步亦趨地緩緩靠近，只見孤煌泗海身穿單薄的白色綢衣手扶胸口喘得厲害。忽然，孤煌少司霍然起身，焦急地直接大步朝我而來，毫不溫柔地一把扯起我的手臂往孤煌泗海的床榻去，幾乎像是把我扔到床上，讓我坐在了孤煌泗海的對面，登時，孤煌泗海異常蒼白的臉映入我的眼簾！

他的嘴角全是吐出來的鮮血，他痛苦地撫住胸口吃力地喘息，面前的錦被早被他吐出來的鮮血染紅，鮮血斑斑駁駁地密布在他的雪髮上，如同一隻被人亂箭射傷的白狐氣息奄奄地躺在雨水之中，鮮血染紅了周圍的雨水。

「轟隆！」忽然又是一道閃電劃過上空，孤煌泗海又用力咳嗽起來：「咳咳咳咳！噗！」

見他要吐血了，我幾乎是下意識揚手捂在他的嘴上，一股冰涼的血立刻從我纖白的指間溢出，緩緩滑落我白皙的手臂，畫出了豔麗的花紋。

他的血……他的唇……都是涼的！

「呼……呼……呼……呼……」他更加吃力地呼吸起來，低垂的臉似是無力抬起，他徹底失去了往日的囂張與邪氣。他吃力地抬眸冷冷瞥我，即使奄奄一息，他依然囂張狂傲，不屑看我一眼，不把我這女皇放入眼中。

死白毛！去死吧！我在心中惡毒地詛咒。

他的睫毛忽然顫了顫，緩緩閉了起來，如同枯萎的白花，往後虛弱地倒去。

「泗海！」孤煌少司焦急地用雙手撐上他的後背，然後命令般地看我：「快給他療傷！」

「療傷？你讓我來就是為了給白毛療傷？」我愣了一下，倏地站起，把血在身上擦了擦。「我才不要呢！他那麼壞，又欺負我，我不要！」

孤煌少司雙掌抵在孤煌泗海身後，看我的眸光冷酷起來。

「如果妳不給泗海療傷，我現在就派人把妳的小花花、小蘇蘇還有小幽幽全殺了！他們有三個人，我看妳能救幾個？」

我心中一驚，看著孤煌少司陰沉的目光，他可不像是在開玩笑。我咬了咬牙，真不甘心！掀裙憤懣地直接踩上孤煌泗海的床，拿起他的雙手與自己手掌對接。

好不甘心！非但沒殺成白毛還要替他療傷！

「泗海雖然是男人，但他內力屬陰……」孤煌少司的話聲從孤煌泗海身後而來：「小玉妳內功深厚，為他療傷可以事半功倍！」

我恨恨地瞪著孤煌泗海昏迷的臉，現在是殺他的最好時機！但是，我自己也內傷深重，若是殺了白毛，我會被孤煌少司所殺，這之後，便是一場血腥的屠戮。即使我與孤煌少司同歸於盡，也會讓野心勃勃的慕容老太君上了位。

好鬱悶！好氣悶！

我只好緩緩運起自己那點也靠大家恢復的內力，替孤煌泗海療傷。但是，為他療傷的同時，其實也是在為自己療傷，內力陰陽交替的療傷方法是最快的，也就是所謂的雙修。

如果孤煌泗海的內力屬陽，那我為自己療傷會被他們發現，但是現在，孤煌泗海的內力正好為陰，孤煌少司的陽力從我身體經過時，他會以為是孤煌泗海的陰力影響了他，不會引起他的懷疑。溫熱的內力從我身體而過，又從我手心而出，進入孤煌泗海的體內，我感覺到了他體內的虛空，這很奇怪。即便昨晚我們拚了個你死我活，孤煌泗海也不該虛弱成這般模樣，像是體內的內力完全被徹底掏空了。

「你弟弟怎麼那麼奇怪？就算傷再重，丹田裡也不會空成這樣。」

「閉嘴！」孤煌少司不搭理我，惡劣的語氣像是我不好好替他弟弟療傷，他隨時殺了我。

我忍氣吞聲地閉上眼睛，漸漸地進入我體內的內力開始陰冷起來，染上了孤煌泗海的陰邪之力，當他的內力變得陰邪之時，我的內傷開始不受控制地發作起來。我急忙想收掌，卻被孤煌泗海那詭異的內力給牢牢吸住了！他的內力開始鑽入我的體內，當那股陰邪的內力進入之時，我體內的仙氣立刻自發性地不受我控制地守護起來，將他的內力開始逼回！

我慌張起來，心跳狂亂，這是我下山以來第一次那麼慌張失措。我吃驚地睜開眼睛，登時對上了孤煌泗海妖媚的銀瞳，他的嘴角開始邪邪地揚起，他又在雪白的瀏海下瞥我一眼，視線不再充滿不屑，而是帶上了他的狐媚與妖邪。

接下來，孤煌泗海自己撤回了手掌，收回那妖媚的視線，閉上雙眸緩緩調息。

我呆呆收回雙手轉身坐在床榻邊，右手上還沾著他的血，腦中陣陣嗡鳴。

跟他交手那麼多次，即使我的招式千變萬化，讓他無從察覺，但是我那帶著仙力的特殊內力他再熟悉不過了，如同我很熟悉他那股陰邪之力。

之前為他療傷只是用我自己的內力，但沒想到當他的邪氣入體後，我的仙力竟像是相互呼應一般迎了上去！

心裡一陣慌亂，開始做最壞的打算，瑾崋和蘇凝霜他們會有危險！腦中閃過無數念頭，棋局徹底翻盤重布，必須先保全瑾崋和蘇凝霜。

他又會猜到多少？

依照現在表面的狀況，他大概能清楚三點：

一、我下山是為救瑾家人，但不知我之後的布局，所以除了瑾崋，瑾毓他們是安全的，計畫也不會敗露。

二、我招蘇凝霜入宮是為找幫手，所以蘇凝霜危險最大。

三、我加入焚凰是為集結勢力對抗他，現在焚凰內奸已除，之後的事他不會知道。

「弟弟，好些了嗎？」孤煌少司的話讓我全身僵硬，腦中的弦立時緊繃，全身陷入戒備。

孤煌泗海能說話了，他一定會告訴孤煌少司真相，無須再行試探，因為！他已經知道真相！

「好多了，哥。」他恢復氣力的聲音異常清澈，外面雷聲已停，彷彿當孤煌泗海熬過這關後，世界也隨他恢復平常。

孤煌泗海的雙腿緩緩在他身後伸平，一條腿似是在被下曲起，輕輕靠上了我的後背。我全身一緊，往前挪了挪，他的腿跟著我一起倒落，繼續黏在我的後背上。

我想起身，一隻冰涼的手卻按住了我放在身邊的手，絲滑的絲被輕輕蓋落我的手背，藏起了他握住我的手。

「哥，我的藥。」孤煌泗海說。
「好，我去幫你拿。」
見孤煌少司起身，我立刻說：「藥這種小事吩咐下人就可以了，我去幫你叫慕容襲靜。」
我想走，按住我的冰涼手掌越發用力。
我不明白為何孤煌泗海如此平靜，對發現我身分之事隻字不提。還是，他要等我走了再提？
可是，既然大家已經心知肚明，他又何須多此一舉？此刻只消他向孤煌少司拆穿我，身負重傷的我完全無處可逃，任他們擺布！
「泗海的藥不能別人去取。」孤煌少司異常認真地說，俯看我的目光之中多了一分命令。「妳在這裡看護泗海。」
說罷，他轉身大步離去，腳步生風，衣襬輕揚。外面已經雨停，如夏季的雷陣雨般，竟是透出了縷縷陽光。
瞬間纖長的手指鑽入我手心下，一點點劃過我的掌心，絲絲輕癢如同小狗舔過般。
我立刻轉身正對他，他邪笑盈盈地看我，嘴角和雪髮上還殘留著他的血絲，恢復生氣的他不再像那隻躺在地上被人射傷的白狐，而像是剛剛挖取人心取食的狐妖！他俊美無瑕的臉蛋和那雙狐媚的眼睛在笑容之中更加懾人心魄。
我用力收手，他的手被我一起牽扯出他的錦被，依然不放，他笑看我：「妳沒要我的命。」
我伸手朝他脖子掐去，他立刻抬起另一隻手扣住我的手：「妳已經錯過時機。」
我氣憤地甩開他的手起身，心弦紊亂，像是不懂音律的人胡亂撥弄。

「為什麼不說？」我轉身看他。

「說與不說，結局都是一樣的，妳的遊戲結束了，玉狐。」他緩了緩勁抬臉邪邪看我。

我撇開臉，頭痛地蹙眉。

身後傳來「窸窸窣窣」的聲響，他似是從絲被中起身，我戒備地往後看去，見他跪立在了床榻上，從我的身後伸出雪白雙手環住了我的腰，冰涼的身體貼上我後背的同時，他冰涼的臉也蹭上了我的長髮。

「小玉是我哥哥的，但是……玉狐是我的……」

「放開我！」我在他身前用力掙扎，他的雙手卻是圈得越緊，牢牢貼在我的後背上，雪髮隨我的掙扎震落我的身前，絲絲縷縷覆蓋在我的胸前，那染血的髮絲觸目驚心。

我的胸口一陣疼痛，他在我的耳邊輕語：「小心妳的傷。」

清冷的話音之中帶了一絲諧趣和笑意。

「妳和我，現在誰也動不了誰。」

我憤憤不已，胸口因為動怒而越來越疼，躁血不斷湧上，倏然，他的手緩緩撫上了我的後背，似是愛撫的動作讓我怒不可遏，正想豁出去跟他拚了時，一股陰寒的內力瞬間從他手心進入我的後心，那股陰寒的內力與之前陰邪的內力不同，宛如和我一樣，他，孤煌泗海，也有兩套內力！

陰寒的內力很快壓制住了我幾欲噴出口的躁血，如同一股清流流過我的身體百骸，為我的全身帶來一陣如秋的清涼和清爽。

我低下了臉，他又救我一次。

「為什麼？」我不解。

「我喜歡妳。」他說。

我受不了地轉身用力推上他的胸膛，在他倒落時我一躍在他身上，雙手掐住了他纖長蒼白的頸項！

「胡說！說實話！」我狠狠掐住他，他的雪髮凌亂地覆蓋在他俊美妖媚的臉上，雪髮下的嘴角揚起那邪邪的角度，宛如他非常享受此刻。

這個變態！

我跨坐在他身上，他雙手扣住了我的腰，在我用力掐捏下，低低而語：

「我會殺光妳身邊的男人。」

陰寒的眸光從他雪髮下閃現，那雙狐媚的眼睛正在絲絲縷縷的亂髮下嫵媚地笑看我。

我鬆開了手，坐在他身上轉開了臉，頭腦再次發脹。

「妳不會贏的，因為，妳有了牽掛……」

他緩緩起身，緩慢的話音如同蠱惑般沙啞地掠過我的耳邊。他貼上我的側臉，雙手再次緩緩攀上我的後背，冰涼的臉再次貼上我的輕輕磨蹭。

「慕容家也好，蕭家也好，那是我哥哥的人，與我無關。巫心玉，我不會讓妳死的，我想看妳接下去如何繼續這盤棋……我喜歡跟妳玩這解謎的遊戲……」

他的唇輕輕蹭過我的頸項，語氣妖邪而嫵媚。

我恍然明白，他留下我，是為了有人能陪他下棋。

「你太無聊了！」我再次伸手想推開他，卻被他搶先一步扣住我的雙手，並緩緩放在我的身後改用一隻手扣住。他一邊輕蹭我的側臉，一邊抬手緩緩撫上我的臉。

我掙扎了一下，發現徒勞無功：「既然你今天不揭穿我，為何又讓你哥哥來試探我？」

「因為錯過今天，我沒把握下次能不能抓到妳……」他如同呵氣的話語吹拂在我耳畔，雪髮下的眸光嫵媚而妖豔，他像是軟若無骨的妖孽，黏黏地貼在我的身上，雙手在我的身上如同遊蛇般緩緩地到處遊移。

「別亂摸，小心又在你身上燒個印～」我白了他一眼冷冷說。

「我說過，即使遭受天譴，我也要定妳了。」他的手竟是緩緩攀上了我的心口，纖長的手指一點一點包裹我柔軟的聳立，緩緩捏緊，我憤恨得真想馬上殺了他。

「現在……妳心裡只能有我了……」一股陰邪之力倏然從心口而入，我的頭一陣暈眩，耳邊又是一聲嗡鳴，那嗡鳴之中似是有什麼聲音正在遠去。

我撫住額頭，他放開了我，輕咳兩聲，像是徹底虛脫似地靠在我的肩膀上。我的視線漸漸清晰，耳邊傳來他虛弱的聲音：「現在……妳不會再想我哥哥了……」

我怔怔坐在他的身上，他的身體冰涼，即使身上穿著秋衣，也無法擋住他身上寒氣的侵入。他除去了施在我身上的邪術，但這似乎消耗他不少的功力，讓他整個人又寒冷一分。

他的雙手又緩緩撫過我的後背，緊緊擁住我的身體，胸膛貼上我的前胸又開始黏膩地磨蹭。他蹭過我的耳邊，輕輕舔上我的耳垂，倏然，我感覺到了身下正有硬物隔著絲被緊緊頂在我的腿根。

「好想現在就吃掉妳……」

他大口含住了我的頸項，我立刻用力把他推開，離開他的身體，渾身寒毛戰慄地瞪視他。

「別碰我！你這個變態！」

他倒回床，雙眸微閉，嘴角上揚。

「我寧可跟你哥上床也不想碰你一下！」我憤怒地側開臉。

「妳說什麼？」忽然發寒的聲音在房內響起，即使我側開臉也清晰感覺到他那陰冷陰邪的視線正牢牢盯在我的身上。

屋內的空氣像是受到他寒氣的影響開始漸漸凝固，從四周開始一點一點向我靠近，我宛如快要被關入一個固體之中。忽然，身後一陣風襲來，我轉身時，孤煌泗海竟站在床上直接朝我撲來！帶血的雪髮在空中飛揚，他狐妖般的眼睛牢牢鎖定我巫心玉！

「砰！」我被他撲倒在地板上，後背生生的疼，他像動物一樣兩隻手牢牢扣住我的肩膀，長及腳踝的長髮灑落我的臉邊，徹底隔絕了外面的世界，我的眼中只有他絕世無雙的俊美容顏，和那雙泛出銀光的眼睛。

「我到底是什麼？」他忽然大聲問：「妳是不是知道？是不是！」

我有些吃驚，果然孤煌泗海並不太清楚自己是什麼。

他狐媚細長的眼睛灼灼看我一會兒，忽然俯臉而下，重重含住了我的唇！

「泗海！」倏然，孤煌少司的厲喝傳來，孤煌泗海緩緩放開了我的唇。我杏眸圓睜，他邪笑盈盈地看著我，伸出舌頭緩緩舔過我的唇後才撐起身體，但依然灼灼地注視我的雙瞳。

「哥，我要用她來採陰補陽，她體內的內力我非——常喜歡！」

說完，他嫵媚地瞥我一眼，伸出舌頭緩緩舔過自己嫣紅的雙唇，輕動雙唇不出聲地一個字一個字說：「我、知、道、妳、喜、歡、我、舔、妳。」

我也狠狠看他：死變態！

孤煌少司玄色的身影來到了我的頭頂，他黑色的衣襬輕觸我的額頭，我抬臉看到了他極為無奈與陰鬱的面容。

「泗海，小玉是你嫂子！你能不能克制一下，別像狗一樣舔她，讓我噁心！」

孤煌少司的話和孤煌泗海上次在牢裡說的幾乎是一模一樣，到底是親生的兄弟。

孤煌少司說完放下湯藥，彎腰伸手扶起了孤煌泗海，孤煌泗海邪笑看我，回到床榻。

我緩了緩坐起來，孤煌泗海真的不告訴孤煌少司我的身分。

孤煌少司端起湯藥，疑惑地看我一眼，澈黑的眸中劃過一抹深思，隨即轉回臉將湯藥端到孤煌泗海面前。

「泗海，吃藥了。」

孤煌泗海懶懶地靠在孤煌少司胸前，媚眼如絲地朝我看來，緩緩抬手，纖長的指尖指著我的臉，嘴角勾出邪邪的笑。

「我要嫂子餵。」

「不餵！」我直接給他一個白眼。

他立刻沉下臉，笑容消失的那一刻，陰邪詭異的靜謐再次包裹了他的全身。

「不餵我不喝！」他竟也甩開臉，像一個壞脾氣的任性小孩。

難道就他會甩臉嗎？我坐在地上也甩臉。

「不喝就不喝！死的是你又不是我！你是烏龍麵的弟弟又不是我的，關我什麼事！我回去了！」

我站起身甩手就走。

「小玉，我之所以放任妳胡鬧至今，是因為我喜歡妳……」

忽然，陰沉的話音從身後而來，完全不像是在說喜歡，更像是在教訓。

「但是，如果妳今天跨出這門一步，妳那些小花花、小蘇蘇，妳只能看到他們的屍體了！」

狠辣的語氣完全不像是在開玩笑，濃濃殺氣也隨他的話像一隻巨大的黑爪般抓上我的後背。

我憤然轉身，怒指孤煌泗海：「他是你弟弟！你到底是喜歡我多一點，還是你弟弟多一點？」

孤煌少司在我的質問中緩緩揚起了嘴角，環抱孤煌泗海的神情漸漸邪魅起來，如同孤煌泗海根本不是他弟弟，而是他的愛妃。

「當然是泗海。」他說完，轉臉溫柔寵溺地看孤煌泗海：「不要再嚇你嫂子了，你能接受她，我很高興，但是下次別再舔她了，知道嗎？」

我靠！好想說你們湊一對算了！

我受不了地斜睨他們，孤煌少司隨即溫柔寵溺地看向我。

「小玉，我只有這麼一個弟弟，希望妳能跟他好好相處，難得泗海喜歡妳。」孤煌少司的語氣更像是在勸說妻妾和睦相處。

「嫂子，我要喝藥。」孤煌泗海慵懶地說，略帶一絲哽啞的聲音像是在對我撒嬌，讓我全身起雞皮疙瘩！

我氣得只想吐血，轉開臉蹙眉，深深呼吸，讓自己平靜，以免內傷發作。

「小玉，洄海是我弟弟，妳和他吃什麼醋？」孤煌少司不解而無奈地看看我，放下湯藥。「洄海，等我一下。」

孤煌洄海離開孤煌少司的胸膛，孤煌少司提袍走下臥榻到我身前，溫柔地注視我，嘴角噙著略帶寵愛的微笑。他輕柔地拾起我滿是鮮血的右手看了看，牽起我的手起身，拉我到水盆邊，輕輕撈起水淋在我的手上，柔柔的水順著我的指尖滑落，他溫柔地擦拭我的手為我洗去了上面的血漬。

「洄海對妳沒有惡意……」他像一個溫柔的大哥，努力調解我與他弟弟之間的矛盾。「他欺負妳，是因為喜歡妳。」

「哼。」我好笑地撇開臉，孤煌少司知道他弟弟對我到底是怎樣的感情嗎？

「去餵洄海喝藥吧。」他溫柔地撫過我的髮髻，輕輕用柔軟的布巾擦乾了我的雙手。

我轉身時，孤煌洄海斜睨我，狐媚的眼角流露出得意。我在他斜睨帶笑的目光中一步一步朝他走去，他收回如絲的視線，端坐在床榻上等我去餵。

我的每一步都像是踏在軟綿的棉花上，沉重地踩出一個個腳印，又顯得那麼無力。孤煌少司輕攬我的肩膀回到孤煌洄海的榻邊，繼續坐在他身後，讓虛弱的他靠在他胸前，端起藥送到我面前。

我忍氣吞聲地接過，坐到孤煌洄海的面前，他揚起嘴角邪邪地說：「我要嫂子每天餵我。」

我一怔，側開臉：「我沒空。」

立刻殺氣當面襲來，他眯起了狐眸，他那雙細長狐媚的瞳眸越發像狐狸的眼睛，瞬間變得陰邪的視線帶出了他那詭異邪氣的笑容。

「聽說妳的小幽幽很會照顧人，他把妳照顧得很好，如果妳沒空，妳可以叫他來。」

心中立刻一驚，他不是隨便提及懷幽的。從他知道我是玉狐的那一刻，他也知道懷幽叛變了。我無法想像孤煌泗海是如何處置叛徒的，但從他毫不猶豫地殺死蕭成國來看，懷幽的處境也變得極其危險。

我拿起湯匙，舀起一勺湯藥送到他詭笑的唇畔：「知道了，我會來照顧你。」

陰邪之氣從他的臉上漸漸散去，他睜開了雙眸開心地瞥我一眼，含住了我的湯匙，喝下我送去的湯藥。

他身後的孤煌少司鬆了口氣。

「泗海最不喜歡吃藥，以前也是要哄好久。現在他肯吃妳餵的藥，我放心了。」孤煌少司不像是在說謊，良藥苦口，但小孩都不愛吃。

我開始恢復平靜，既然孤煌泗海留我是想陪他玩，那麼我就繼續陪他玩下去。一勺一勺湯藥送入孤煌泗海嫣紅的唇中。死白毛，你是該吃藥了！

「泗海，你看，這是小玉做的一個遊戲，有很多像這樣的畫像，這是你和我的。」孤煌少司從袍袖中拿出了那兩塊牛皮，孤煌泗海一邊喝藥一邊瞄孤煌少司的手，笑了起來。

「是妳畫的？」他看向我。

「嗯。」我蹙眉，側開臉。

「我喜歡。」他一把拿起了他的畫像，低臉看了一會兒，又不高興起來，冷冷斜睨我。「別人的也是妳畫的？」

「沒有，就你。」我煩躁地說，真想快點離開。轉回臉瞪他時，他正用那雙狐媚的眼睛看我，清澈地幾乎像是琉璃的眸中再次露出了那抹我永遠不想承認的純真，正是那隱藏在邪氣中的純淨，讓我看得出神。為什麼如此邪惡嗜血的人，會擁有那樣的天真？

他不信地拿過孤煌少司的畫像看了看，笑了：「真的不一樣，還是嫂子畫得最好。」

孤煌少司寵溺地笑了，摸了摸他的頭：「這個遊戲很有意思，等你痊癒了我們一起玩。」

「好。」

「不好！」我跟孤煌泗海同時出聲。

孤煌泗海立刻沉臉看我：「妳不願跟我玩？」

孤煌少司也疑惑看我，我立刻說道：「他脾氣那麼怪，如果他的隊友害他輸了，他會殺人的！」

孤煌少司因為我的話也深思起來，似是真的覺得我說得有道理。

「哼，我怎會輸？」孤煌泗海冷笑瞥我一眼，跩跩地說。

「泗海，這個遊戲的奧妙就在一開始，你並不知道你的隊友是誰，若是遇上蠢笨如豬的隊友，或許真會氣到你，被你所殺。小玉說得對，這個遊戲，你還是別玩了。」孤煌少司微笑看他。

果然！難得孤煌少司跟我想法一致。

被孤煌少司那麼一說，孤煌泗海又不開心地沉下臉，我放下湯藥。

「你休息吧，我回去看看他們畫得如何。」

孤煌泗海看我一眼垂下目光，嘴角再次揚起，浮出一抹邪惡的壞笑。

「哥，我頭髮髒了，我要嫂子幫我洗澡。」

「什麼？」我不可思議地看他。

孤煌少司也一怔，在他身後俯下臉盯著他的側臉。

「泗海，叔嫂有別，你也別再任性胡鬧了。」孤煌少司終於擺出大哥的威嚴來。

「好！我給你洗！」我憤怒地直接挽袖子。

「小玉！」孤煌少司朝我喝斥：「不要跟著泗海胡鬧，妳回去吧！」

「哼……」孤煌泗海輕笑起來。孤煌少司微微沉眉，深沉的視線落在我臉上片刻，又落在了孤煌泗海狡黠邪笑的側臉上。

「小玉，妳回去吧。」他沒看我，抬手把孤煌泗海凌亂的雪髮順在了耳後。孤煌泗海面帶點笑地瞥眸看我，妖媚而風騷的視線如絲一般勾住了我的心神，心跳也為止停擺。

我立刻轉身，深吸一口氣，在已經不穩的氣息中匆匆離去。他遲早會告訴孤煌少司的，即使不會全盤托出，他也會提醒孤煌少司戒備我。就像現在那些與我寸步不離的侍衛們。

必須讓瑾崋他們盡快撤離！

心慌意亂地走出那間攝政王府最神祕的，任何人都不敢進入的院子，迎面看見了臉色凝重的懷幽和不屑看我一眼的慕容襲靜。

「女皇陛下。」懷幽見我出來，匆匆上前。

「回宮。」我不多說半個字，也不多看懷幽一眼。

懷幽似是察覺到了什麼，也與我保持一定距離，頷首應允：「是。」

現在，我跟懷幽保持距離是對他最好的保護。

孤煌泗海性格乖張暴戾，他現在留下我是為了和他繼續玩這個遊戲，而懷幽他們，就是他留給我的牌。他真的實在太無聊了！無聊到留對手一口氣，繼續被他戲弄。我不可能贏他，因為他清楚我的底細，隨時可以把我捏死在手中。

但是，我又不能輸他，那樣會讓他覺得我很無聊，依舊把我捏死！

這像是貓捉老鼠的遊戲折磨著我的身心，死白毛是那麼的惡趣味！

心事重重地上了馬車，懷幽關好車門跪坐我的身旁，擔心看我：「女皇陛下……」

「懷幽。」我認真看他，在車輪滾滾聲中說道：「我暴露身分了。」

懷幽驚訝片刻便很快恢復鎮定，垂臉深思道：「攝政王急於求子，應該還不會傷害女皇陛下。」

「不，孤煌少司還不算知道。」我努力讓自己平靜下來，孤煌泗海比孤煌少司更可怕，在他眼中，這一切只是一個遊戲！一個沒有目的喜歡亂來的瘋子，才是最可怕的！因為，你永遠無法猜到他下一步想做什麼？

「什麼叫做攝政王還不算知道？」懷幽面露疑惑。

「是孤煌泗海知道了，但是，他還沒告訴孤煌少司。」想到孤煌泗海我再次心緒不寧起來。

「為什麼？」懷幽也顯得有些吃驚。

「留我們陪他打發無聊。」我擰緊雙眉，壓下心中怒火，閉起雙眸。

車廂頓時沉寂下來，我緩緩睜開眼睛，看到了懷幽也擰緊雙眉，表情分外凝重。

「懷幽，你去神廟吧，現在你在我身邊太危險了！」我伸手扣住他的肩膀。

「懷幽不會離開女皇陛下的！」懷幽忽然固執地看我！如同那晚我在他房中，他固執而倔強地深深注視我。

他的雙眸之中似有千言萬語，但依然被他壓回心底，我能感覺到他心底壓抑著什麼事情，而且是不想讓我知道的事情。

他低下了臉，雙拳在膝蓋上慢慢擰緊。

「懷幽自知沒有武功，無力保護女皇陛下，但是，懷幽可以照顧女皇陛下，在女皇陛下疲累的時候，懷幽可以為女皇陛下端上一杯熱茶，女皇陛下想就寢時，懷幽可以為女皇陛下鋪床暖被。無論是凝霜公子還是瑾崋公子，他們都不知女皇陛下的喜好，他們無法好好照顧女皇陛下，會讓女皇陛下心憂。女皇陛下，無論將來是生是死，懷幽只想跟隨在女皇陛下身邊，請女皇陛下成全懷幽！」

懷幽伏在了我的面前，讓我更加百感交集！

「懷幽，我是擔心你啊。」我輕嘆一聲，緩緩扶起他，輕輕握住了他的手臂。

懷幽的眸光似是受寵若驚地顫動起來，一抹更加強烈的情感劃過雙眸，他分外自責地看我。

「懷幽沒有功夫，讓女皇陛下擔心了，懷幽該死！」

「所以你最近悶悶不樂，是因為自己沒有功夫，不能像蘇凝霜、瑾崋那樣保護我嗎？」我真的想知道他心裡到底在想什麼，為何而不樂。

他睜了睜秀美的雙眸，神情漸漸平靜下來，點了點頭，他落寞地垂下臉。

「懷幽覺得自己很無能，不能保護女皇陛下，也不能像阿寶那樣讓女皇陛下開心。懷幽……什麼都不會……」

「但你會照顧我啊！」懷幽在我的話中微微一怔。「就像你說的，只有你知道我喜歡什麼、不喜歡什麼，每次吃魚，你會幫我檢查有沒有魚刺，每次下地，你會幫我穿上鞋襪，走出房間的時候，只有你會為我拿上披衣……」

「那是懷幽分內的事！」懷幽忽然發急起來，情緒微微有些失控地搖了搖頭：「換做阿寶，他也會。懷幽侍奉了三任女皇，是師傅教懷幽如何察言觀色，如何照顧女皇……懷幽！懷幽無能……」

他似是陷入了混亂，變得不知該如何表達。

我怔怔看他片刻，忽然間明白了。

「懷幽，你是覺得自己對我而言不是特別的是嗎？」我輕輕說道。

懷幽揚起臉，呆呆愣愣看我片刻，眼神倏然遊移了一下，緩緩低下臉，有些失落地點點頭。

「你在害怕自己被人替代，因為這些事換做桃香，換做阿寶都能做是嗎？」

懷幽再次點點頭，終於平靜下來。

「阿寶非常聰明機靈，若是他，一定能把女皇陛下照顧得更好……」

「阿寶怎能替代你？」我笑了。他揚起臉，看著我的笑容漸漸出神。我伸出手輕輕撫上他秀美的臉龐。「你身上有阿寶沒有的東西。」

「什麼？」他呆呆看著我問。

「忠誠。」我微笑地收回手。

懷幽的神情因為我的話而變得驚訝、驚詫，最後他發了一會兒愣，淡淡的笑容再次浮上他沉穩的臉龐。

「阿寶即使學會你所有的本事，他對我也絕對沒有你忠誠。所以，懷幽，別再妄自菲薄，我暴露的時候，只想到你、瑾崋和蘇凝霜的安危，但我沒有想到阿寶，所以，你還覺得自己對我而言不重要嗎？」

「懷幽讓女皇陛下憂心了。」懷幽緩緩拜落我的膝前，他的語氣裡又流露出一分自責。

我微笑看他，心情平靜了許多，和懷幽的這番交談，反而讓我從孤煌泗海那妖孽的氣場中離開，徹底冷靜。

懷幽緩緩起身，淡笑看我。

看到懷幽終於恢復了常態，我越發安心。我看向車窗外的宮牆，終於回宮了。

曾經，我只想出去，現在，卻巴不得回宮。

重新翻盤後的棋局應該怎麼開？這第一顆棋子，尤其重要……

孤煌泗海知道我身分的事，我回宮後暫時沒有告訴瑾崋和蘇凝霜，一切如常地和大家一起做卡牌。蘇凝霜一直斜睨我，他知道我在隱瞞什麼。

因為之前的陣雨，大家已經移到了水榭之中。

「女皇陛下？女皇陛下？」

阿寶趴在我面前揮動牛皮，這是我今天不知第幾次失神。我看向阿寶，他手中是他自己的卡牌，靈秀的雙眸裡是滿滿的激動。

「女皇陛下！請賜阿寶技能！」阿寶指著他空白的地方，其他人已經一一寫上特殊的技能。

我緩了緩神，在蘇凝霜已經略帶憂慮的目光中說道：

「你的技能是萬人迷，在自己回合中，阿寶可以選擇棄三張牌為他人加血。」

阿寶的眼睛閃了閃，愣了片刻，忽然垮下臉，噘起了嘟嘟的小嘴。他雖然二十五了，但那張千年不老的童顏在做出這個表情時毫無不協調感，反而分外可愛。

「怎麼了？阿寶？」我疑惑看他。

阿寶耷拉眼皮，退回原位：「阿寶的技能真弱，像女人。」

我笑了。忽然起風了，下過雨之後，整個皇宮又冷了一分。

「女皇陛下，天涼了，您該休息了。」懷幽微微傾身提醒。

我點點頭，大家紛紛離去，慕容飛雲對我頷首一禮，在聞人胤的攙扶中離開。阿寶帶蕭玉明繼續回他的偏殿，在正式任命前，蕭家財產暫時還不能賜給蕭玉明。

待眾人離去，瑾崋才朝我看來。蘇凝霜伸長腿踢了踢我：「喂，沒事吧？」

我搖搖頭，在瑾崋和蘇凝霜疑惑的視線中，起身回房。直到晚膳，我一直沉默不語，此番，連瑾崋也感覺到了什麼，在無人時蹙眉擔心看我。

他們同時看向懷幽，懷幽對他們搖了搖頭，他們只好繼續保持沉默，讓我一個人靜一靜。

晚膳過後，孤煌少司又來接我去攝政王府給孤煌泗海餵藥。我讓瑾崋和蘇凝霜先行歇息，不必等我。

懷幽目送我離開後宮，然後一臉憂慮地轉身回宮，漸漸吞沒在深宮大院的沉寂夜色之中。我交代過他，從今天起，他要與我保持一定的距離。至少，不能讓孤煌泗海看出我在乎懷幽。我越是在乎的人，我擔心孤煌泗海反而越加傷害。

僅僅只是在我的身邊，孤煌泗海至多把他們當作是我的棋子看待。他那樣的性格，是不會把這些棋子放在眼中的。

我坐在孤煌泗海對面，垂眸給他餵藥，孤煌少司怕夜風吹涼了孤煌泗海，把門窗關閉，放心離開，處理政務，獨留我在房內。

幾乎封閉的房內飄著滿滿的玫瑰幽香。孤煌泗海的雪髮上已無血漬，白如雪的髮絲再次恢復了明麗的光澤，在橘黃燈光中染上了一層淡金色，美得讓人目不轉睛，只想掬一把在手中，慢慢嗅聞。

「喜歡嗎？」他忽然問：「妳最喜歡的玫瑰香。」

「不喜歡。」我視線低垂，避開他胸口一片赤裸的瑩白。寬鬆的淡藍色衣領越發襯出他皮膚那不像常人的白。微微開合的領口將他誘人的鎖骨遮蓋得若隱若現，更讓人心猿意馬，想徹底拉開他的衣領，品嚐他的一切。

「我讓人去橋洞看了，妳把我衣服扔那兒了。」他笑著說。

我舀出最後一勺藥塞入他口中，不看他，淡淡說：「你的東西我嫌噁心。」

「是嗎？」

「啪！」當冷冷聲音傳來之時，他抬手就拍掉了我手中的碗，湯碗摔落在地上，材質堅硬沒有碎，滾了兩圈停下。

空氣瞬間被從他身上而來的陰冷凍結，房內的燭火也不再顫動一分。

「你有什麼毛病！」我憤然也摔了湯匙看向他，忽然他的手臂橫過我的脖子，一縷雪髮掠過我眼前時，我已被他捲上了冰冷的石床，眼中是他陰沉無比的容顏。

他跨騎在我身上，在我掙扎時又扣住了我的雙手，也是費力地按回我的臉邊，他的雪髮因此而顫動凌亂，散發出陣陣玫瑰花的魅惑甜香。

「放開我！」我朝他大喊！他冷冷睨我一眼，一隻手扣住我的雙手，另一隻手抓住我的衣領直接扯開。我大驚失色。

「你這個瘋子！放開！唔！」他忽然俯下臉，用冰涼的雙唇堵住了我的嘴，我驚訝看他，他狐媚的雙眸之中是冷冷的邪氣笑意。

他冰涼的手摸入我的領口，讓我那裡起一陣雞皮疙瘩。他的手在那裡似是搜索了一圈，直接往下找去，他一定在找狐仙牌！

他的手落在了我的腰間，狐媚的視線盯著我的眼睛，冷冷一笑，離開我的雙唇，直接從裡面抽出狐仙牌的繩子懸在我的面前。

「妳的狐仙沒辦法再保護妳了！」說罷，他淡藍的袍袖一揚，狐仙牌再次被他扔飛。

「你扔吧！反正我帶了一箱回來！」我狠狠看他，明天我繼續戴上！

他撐在我的上方，灼灼注視我的臉，嘴角的笑容帶著詭異的邪氣。

「沒關係，妳戴一次，我扔一次！妳躲入狐仙廟，我就燒光狐仙廟！我看狐仙還怎麼護妳！」

他嘴角的笑容越來越大，雙眸之中的視線也越來越灼熱，垂掛下來的寬鬆衣領裡，看得見他開始大大起伏的赤裸胸膛！

他在我憤怒的目光中越來越興奮，閃過銀色火焰的雙目中竟是毫不掩藏的瘋狂情慾。他咬了咬下唇俯臉而下，我立刻抬腿頂上他下身，他飛快閃身避開，雪髮掠過我的面前，劃過一抹冰涼，我乘機滾下床，毫不猶豫地翻身落床。

他也單膝跪在床榻上，淡藍的內衣在燈光中閃過抹抹絲綢的流光，為他的雪髮染上了一種迷人的冰藍顏色。那透著冰藍色的長髮鋪滿了床榻，垂落床沿，如同一隻銀藍色的九尾狐立在我的面前，美得妖氣逼人。

「妳逃不掉的。」他眯起了狐媚風騷的狹長雙眸。

我心中一驚，看準窗戶直接破窗而出，飛上高空，他冰藍的身影立刻緊隨而來。當我越過蕭家的樓閣時，他忽然追上，一把按住我的頭，像我昨晚把他按入水中一樣，將我按下了高空。

我在空中轉身與他相對，他的身後是飛揚的雪髮與巨大的明月，那一刻，我仍然看得出神……

他臉上的笑容在純淨的月光中沒有半絲邪惡與嗜血，如同雨後百合上的水滴一般乾淨清澈，他身披月光從月中飛來，俊美得教人忘記了呼吸。

他靠近我的身前，伸手圈住我的腰在空中忽地翻轉，讓我在他的上方，而我也在那時看到了下方的琉璃瓦片，「啪！」一聲，他用自己的身體撞開了瓦片，繼續墜落。

我呆呆望著他，他依然笑看我，伸手撫上我的臉，似是那重重的撞擊對他而言並沒什麼大不了，他不願我再受到任何傷害。

忽然，後腦勺被什麼敲了一下，眼角掠過一片殘瓦，我立刻感覺暈眩，陷入昏迷之時，只見到他凝滯的神情。

昏昏沉沉之中，感覺到有人在舔我的臉，我蹙了蹙眉，後腦的疼痛讓我依然有些暈眩。

「嗯……」

暈暈乎乎地睜開眼睛，眼前的一切還在天旋地轉，黑乎乎的一片，不知道在什麼地方。

忽的，我感覺到腿部被那柔軟濕滑的舌舔過，特殊的瘙癢讓我難抑地輕吟：「嗯……」

我暈眩地艱難撐起身體，天旋地轉的視野裡是一片柔柔的月色，宛如月光覆蓋在我的腿上，視野漸漸清晰，我發現那不是月光，而是絲滑的雪髮正一點點掃過我的大腿內側。瞬間，我被徹底炸醒，眼前分明是孤煌泗海的身影和我赤裸的被他抬在手中的腿！

「嗡——」我的大腦瞬間一片空白！他趁我昏迷的時候到底對我做了什麼？

他正跪在我的腿間，一手正抬著我的腿，我清清楚楚感覺到了他充滿熱意的舌緩緩舔過我的腿側，留下一條濕涼的痕跡。

我心跳瞬間停滯，他的雪髮輕輕顫動一下在我的腿邊緩緩轉回了臉，看到我的那一刻，他欣喜地閃了閃眸光，揚起了邪氣的笑。

那一刻，我只想殺了他！

他緩緩放落我的腿，慢慢爬到我的面前，雙手撐在我身體兩側，用他那張妖媚的臉正對著我。

「醒了？」

我一怔，甚至忘記了憤怒與反抗，我就這樣呆呆地看著他。他帶著純淨笑容的容顏讓我恍惚覺得眼前的不是那個恣意殺人的孤煌泗海，而是另一個從未經歷人世的純真小狐仙。

他看了看我，垂眸注視我因為驚訝而張開的雙唇片刻，伸出舌頭媚眼如絲地撇了我一眼，又慢慢舔上了我的唇。

我的大腦在他柔軟的舌觸及我的雙唇時瞬間炸響，直接揚手打向他那張絕世無雙的臉。

「啪！」手被他扣在手中，他的眼中瞬間燃起興奮的火焰，灼灼注視我片刻，緊扣我的手直接壓上我的身體，我被他壓倒，他迅速按住我的雙手吻住我的唇，不讓我反抗。深深的吮吻幾乎抽乾了我體內所有的空氣，我的眼前是那個被他砸出的大大窟窿和空中巨大的銀盤。

一束銀白月光灑落在我和他的身上，他的雪髮鋪在了我的臉邊，我在他身下拚命掙扎！

「嗯！嗯！」

他繼續用力吻著我，用他的身體開始磨蹭我。他大口大口深吸我口中的芬芳，在狂亂的吻中，他的雙唇火熱起來，迅速燒燙的雙唇也燒燙了我的唇。他放開我的雙手繼續拉扯我的衣領。我抬手打上他的臉。

「啪！」他離開我的唇，興奮喜悅地看我片刻，又再次舔上我的臉。

「你這個瘋子！我要殺了你！」我掐住了他纖長的脖子，他絲絲雪髮蓋在了我手背之上。我驚訝發覺他的身體變得異常火熱，那不同於常人的溫度宛如從地獄之火沐浴而出。忽然從驟冷到驟熱的變化，讓我吃驚。

他完全無視我掐他，繼續舔我的臉，吮吻我的頸項，耳邊是他越來越急促和火熱的喘息。他的雙手依然緊緊抓住我的衣領，無視我的反抗直接扯開領子，火熱的手掌瞬間按住我赤裸的肩膀，順勢滑入我的衣袖。異常灼熱的手撫過我的手臂，在我掐緊他脖子時，他開始用力握住。手臂的麻經被他捏住，立時雙手失去力量，針扎般地刺痛，隨即無力地放開了他的脖子，他再次按住了我的雙手。

「嗯！混蛋！放開我！」我開始掙扎蹬踹，內力在體內因為重傷未癒而亂竄。

「噓……」他移到我的上方，雙眸水光盈盈地看我，咧開的笑容依然帶著他孩童般的純真。「妳再喊，我只能再吻妳了！」

「你這個……」

他登時俯下臉，堵住了我的嘴。我憤怒瞪視他，他邪笑盈盈地看我，伸出舌頭舔了舔我的唇。我立刻朝他咬去，他收回舌親了親我的眼睛，像動物一樣重重按住我的手臂，咧開嘴笑看我的眼睛。

「打雷之時，我體內的內力會徹底消失，那是殺我的最好時機，妳可要記住了。」

我徹底呆滯看他，他為什麼要把自己最大的弱點告訴我？他雪色的白髮在柔柔的月光之中染成了月牙色，朦朧的光輝籠罩住他的臉，讓他變得模糊不清起來。

他深深注視我片刻，緩緩撫落身，吻上了我的頸項，輕輕柔柔的吻，帶著柔柔的深情和深深的渴望。絲滑的雪髮滑入我被撕開的衣領，掃過我的皮膚，絲絲輕癢開始削弱我的意志。

柔軟的舌輕輕舔過我的身體，靜謐的世界裡是同樣靜謐的他，他舔上了我的鎖骨，流連婉轉。我的心跳開始加快的同時，我被彷徨與憤怒糾纏起來，混亂的思緒讓我更加心煩氣憤。

「孤煌泗海！你放開我！別像狗一樣舔我！」

我的氣息在他那該死的舔弄中開始紊亂，胸膛起伏不已，大腦漸漸被那原始的本能吞沒，理智開始在他輕柔的愛撫之中緩緩消退，他那輕柔的舔弄正在喚醒我身體深處的禁咒！

他停了下來，抬起臉火熱地注視我，異常閃亮的眸光像是潛伏在夜色的妖狐，又再次鎖定了獵物！

「我要殺了你！如果你敢碰我，我一定會殺了你！」我喘息不已，憤恨地瞪他。

「巫心玉，我喜歡妳。」他咧開嘴角笑了，愛語從他口中那樣順其自然地流出。月光灑落在他冰藍的身上和雪髮上，映出了他異常純淨的笑容，宛如他的眼中只有我巫心玉一人。

「我知道妳喜歡我舔妳。」他如同琴聲的聲音在清澈的月光中響起，我在他甜美嫵媚的笑容中開始迷失自己的原則……

我緩緩回神，連連搖頭。

「不！不！我不喜歡！」我開始蹬踹，可是他在我腿間，我的蹬踹變得毫無作用，反而擦過了他絲綢的長褲，染上了他身體的熱意。

他依舊純真地笑了笑，再次埋下臉，忽然一口重重咬上了我的肩膀，我咬唇悶哼出聲：「嗯！」

他側臉百般嫵媚地睨我一眼，又隨即舔過他咬之處，痛與癢的交疊讓我雙拳擰緊。

「現在妳殺不了我，也逃不了。」他壓上我的身體戲謔地說：「妳是我的獵物，我說過，我要挖了妳的心。」

他撫上我的雙臂，用火熱的手包裹住我的雙拳，拉高在我的頭頂，又用一隻手扣住，另一隻手順著我的手臂再次緩緩撫下，直到撫落我的酥胸。一把扯開衣領之時，他埋下臉隔著我的抹裙一口咬上。

「啊！」我痛呼一聲，不由自主地掙扎了一下，卻倏然碰到了下身的硬物。他放鬆了櫻唇，一把拉落我的抹裙，吻了上來，與此同時，他微微挺身，隔著綢褲也能感受到那蓄勢待發的火熱。

他一口一口吮吸我，火熱的烙鐵在我的腿邊輕蹭，很快讓那裡燃燒起來。

「混蛋！」我咬牙克制心底那不受控制湧現的火熱慾望。

他在我的罵聲中深深吮吸，立時全身電流竄過，我咬唇忍住那可恥的聲音，繃緊全身繼續反抗那被他喚醒的禁念。

他伸出舌頭捲過花蕊舔了舔，緩緩起身，長髮從我胸前如同羽毛般輕輕擦過，讓我敏感的身體越發火熱一分。

他揚起了唇角，火熱的視線掃過我的身體，伸手緩慢的逐漸扯開我的腰帶，用指尖夾起，媚眼如絲，邪魅地朝我撇來，俯臉深深吸過我的腰帶，邪邪地瞥落我的臉，眸中的火焰足以燒化他身上的任何一個人，無論男女。

忽然，他一甩臂，銀藍的衣袖掠過月光之上，他甩掉了我的腰帶，腰帶緩緩在月光中飄落，他徹底打開了我的衣衫，月光灑落在我的身上，憤恨與羞恥化作憤怒的淚水從眼角滑落。我巫心玉發誓，一定要殺了這隻妖狐——孤煌泗海！

他俯下臉舔去了我眼角的淚水，邪佞的笑容依然帶著那分不可能存在的純真。

「好甜……巫心玉，讓玉狐出來，我喜歡玉狐身上的味道。」

「你去死吧！死白毛！」我嚥下眼淚，絕不會在他面前屈服。

他的臉陰沉下來，又是那副任性的模樣，他瞇了瞇眼睛，伸手到自己內衣的衣結邊，月牙色的纖長手指緩緩拉開了那銀藍色的衣結，越是緩慢的動作，越是難以言喻的撩人。

像是精美的禮物緩緩打開，衣結在他月牙色指尖鬆開之時，那絲滑的銀藍絲綢也從他身上緩緩滑落，露出了那在月光之中透著月牙光芒的身體，和乾淨得如同被擦拭過的粉色桃花。

我別過臉，深深呼吸，壓下紊亂的氣息。他緩緩俯下身，赤裸火熱的身體緩緩貼上我的，然後輕輕擦過我柔軟的聳立，火熱的身體一點一點地來回，我開始不受控制地呼吸急促起來。

「呼、呼、呼、呼。」他的呼吸越來越粗重，似是享受到了特殊的快感，身體越發火熱，燒燙了我的全身。他的手撫落我的雙腿，倏然進入。我大腦瞬間一片嗡鳴，全身徹底無力，雙拳在他的侵入中緩緩鬆開。

他緩緩離開，帶出一縷空虛。他撐起身體，雪髮隨他而起，掃過我已經赤裸的身前，那絲滑的雪髮如同上好的絲綢蓋落在我的身上。他含入了自己的手指，雙目享受地閉起，手指抽出他嫣紅的雙唇時，他伸出舌頭輕輕舔過。

「好甜……」

我茫然地看著上空的明月，我一定要殺了他，要把他碎屍萬段，挫骨揚灰！

他再次伏下身體，壓在我身上，雙手插入我的腋下，鎖住了我的身體和肩膀，在一下用力的挺身後，他的身體也緊了緊，含住了我的耳垂，灼熱的氣息吹入我的頸項，他開始一下又一下地律動。

「呵呵呵。」他在我的耳邊喘息，一波波熟悉而又遙遠的快感隨他而起。「事已至此，不如享受……女皇陛下……」

他在耳邊蠱惑地沙啞說道。

是啊，已經這樣了，不如就這樣……

我雙手緩緩抱上了他的後背，摸到了一片浮腫，心中一滯，我用力按落。立時，他在我耳邊悶哼一聲：「嗯！」

「你骨頭裂了。」我呆呆地笑了。

「妳也是。」

他舔上我的耳根，伸手摸上我昨天的傷處。但他沒有像我這樣狠心按壓，而是輕輕撫過。

「我會殺了月傾城的！」他在我耳邊宛如發誓地說。

我抓緊了他後背的雪髮，咬牙切齒地說：「你為什麼不自殺！那樣我更高興！」

「我捨不得妳。」他忽然起身俏皮地親了親我的臉。我冷冷看他，他依然純真笑著：「我要活著，和妳永遠在一起。所以，妳別想殺了我。」

說完，他又是用力挺身，脖頸高揚之時，雪髮也在月光之中隨之顫動，美如精靈。

「我要妳，我要和妳在一起。」

他在月光中開始用力挺進，原本蒼白的身子漸漸浮上一片炫麗的粉紅，那迷人的粉紅色在他顫動的雪髮中，更讓人無法移開目光。

我情不自禁地撫上他的身體，他在我的撫觸中輕輕一顫，停下了動作，注視我的眼神火熱。我的指尖輕輕撫過他細膩粉紅的肌膚，最後落在他那誘人的粉色茱萸上。倏然，他火熱的手按住了我的手，我抬眸看他，他灼灼注視我片刻，隨即吻落我的雙唇，近乎瘋狂地啃咬我的粉唇，深深地進入，重重地撞入我的最深處。我抓緊了他的雪髮，理智徹底迷失在他的妖豔之中。

我不知道今晚之後，我還是不是原來的巫心玉，但是他，肯定不是原來的孤煌泗海了……

很多時候，即使抗拒，事情還是發生了。我很想放空自己，讓自己陷入像靈魂出竅的狀態，但是我做不到，因為我無法做到。這妖孽的喘息，熱燙的溫度，和殘留在他身上那特地為我而用的玫瑰花香，無不把我拽回他的世界，強迫我接受他的存在，他的唇，與他的愛。

他親暱黏膩地和我交纏在一起，如同小狗撒嬌一般繼續輕蹭，他身上的溫度漸漸消退。

「我喜歡染上妳的溫度。」他說，輕輕撫開我臉上汗濕的髮絲。

我側開臉，不想再去想之前發生的一切，和殘留在體內那讓人沉迷上癮的感覺。他真是一隻會讓人為他淪陷和沉迷的妖精。

我沒有時間像個小女人一樣哭哭啼啼或是尋死覓活，我甚至連羞恥仇恨的時間都沒有。因為，我是女皇陛下，我是巫心玉，我要冷靜下來，去想更重要的事情，比如——殺他！我暫時還不能被自己的恨控制，那將會成為第二個月傾城，壞了整盤大局！

我要讓孤煌泗海付出比之前更多、更多倍的代價！後悔今晚放肆的索求！不能讓他死得痛痛快快！

「我更喜歡染上妳的味道……」他深深嗅過我的頸側，磨蹭我的身體只為沾上我的味道。

月光已從我們的上方離開，從一旁的窗戶而入，灑在他的腰下，他銀藍的內衣蓋落在我們身上，露出他緊緊纏繞我的腿。那如玉般富有光澤的腿讓女人也心生嫉妒和羨慕。

我抬手冷冷將他推開，坐起，拉好衣領起身。

「妳去哪兒？」他也立刻起身套上內衣，如磁鐵一樣又吸在了我後背上輕蹭，雙手圈過我的腰間，雪髮隨之而落，在夜風中輕揚，如飄動的白色薄紗。

「回宮。」我淡淡說，開始穿好衣物。

身後的身體開始發寒，陰寒的氣息從我腳底而起，緩緩攀上我的身體。

「回去見哪個男人？」陰沉的語氣中已是滿滿殺氣：「告訴我，妳第一個男人是誰……我要去殺了他……」

如同呵氣的話語吹入我的頸項，他埋入我的髮間，腰間的一條手臂開始越加圈緊我的腰，另一隻手撫過我的身體往上緩緩擒住我的聳立。

「你放心，他已經死了！」我立刻扣住他捏住我胸部的手。

「哼……果然是我的玉狐，夠狠。」他邪邪的話音透著性感的沙啞，呼吸又隱隱發熱，狐族就是情慾旺盛！

「那……那些男人呢……」他的話音邪惡起來，充滿了殺氣。「妳碰過他們嗎？」

「沒有！你是第二個，你滿意了嗎？」我不想承認，但若是不說，他一定會馬上殺了瑾崋他們。

「我真的是第二個？」殺氣倏然消失，他的語氣也變得開心起來，像是這件事讓他很得意。

所以，你也是第二個死的男人！

我心裡狠狠地詛咒。

「那為什麼那麼急著回去？」他又開始輕蹭我的後頸。

「難道在這裡等你哥哥來捉姦嗎？」我冷冷說。

他的手微微一怔，緩緩從我身上退開，輕輕後退一步。我心中一動，轉身就是一掌，立刻，他銀藍的身影在月光中往後輕輕躍起，退入屋內的黑暗之中，已經披在身上的淡藍色內衣和他的雪髮在他無聲落地時一起微微撐開，緩緩垂落。

他雙手插入絲綢的袍袖之中，還來不及穿好的衣襟敞開著，露出裡面一絲不掛的身體，我心跳亂了一下，匆匆看上他的臉，收回掌風背在了身後，狠狠瞪他。

「碰過我的男人，都得死！」

他在陰暗之中揚起嘴角陰邪而笑。

「我說過，我不會讓妳殺死的，我要和妳永遠在一起！我還會把妳身邊的男人，一個一個殺死！」

「你敢！」我拔下髮簪抵上了自己的脖頸，他的神情如同我被瓦片砸暈一般凝滯，眸光第一次顫動起來，雙手從袍袖中抽出，呆呆看我。

我狠狠看他。

「他們死！我巫心玉就死！」賭一把，看他是不是真的喜歡我。

他的神情開始陰沉憤怒起來，而我的心情，也在他憤怒的目光中變得複雜。他是真的喜歡我，不只想得到我的身體。如果是後者，他現在已經可以拍拍屁股走了，而不會像小寵物般緊緊貼在我的身邊，要弄死我身邊所有的男人。

為什麼？為什麼真正愛我的男人，卻是他，孤煌泗海。說即使遭受天劫、萬劫不復也要和我在一起的人，也是他孤煌泗海！

即使師傅，也離開了我……

孤煌泗海，你為什麼可以愛得那麼任意妄為，那麼義無反顧？

不知為何，我的眼眶漸漸發紅濕潤，我不知道自己是怎麼了，只知道這複雜的心情讓我不由自主地鼻子發酸。

他慌忙走出暗處，站在我的面前，如同做錯事卻不知錯在哪裡的孩子般，著急地憤怒看我。

「我答應妳不殺他們就是了！」他大聲說，雙眸之中是濃濃的殺氣。

他是想殺他們的，我能感覺到。我緩緩放下髮簪，側開臉。

「你放心，我不喜歡他們，他們只是我的棋子。我准你送走他們，但答應我一定不能殺他們！」

我轉身時，他又撲上了我的後背，緊緊貼在我的身上，赤裸的腿貼近我的腿側，蒼白的腳踩入我腳邊的月光，再次染上朦朧的月牙色。

「我就知道妳不喜歡他們。」他開心地說著，緊緊黏在我的身上。「再陪我一會好嗎？我不想妳離開。」

我想說不好，出口之時，卻變成了：「好……」

我的心開始混亂，大腦混沌不已，我不知道自己為什麼會口是心非，彷彿只要他帶著小動物般的純淨，我就無法拒絕他的任何要求。

巫心玉，妳到底怎麼了……

我們坐在被他砸穿的琉璃瓦上，他靜靜伏在我的腿上，乖巧溫順地如同完全無害的小白狐。長及腳踝的雪髮鋪蓋在他銀藍的睡衣上，當他伏在我腿上時，我才看到他後背的點點血漬。他真是個瘋子，即使死，也想和我交融糾纏在一起。

輕輕撫過他的雪髮和浮腫的後背，他的嘴角卻掛著那抹純真乾淨的微笑，似是毫不在意後背的傷，他只在意我是不是在他身邊。他一動不動地伏在我的腿上，安靜地閉上雙眸，似是很享受現在的一切。

我不由想起還帶著狐狸習性的流芳師兄，他也喜歡這樣伏在我的腿上讓我摸他的頭，尤其他發覺自己是人形時我會彆扭，他便會恢復原形，然後舒舒服服趴在我的腿上，讓我從他的頭一直撫過他的後背，那是他最舒服的時候，如同享受按摩的人類。

我落眸看腿上這隻喜怒無常的妖狐，他是真心愛我，也知道我會隨時殺他，他為何還把自己的致命弱點告訴我？

難道，僅僅是因為他的狂妄？

他的狂妄自大和自負讓他確信自己不會被我殺掉，但是他太小看我了，他會明白，愛上我，是會致命的。

「你會把瑾崋他們送去哪兒？」我輕輕撫過他的雪髮，得到孤煌少司已讓全天下女人妒恨，而現在，她們還不知孤煌少司的弟弟，遠遠比孤煌少司更讓人著迷。

「送去挖煤～～」他轉了轉臉懶懶地說：「這是我最後的底線，我已經答應妳不殺他們了。」

他的語氣似是撒嬌又似是很委屈。他的任性第一次為我而妥協。

「知道了。」我低下臉，心中細細盤算。

他轉身單手撐在我的腿邊，側對我的身體抬臉看我，狐媚的雙眸中流露出點笑，帶勾的眼神無限嫵媚，勾魂攝魄。

「懷幽我給妳留著，他很會伺候人。」

我心裡大大鬆了口氣。懷幽，你還說自己的技能沒用，卻沒想到在最危險關鍵之刻，保住了你自己的命。

「但是，他不能再入妳的房。」他百般風情地睨了我一眼，起身背對我站立，身影開始轉冷。

「那個蘇凝霜最討厭，我不會放他走，我要留著他慢慢玩～～哼……」

他陰邪的話語之中是邪佞的語氣。

「而且……我拿走妳身邊的棋子，我們還怎麼玩？」

他回眸朝我撇來一抹得意狐媚的視線，隨即，他仰起臉大笑。

「哈哈哈——哈哈哈——巫心玉，妳大婚之時，我會送妳一份大大的驚喜！」

說罷，他撐開雙臂，銀藍的衣袖猛地撐開，雪髮在月中飛揚起來。他一躍而下，飛向一牆之隔的攝政王府，長長的雪髮如妖狐的狐尾在月光中飛揚。

我立在高高的房檐之上，夜風吹亂了我的長髮。我冷冷俯視孤煌泗海消失的方向，謝謝你，白毛，我現在知道怎麼下這第一顆棋子了。

我冷冷轉身，躍入了茫茫的黑夜之中。

孤煌泗海，我們彼此彼此，大婚那天，我也會給你和你的哥哥，一個大大的驚喜！

很長一段時間，我不知道該如何面對今晚的事，於是，我決定不去面對，將擾亂思緒的東西趕出大腦，可以讓大腦冷靜下來，想之後的事。因為我身上背負的人命和責任不允許我去為自己的事分心分神。

✣ ✣ ✣

獨自回到寢殿時，出來迎接的是小雲，顯然是孤煌少司有所交代，我身邊的眼線將會越來越多。與此同時，懷幽也隨我洩露身分而暴露。即使孤煌泗海還未與孤煌少司說明，但孤煌少司已不再信任懷幽。

他沒有動懷幽僅僅是不想讓自己的愛寵精神緊張。他知道懷幽的存在可以讓我舒心。懷幽是一個可以讓身邊人感到舒服的男人。

「女皇陛下您回來了？」小雲匆匆上前，跪在了台階上，替我脫鞋。

「懷幽呢？」

「懷御前和瑾崋公子、凝霜公子都在。」

「知道了。」我走入殿內，見她緊緊跟隨，我停了下來，沉語：「我跟攝政王即將大婚，再留男子侍寢有所不妥，妳命人去收拾間偏殿，讓凝霜公子居住。」

小雲微微一愣，立刻點頭：「是。」

她轉身帶著桃香她們匆匆離去。我終於可以獨自回房。

遠遠的，已看見懷幽徘徊的身影，我抬步入內，努力讓自己平靜了一下再轉身關門。關門的聲音引起了屋內人的注意，在我看向殿內時，懷幽、瑾崋和蘇凝霜，已經齊齊站在了我的面前。

懷幽擔憂地看著我，沉穩的目光之中出現深深的憐惜疼惜之情。每每被他這樣的目光注視，我會有一種被人珍視的暖心感。

「妳怎麼去了那麼久？」瑾崋焦急地問，顯然很煩躁。

蘇凝霜半垂眼簾瞥眸看我，一直神情冷蔑的他，今夜也多了一分憂慮。

我陷入沉默，因為我不知道該怎麼跟他們說。現在的我只想一個人好好靜一靜，睡一會兒。

我低下臉從他們之間走過。

「巫心玉，妳從早上去了攝政王府後一直不對勁，妳到底怎麼了？」

瑾崋煩躁地扣住我的肩膀，今夜他顯得特別焦躁。他的手抓在了我肩膀上，結果因為衣物絲滑，反而被他拽開了衣領，隨即傳來瑾崋的驚呼：「這是什麼？」

我微微一怔，莫名看他，他的視線正落在我衣領下的肩膀，他漸漸憤怒起來，抬眸憤憤看我。

「巫心玉！妳跟那妖男到底做了什麼？」

我在瑾崋憤怒得快要噴火的視線中大腦開始嗡鳴，月光中赤裸的月牙色身影不斷閃現於腦海之中，還有那勾魂攝魄的媚眼如絲。

「哼，都咬上了？」蘇凝霜伸手勾開我的衣領看。

倏然，懷幽狠狠推開了他們，把我遮擋在身後，怒語：

「你們夠了！女皇陛下已經很努力了！」

「巫心玉！」

當咬牙切齒的呼喚從瑾崋口中溢出時，他倏然躍身取下掛在牆壁上的寶劍，「岑！」一聲，寒光劃過屋內，劍尖直接朝我而來。

「住手！」懷幽立刻護在我身前大喝。

「懷幽！你讓開！」瑾崋的劍指在了懷幽的身上。

「不讓！」

「我說過，如果她被妖男所迷，我一定會殺了她！我是在救我們！」

「是女皇陛下在救我們所有人！」懷幽憤怒地大喊，固執地擋在我身前，不讓瑾崋的劍靠近。

「懷幽，讓開。」蘇凝霜在一旁輕笑冷語：「我就不信他會殺巫心玉，說不定他現在正在嫉妒那妖男呢。」

「蘇凝霜！我現在沒心思跟你打鬧！巫心玉背叛我們了！」瑾崋憤怒的聲音在我寢殿內迴響。

懷幽並沒聽蘇凝霜的話讓開，依然用他那文弱的身體擋在我的身前。

我看著他不屈不撓與倔強的身影，心裡湧起絲絲感動。在別人質疑我時，他依然站在我身邊，努力保護他的女皇。

「懷幽，讓開。」我淡淡開口，懷幽立時轉身看我，我對他點點頭。他猶豫了片刻，雙眸痛心地看了我頸子一眼，默默退回我的身邊。

「我現在真的很想死，你來吧。」我揚起臉，對瑾崋說。

「女皇陛下！」懷幽急忙拉住我的手臂，我依然盯視憤怒的瑾崋，他握住劍的手開始輕顫，指在我的心口卻久久無法刺入。那雙被憤怒的火焰徹底吞沒的星眸之中，卻閃出了點點淚光。他深吸一口氣，倏然轉身，甩落劍尖，墨髮在他轉身時掠過我的面前，緩緩落在他的肩膀之上。

「哼。」蘇凝霜輕笑一聲，轉眸輕鄙地看我，冷眸之中也是掠過一抹難抑的憤怒。「那混蛋到底對妳做了什麼？」

瑾崋在蘇凝霜的話音中，身體微微一怔。

我心頭一熱，看向蘇凝霜：「你不懷疑我？」

他問的是孤煌少司對我做了什麼，而不像瑾崋直接懷疑我禁不住誘惑，跟孤煌少司做了什麼。只是，他們都猜錯了，不是孤煌少司，而是孤煌泗海。

蘇凝霜憤怒地從我的領口撇開目光，冷冷說：「如果妳禁不住誘惑，又何須等到今天。」

我低下了臉，摸上那被他們看見的地方，隱隱摸出了一個壓印，不願想起的事情卻不得不去想起，是那妖狐咬的。

「哼！憑她的功夫，哪個男人能近她的身？」瑾崋憤憤地說，依然背對我。

「忘了她受重傷了嗎？你這隻豬！」蘇凝霜也忽然生氣起來，瑾崋在他的話中全身一緊。蘇凝霜氣鬱地瞪他。「你喜歡巫心玉就承認！既然喜歡她，就要相信她！」

瑾崋後背開始緊繃：「我說了！我不喜歡她！」

我在蘇凝霜的話中，心虛地低下臉。懷幽既憂慮又疼惜地注視我片刻，再次走到我的身前，挺身而出。

「你們不要懷疑女皇陛下了！女皇陛下的身分暴露了！」

懷幽還是幫我說了出來，在他說出的那刻，房內瞬間靜謐地沒有半絲聲音。沒想到在我最混亂的時候，是這個最文弱的男人為我重新撐起了天空。

「什麼？」瑾崋轉身時發出驚呼。

懷幽痛苦地擰緊雙拳。

「是孤煌泗海那個妖男發現的，但他還沒有告訴他哥哥，不知道他到底在玩什麼把戲。現在，女皇陛下一定是被那個妖男要脅，受制於那妖男，是那妖男喚女皇陛下去給他餵藥的，女皇陛下又身受重傷，一定是他，是他……」

懷幽的身體輕顫起來，哽咽地無法繼續說出下面的話語。

「他碰了妳！是不是？」蘇凝霜一把扣住了我的手臂，憤怒而急切地看我。瑾崋呆滯地站在一旁，星眸之中的視線漸漸空洞混亂。

「沒有！」我甩開蘇凝霜的手。

「那這是什麼？」他一把扯開我的衣領，涼氣染上我的肩膀。

「是！他咬了我！就這樣而已！」我煩躁地轉身，心亂如麻，深深呼吸。「我打不過他，他還沒告訴孤煌少司是為了想玩弄我們所有人！你、懷幽還有瑾崋，所有幫助過我的人，他一個也不會放過……」

身後開始變得沉默，寂靜之中只有男人們憤怒而沉重的呼吸聲。

「女皇陛下，您逃吧！」懷幽忽然拉住我的手臂：「逃得遠遠的，不要管我們了！懷幽求您了，您逃吧！」

「對！妳快逃！不用管我們！」瑾崋忽然也在我背後說。我驚訝轉身看他，他匆匆側開臉：「不要為我們犧牲，不值得。」

我看向蘇凝霜，他也異常認真點點頭。

我情不自禁地抱住了懷幽，懷幽微微一怔。然後我抱住了蘇凝霜，他默默側開臉，目光之中閃過一抹自責與憤怒。接著我轉身要抱瑾崋，他立刻側身。

「別抱我！我受不了！」他情緒激動地拿起劍：「妳走吧，我們掩護妳！」

我笑著搖搖頭：「不，是你們走。」

他們吃驚看我，我憤怒地凝視窗外。

「我們不能功虧一簣，我要讓孤煌泗海付出代價！我要讓他生不如死！」

夜風吹入窗戶，打亂燭火的同時，也帶入冬天的寒意。

門外傳來輕輕的腳步聲，蘇凝霜和瑾崋立刻側身，小雲匆匆入內。

「女皇陛下，偏殿已經收拾妥當。」

我點點頭，也不再裝蠢萌蘿莉，沉沉看蘇凝霜和瑾崋。

「本女皇與攝政王大婚在即，不便再與其他男子同寢，從今夜開始，你們去偏殿安歇，無需侍寢。」

蘇凝霜和瑾崋微微一愣。瑾崋臉上怒意未消，直接甩袖走人，倒是像他作風，宛如巴不得不與女皇同寢。

蘇凝霜看我一眼，蹙眉安靜地撇開臉，隨瑾崋而去。

我看向懷幽：「懷幽，準備沐浴。」

「是。女皇陛下……」懷幽的語氣帶著一分沉重，我知道他心裡在為我擔心和焦急。可是，我不能棄他們而去。

站在浴池邊，燈光照亮了滿池的池水，花瓣在裡面幽幽飄蕩，映出我略帶一分蒼白的臉。長髮披散在身後，黑色的墨髮反而襯出我臉色的蒼白。

我不想看見自己這副像是挫敗的模樣，我揚起手：「熄燈。」

「是……」桃香她們將一盞一盞油燈熄滅，我遣退了所有人，緩緩脫去衣物走入浴池。當溫熱的水包裹我的全身時，我將自己完全埋入了溫水之中。

耳邊只有水輕輕流動的聲音，在水底才能感覺到只有自己的世界。寧靜、安寧，宛如站立在這個世界與靈界的交界。

「嘩啦！」直到自己快要在水中窒息，我才浮出水面開始拚命擦自己的身體，我要擦掉那讓我噁心的口水，擦掉他在我身上殘留的感覺。

「我知道妳喜歡我舔妳……」

那沙啞的如同蠱惑的聲音不斷在耳邊迴蕩，我痛苦地捂住雙耳，失控大喊：「不要再說了！不要再說了！我不喜歡不喜歡不喜歡——」

忽然有人碰上我的肩膀，我幾乎本能地拽住那隻手狠狠摔入水中：「不要碰我！」

「啪！」巨大的水花濺起，灑落在我的臉上，也徹底澆醒了我的心神。

「誰？」我立刻看著水中，應該又是孤煌少司派在我身邊的眼線，很有可能是小雲。在我心神恍惚時，乘機進入。

「嘩啦！」有人從水中冒了出來，連連咳嗽：「咳咳咳咳……」

朦朧的月光中，映照出了懷幽的模樣。

「懷幽？」我心中一驚。

「懷幽並非有意冒犯，實在是太擔心女皇陛下了……」他匆匆在水中轉身背對我。

波光粼粼的水面照出了他紅透的耳根，漸漸平靜的水面上映出了他憂心忡忡、不敢看我的臉。

看著他那張為我擔憂的臉，深深的感動讓我情不自禁從他身後抱住了他，他立時在我的懷抱中全身僵硬。

「謝謝你……懷幽，我現在好多了……」

我忽然發現，自己終究還是一個女人，在自己無法承受之時，希望有一個懷抱或是一個肩膀讓我依靠，停歇片刻。

「以後沒人的時候不要再叫我女皇陛下，我已經跟你說過多少次了。」每次跟懷幽說，他每次都應聲點頭，可是每次他還是叫我女皇陛下。

「是，女……懷、懷幽不知該如何稱呼。」他侷促不安起來。

「隨你喜歡。」我笑了。

「那……懷幽……可否叫女皇陛下……心……心……」他猶豫不決又倉皇失措起來：「不行，君臣有別，更何況懷幽只是個奴才，怎能……」

「心玉很好，我很喜歡，以後就這麼叫吧。」我打斷了他，替他做了決定。他的身體在水中一怔，從他的後背感受到他的心跳已經亂成一片，連帶他的呼吸也漸漸紊亂。

我緩緩退後，放開了他。

「現在，你不許轉身，我要穿衣服了。」

「是，是。」他緊張起來，在水中一動也不動。

我走出浴池，套上了浴袍，平靜的水面映出了我緩緩穿衣的瑩白身體。現在，我真的好多了。

我蹲到水池邊看懷幽，認真提醒：「明日開始，你萬不可再護我。」

懷幽吃驚地在水中轉身，秀美的臉蛋不知何時染上了豔麗的紅暈。

「你若護我，孤煌少司必然生氣，新帳舊帳一起算，我為了救你又會再次受制。所以，懷幽，你若想一直留在我身邊，答應我，做回最初那個懷幽。」

懷幽在我的話語中面色也凝重起來，他答應地點點頭，默然地低下臉。

我放了心，接下去是對瑾崋做最後的交代。他是我最不放心的一個，因為入世未深，沒有絲毫的城府，只有滿腔的憤慨與不甘。性格又衝動暴躁，幸好他還有些許克制，也算聽我的話，沒有像月傾城那樣脫離我的控制。

瑾崋的偏殿離我的寢殿並不遠，我回到寢殿後，已經感覺到了四周皆是不速之客，孤煌少司對我的監視已由明轉暗。

我關上窗戶，熄了燈。好在孤煌少司知道我功夫不弱，所以讓他那些暗衛遠離我的寢殿，僅僅留意我是不是晚上有出去。幸好如此，他們也就察覺不到我是不是在寢殿內，而他們也絕對想不到，我的寢殿裡有密道。

我自由的時間將會越來越少，所以必須抓緊每分每刻，做最後的部署。

我匆匆來到瑾崋的偏殿，潛入之時，直接走向瑾崋的床榻。他立刻從床上坐起，墨髮垂在他雪白的內衣上，微微遮起他還在煩躁的表情。

「妳來幹什麼？」他看我一眼便轉開臉，顯得格外心煩。

「把你內衣脫下來。」我直接說，瑾崋登時轉回臉看著我發愣，滿臉的彆扭。

「快！我時間不多了！」我蹙了蹙眉。

他鬱悶了一下，脫下內衣甩到我面前，赤裸地抱膝坐在床上。

我從梳妝檯裡取出剪刀和針線，開始拆開衣襟處的針線。

「再拿筆墨來。」

瑾崋略帶疑惑地下床，將筆墨拿到我面前，我隨手拿出絲絹，開始寫下密函。

「孤煌泗海會把你送去挖煤，這樣正好讓你為我送信，到了那裡你把這封密函交給巫溪雪……」

「妳跟那妖男真的沒發生什麼？」他忽然打斷了我。

我手中的筆一滯，匆匆放落筆，捲好密函放入瑾崋的衣襟之中，繼續說著：

「密函裡我已經寫上了行動的時間，你切不可焦躁壞了大局！」

「我問妳跟妖男到底做了沒做？」瑾崋忽然雙手撐到我的腿邊，朝我大喝。

我的眼前正對著赤裸裸的胸膛，我仰臉看他：「沒有！」

瑾崋星眸顫動起來，他咬了咬下唇撇開臉。

「妳跑吧，別管我們了。」

「你在胡說什麼？」我生氣起來，他因為我的怒語而變得煩躁。我深吸一口氣，恢復平靜。「瑾崋，這就是妖男的目的，讓我們全部人失去冷靜，自亂陣腳，我們不能中他的計！而且，當初你是為了什麼留在我的身邊？」

他蹙了蹙眉，越發轉開了臉。

我伸手撫上他俊挺煩躁的臉，他眸光顫動了一下，低下臉，似是將他的臉放入我的掌中。

「你是為了誅殺妖男而留在我的身邊，如果我們現在放棄，就前功盡棄了，那我當初救你還有什麼意思？」

「我不想報仇了還不行嗎？」他赫然轉回臉情急地看著我：「我不報了！不報了！不報了！只求妳快逃！別再管我們了！」

他越發矛盾混亂地低下臉，幾乎哽咽地深呼吸。我驚訝看他，最想報仇的他，為何卻說出如此話語。他痛苦地在我面前緩緩搖頭。

「我不能……不能讓妳為我們這樣犧牲……不值得……真的不值得……」

「瑾崋，你到底怎麼了？我是女皇，復興巫月是我的責任！」我心中因為他今日的反常而疑惑。

「跟妖男成婚上床也是妳的責任嗎？」他越發垂下臉，消沉而痛苦地問著。

我的心跳微微凝滯，失神地看著手中的密函：「這又有什麼關係……」

他的身體微微一怔，緩緩抬起臉，蒼白的月光之中映出了他表情瞬間的凝滯。

我拿起針線輕輕嘆息。

「這也是我為何最後讓別人來做這個女皇的原因。歷代女皇為了平衡各個家族的勢力，不得不讓各個家族的男人入宮，有自己喜歡的，也有自己不喜歡的，我不想過那樣的生活。我只想跟自己的男人快快樂樂地生活在自己的小天地裡，而不是忙著跟這個男人生孩子，跟那個男人滾床，那種生活，真的太累了……」

「所以……妳也會讓妖男侍寢……是嗎……」他轉回臉無奈而哀傷地看著我，我深深凝視他，無奈地點頭。若是局勢所迫，我會的。

他撐在我身邊的雙拳緊了緊，忽然他揚臉朝我而來，在我還未反應之時，他的唇已經落在我的唇上。我完全被瑾崋這突然的舉動所嚇呆了，他的雙唇在我的唇上緊張地輕顫，深深吸入一口氣，雙眸緊閉，睫毛在月光中不停地顫動。

「那今晚……讓我來侍寢吧……」

「瑾崋你在說什麼？」

我驚詫地後退，混亂之間，我按到了針線，立刻扎痛了我的手心。

「啊！」

我抬起手心，月光之中已經冒出了一顆血珠。倏地，瑾崋執起我的手俯臉深深吸吮我的手心，他握住我的手越來越緊、越來越緊……

突然，他一把將我拽入懷中，我重重撞在他在夜風中冰涼的胸膛上，他緊緊抱住了我。

「巫心玉……我喜歡上妳了……」哽啞的聲音是那樣的糾結與掙扎，痛苦與壓抑。「我一想到那妖男會侍寢，我就、就很生氣，覺得自己很沒用，什麼都做不了……」

我在他懷中發怔，他……喜歡上我了……

我懵懵然回神。

「對不起……我……今晚心緒很亂……」他緩緩放開我，我不敢面對他，低下臉繼續說：「我、我……」

「沒關係，我也很亂。」

他也低下臉坐在我的身邊，長髮垂在臉邊，遮住了他的神情，長髮下露出的脖頸已經紅透。

「蘇凝霜罵得對，我一直不敢承認……可是，今天妳說妳暴露身分了，還要送我走，接下去妳會跟妖男成婚，他還會侍寢，我、我一下子徹底混亂了……對不起……能不能當我什麼都沒說過……我也知道我配不上妳……」

他煩躁地再次側開臉。

我怔了怔，拿起針線點點頭。

「好……我……我盡量不讓妖男侍寢……」我重新拿起針線，把密函縫入他衣襟之內。

房內變得有些窒悶和悶熱，我們都陷入了沉默，努力把剛才的失控忘記。

「砰」他狠狠砸了一下床，顯得煩躁而懊悔。他霍地站起身，雙手環胸開始在我面前徘徊，不安而焦躁。墨髮披散在他的後背上，隨他煩躁徘徊的身影一起震顫。

「咳咳。」我因為疲憊而咳嗽，重傷未癒，又和那妖男……孤煌泗海布滿邪氣的臉和狐媚的視線再次讓我心神紊亂，莫名地，我開始心虛。

「別做了！」瑾崋忽然抽走我手中的針線，扣住我的肩膀認真看我。「回去休息吧，別再做了！妳傷還沒好，明天我還在！」

我擔心地搖頭。

「孤煌泗海喜怒無常，或許明天他就會送你離開。我很快就做完了。咳咳……」

「那我自己來！」瑾崋拿起針線，自己縫了起來。我看著他在月光中認真的側臉，和他在一起的回憶歷歷在目。他沒有懷幽的沉穩，也沒有蘇凝霜的聰慧，他脾氣暴躁也很魯莽，還很彆扭，所以，他只能扮演木頭人，因為他的演技甚至也很差。

一直以來，他以誅殺妖男為目標，以復仇為目的，萬般委屈地留在我的身邊，努力陪我演戲。我尚未將他打磨完畢，他卻要離開我的身旁，我真的……為他擔心……

這個半成品的瑾崋，能成功嗎？

「嘶！」他扎傷了自己的手，手指冒出了血珠，他煩躁地吭了吭，繼續縫衣。瑾崋，他也在為我而努力改變著，我應該相信他。

眼皮漸漸發沉，我倒落在他的肩膀上，他微微一怔，側開臉嘟囔著：

「睏就回去，別讓別人發現妳不在自己寢殿裡……」

「嗯……」我疲倦地應聲，無力起身。身邊變得安靜，隱隱感覺他手臂輕動，繼續縫衣。

輕輕的，感覺有人抱起了我。

「快把她送回房間。」半夢半醒間，似是聽到了瑾崋的聲音：「小心點，現在她寢殿外全是老鼠。」

「哼，那你自己抱回去。」這是蘇凝霜在說話。

「我輕功沒你好……」

「嗯？瑾崋也會承認了？」

「是！我承認我的輕功沒你好，也沒你傻、沒你聰明！所以……你更適合留在她身邊好好保護她……」

空氣之中響起一個人深深的呼吸聲，接著，我感覺到自己靠著的胸膛輕輕震顫著。

「這樣不是很好？說出來你會輕鬆很多。」

「嗯……」

「告訴她你喜歡她了沒？」

「嗯……我怕之後沒機會了……」

這之後又是一陣沉默。

「答應我，凝霜，別讓妖男靠近她！」

「放心，用上我的命！」

「謝謝！凝霜，後會有期！」

「後會有期，一定要活著回來見我！」

「你也是！要留著命等我回來！」

再次昏昏沉沉地睡去，朦朦朧朧之中，看到了蘇凝霜沐浴在晨光裡靜靜坐在我床邊的身影，琉璃的晨光描出他朦朧的輪廓，他單腿曲起，側臉凝視飄搖的紗帳，明明看似面無表情，卻深深感受到他心事重重。

我暴露身分，徹底改變了我身邊每一個人。

原本老實守本分的懷幽卻屢屢為了我而失去冷靜鎮定，憂我之憂，慮我之慮，忠誠耿耿，生死相隨。在瑾崋要殺我時，他挺身而出，為我無懼捨命。

懷幽，你對我是赤心之忠！

滿懷仇恨的瑾崋，為殺妖男而被迫留在我身邊，曾發誓若我被妖男迷惑，必然殺我，然而，在那晚，他卻遲遲沒有下手。那時，我以為他眸中的憤怒是針對我，現在，我才明白他是在憤妖男碰了我，在氣自己無法保護我！而今，他將離開我身邊，獨自完成重任，這將是他的華麗蛻變，相信再見瑾崋之時，他必不再是那個動不動就心煩和蘇凝霜打嘴仗的毛頭小子。

瑾崋，你對我是肝膽之義！

而蘇凝霜，孤傲清冷，蔑視一切，只因我一句話，離開他高高之位，毅然留在我的身邊，與我共同對抗殘忍的孤煌兄弟，將性命置之度外。

蘇凝霜，你對我是一言之信！

孤煌泗海，你能把他們從我身邊奪走，但你卻切不斷他們對我的忠、義、信！我巫心玉還沒有輸，還不知鹿死誰手，看誰，笑到最後！

巫月女皇巫心玉登基不久，訂於十一月十八與攝政王孤煌少司大婚，大赦天下，全民歡慶，放假七天……

（待續）

瑾崋從孩提時代就認識蘇凝霜了，那時的蘇凝霜體質孱弱，蘇家決定讓蘇凝霜到瑾崋家學點武強身健體。

蘇凝霜便在瑾崋家住了一段時間。

瑾崋的母親很喜歡蘇凝霜，因為蘇凝霜這孩子極其聰明，尤其在讀書上，她總對瑾崋說：「學學人家凝霜，讀書一點就通。」

蘇凝霜異常聰明，無論學文還是習武無不一點就通，舉一反三，很快便在京城有了名氣，繼梁子律之後，成為新一代的神童。

但是瑾崋知道蘇凝霜是個壞小子。蘇凝霜喜歡捉弄人，常常帶著瑾崋四處惹禍，最後卻總是瑾崋受到處罰，瑾崋小時候可是替蘇凝霜揹了不少黑鍋。

蘇凝霜長到十三歲，不僅文韜武略精通，更是長得非常豔美，一個少年長得豔麗在巫月國可是非常惹人注意的，尤其還是巫月國大司樂蘇大人的兒子，更是引起了達官貴族的留意。

巫月國雖然不是女尊男卑，但因為女皇當政，如果家中男子長得俊美，自然會給自己的仕途帶來大大的好處。

小小的蘇凝霜已經備受矚目，蘇大人心裡也是謹慎挑選。朝局難測，保不準誰家就出個男后，若是與男后家族聯姻，才會得到最大的庇護。

儘管蘇大人什麼都不說，小小的蘇凝霜卻心如明鏡。

心玉湖上，兩個少年坐在船頭一起垂釣，十三歲的蘇凝霜已是長髮飄逸，俊眉飛揚，樸素的衣衫也難掩他豔美的容貌。

同樣是少年的瑾崋坐在他身旁，身高還差他幾公分，一身緊致的拳衣也是襯得他少年英武，讓人心動。

「我爹打算把我賣了，哼。」蘇凝霜看著波光粼粼的湖水輕笑，嘴角上揚，滿滿的自嘲，湖面映出他絕美的容貌，細細的髮絲掠過他的嘴角，更添一分媚態。

「什麼叫賣？你爹娘那麼疼愛你，少胡說。」瑾崋奇怪地看看他。

「呿。」蘇凝霜搖搖頭，斜睨瑾崋：「你、你這個白癡，懂什麼。」

「你才白癡呢！」瑾崋生氣看他：「蘇凝霜你到底有什麼毛病，最近越來越彆扭了。」

「哎～～」蘇凝霜仰起臉長嘆：「真羨慕你這種頭腦簡單的人。」

「再說我揍你了！」瑾崋一腳踹過去，也只有他無視蘇凝霜那副讓男女都能動心的容貌。

蘇凝霜伸手擋住他的腳，瞥他一眼。

「聯姻懂不懂？我爹想用我來聯姻，所以把我放到皇家學院，讓我釣大魚！」

瑾崋愣愣地看蘇凝霜。

「嘖，我說你怎麼這麼笨啊！你這樣以後怎麼帶兵打仗？」蘇凝霜蹙眉而語。

瑾崋這才恍然大悟，也不怪他反應慢，瑾崋的母親剛正不阿，哪有那麼多權力心思。

「哦～原來是這樣！」瑾崋開始打量蘇凝霜：「嗯！那你是可以賣個好價錢。」

「去你的！」蘇凝霜起身就是一腳，瑾崋笑嘻嘻地跳開，兩個少年開始在漁船上翻飛跳躍，震得漁船左右搖晃。

在蘇凝霜被送入皇家學院時，瑾崋也被送了進去，因為瑾崋的母親覺得瑾崋該去學院讀讀書，兩個好基友又在一起，加上同樣俊美，在皇家學院引得無數人側目。

瑾崋的俊美並不亞於蘇凝霜，只是與蘇凝霜不同，蘇凝霜的豔美可以瞬間吸引人的目光，而瑾崋的英武更顯男兒氣概。他們各自有了無數傾慕者，有女人也有……男人。

瑾崋紅著臉把一封情書揉碎，還無法解氣，用劍又碎了個粉碎，他躍上學院的房樑，房樑上正躺著已經十六歲的蘇凝霜。

「以後男生再給我寫這種東西……」瑾崋咬牙切齒，面紅耳赤，恨恨地說：「我就殺了他！」

「噗哧！」蘇凝霜在房樑上笑，下方的男生們眨眨眼，紛紛看向周圍。

瑾崋漲紅了臉，氣憤地坐下，十六歲的他已初現成年男子的雛形，又因常年習武，貼身的院服穿在他身上，格外顯得修長挺拔。

蘇凝霜在一旁嗤笑一聲，坐起，抬手勾住瑾崋的脖子冷目俯看下面的人。

「你們聽著！瑾崋是我蘇凝霜的人，誰敢肖想他，就算只是想想，我蘇凝霜也讓他生不如死！」

立時，下面一片譁然。

「哇～～早知道他們兩個有一腿！」

「就是！」

「哎……沒機會了，散了散了。」

瑾崋表情扭曲地看蘇凝霜，蘇凝霜無辜地說：「幹嘛，我這是在救你知不知道！」

「滾！」瑾崋把他推開：「你居然整到我頭上了，如果被我娘知道了怎麼辦？」

「知道？知道了……就娶你唄。」蘇凝霜壞笑地挑起瑾崋的下巴，瑾崋登時怒目圓瞪一拳揮了過去，蘇凝霜立刻閃開，無趣地看他。「都多少年了，你怎麼一點都沒變？」

「是你變太快，我跟不上！」瑾崋心煩地瞪他。

蘇凝霜忽然間沉默了，側開臉單手支頤：「你真煩！」

瑾崋看看他，隨後也轉開臉。

「小時候你明明不是這樣的，你看看你，越來越彆扭！跟刺蝟一樣，誰說你，你就刺回去，尤其是女生，你對她們的態度，真教人無言。我說，我現在真的覺得你是不是喜歡男人了，蘇凝霜，你該不會真喜歡男人吧？」

「我爹已經把範圍縮小到梁家、慕容家了。」蘇凝霜白了瑾崋一眼。

「梁家？梁宰相和慕容將軍？好啊！」瑾崋壞笑地拍蘇凝霜的後背：「那你是喜歡梁子律還是慕容香的大哥？」

「我去你的！」蘇凝霜直接站起來踢瑾崋，瑾崋也笑呵呵跳起，蘇凝霜追著瑾崋不滿道：「要是跟男的，我也是跟你好不好！我跟你睡過不知多少回了，本少爺的清白早毀在你手上了！」

「凝霜哥哥！」忽然間，清脆的聲音傳來，蘇凝霜停下追打瑾崋，和瑾崋一起站在房樑上看下面對著他燦笑的女生——慕容香。

他嫌煩地看她一眼，不搭理地再次懶懶躺下，慕容香大喊道：「你等著我來娶你——」

蘇凝霜胸悶地側開臉，瑾崋看看他，心裡忽然有點同情他了。他一時無法理解蘇凝霜的感覺，因為，他們長大了總是要和女人成親的。

「喂，你幹嘛？」瑾崋踢踢他：「慕容香挺好的，慕容將軍也挺厲害，雖然跟我娘政見不同。」

「我有時真羨慕你腦子簡單。」蘇凝霜猛地坐起對瑾崋說。

「蘇凝霜！是你太彆扭！」瑾崋生氣地說：「我們總要跟女人成親的，不知道你在彆扭什麼？你爹給你找個好人家還不好？」

「我爹是在利用我攀附權貴你懂不懂！」蘇凝霜也憤然怒視瑾崋，隨後輕笑一聲：「哼，你當然不懂，因為你娘是右宰相，別人都想巴結她，如果你不是男的，我爹早讓我跟你睡了！」

瑾崋怔怔看他，他蹙眉苦笑。

「或許，當年我爹把我送到你家，也是為了讓我跟你成為朋友，因為你是右宰相之子。」

蘇凝霜苦澀地看他一眼，輕拂衣袖躍起，輕盈的身影漸漸消失在雲天之間。

瑾崋怔怔地看著他消失的背影，神情開始漸漸複雜。

從此，蘇凝霜越來越放蕩不羈，流連花街柳巷，浪名遠播。瑾崋的母親開始要瑾崋遠離蘇凝霜，瑾崋不願，因為他知道蘇凝霜的本性，他和蘇凝霜的感情不會因為蘇凝霜的改變而有所變化。

「別去花街了。」瑾崋拉住蘇凝霜，十八歲的少年，風華正茂：「我不想看你又喝醉回來。」

「怎麼？你吃醋？」蘇凝霜壞壞地看瑾崋。

「說正經的！」瑾崋蹙眉。

「哈哈哈——」蘇凝霜仰天大笑，看一眼瑾崋：「好！今晚不去，但你得陪我喝酒！」

「好！只要你不去，我陪你喝死都願意！」瑾崋目露欣喜。

蘇凝霜笑了，兩人開始喝起凝霜拿來的酒。

「凝霜……我知道……你是在氣你爹……」瑾崋醉醺醺地說：「你這樣……別人就不敢上門提親了……」

「果然是好兄弟，我的事，你最清楚～～」蘇凝霜單手支頤看瑾崋。

瑾崋一手拍上他的後背，醉醺醺地傻笑。

「說實話……我都不知道……喜歡女孩……是什麼樣的感覺……你……老實告訴我……有沒有……喜歡的女孩……我讓我娘去跟你爹說……成全你！」

蘇凝霜的目光裡露出了不屑。

「我喜歡的女子必然是聰慧過人，有男子般的英氣，不黏黏膩膩，不花癡一樣看著我，不囉囉嗦嗦，不耍心機！」

「這、這太難了吧……」瑾崋撓撓頭：「皇家書院裡……好像沒你說的這種女生……」

「所以，我喜歡的女人，天下難尋。」

「只怕沒有。」瑾崋搖搖頭，緩緩趴在了桌上。「這樣的女人……別說你……我也喜歡……」

蘇凝霜看向他，勾唇一笑。

「那你未必搶得過我，哼，好兄弟今晚就讓你知道知道女人！」蘇凝霜一把扛起醉死過去的瑾崋，飄然而去。

第二天，瑾崋在妓院的床上醒來，身上只穿著內衣，床邊一個女人正笑看他，他登時從床上跳起來，怒喊：「蘇凝霜——我要殺了你——」

房樑上，蘇凝霜悠然躺著，一臉壞笑。

巫月二五四年，發生了一件大事，慧芝女皇封一個男人為攝政王，從此朝局大變，蘇大人細觀政局後，和慕容家聯姻。

「看，凝霜哥哥，我說過，你是我的。我派人調查過了，你去花街從未真正過夜，所以……」

慕容香對蘇凝霜得意一笑。

「你是乾淨的。」

「哼。」蘇凝霜清冷一笑，看向高遠的藍天，他蘇凝霜難道就要一直做一顆棋子，任人擺布？他這輩子，恐怕是不會遇到自己心愛的人了。

孤煌少司成為攝政王後，朝局瞬息萬變，瑾崋的母親成了反對派，而蘇大人依附的慕容家族卻是孤煌派，蘇大人命令蘇凝霜不得與瑾崋再有往來，瑾崋也覺得自己不該連累蘇凝霜，在瑾崋離開皇家書院後，也就從蘇凝霜的世界裡慢慢消失。

瑾崋一家處斬時，蘇凝霜去了，他恨自己，恨自己不能救自己的好兄弟，恨自己的無力。他想劫法場，但是，巫月裡沒有人敢站出來與孤煌少司為敵，即使是宰相梁秋瑛。

他想衝出去，但是他知道，一旦自己衝出去，那麼連累的將是自己整個家族。他深吸一口氣，吞下痛苦和淚水，他告訴自己，一定要為瑾崋報仇！

可是，他沒想到有個人，會那樣輕鬆的、光明正大的，把瑾崋一家從孤煌少司的手中，甚至就在他的面前救出。

那個神奇的女人，當她一身素潔的巫女服站立在刑場上的時候，他的目光，便再也無法從她身上離開。

她像是從遠山吹來的一股清風，帶來了清新的空氣。

她只是說了一句：「我要他。」

孤煌少司竟然取消了斬首，讓她把瑾崋帶回宮。

這個女人，救了瑾崋。

這個女人，叫巫心玉。

他笑了，他知道這個女人活不久，他也知道這個女人很好色，可是他還是無法相信，那樣出塵的身影會是一個昏庸好色的女皇。

他蘇凝霜看人很準，這一次，他是真的看不懂這個女人了。

直到這個女人也來找他了。

他終於知道，他想等的女人，原來，真的存在……

國家圖書館出版品預行編目資料

凰的男臣. 3, 滿朝文武皆美男 / 張廉作. -- 初版.
-- 臺北市 : 臺灣角川, 2016.03

面 ;　公分

ISBN 978-986-366-976-0(平裝)

857.7　　105001230

Kadokawa
Fantastic
Novels
DX

# 凰的男臣3
## 滿朝文武皆美男

2016年3月25日　初版第1刷發行

作　者：張廉
插　畫：Ai×Kira

發行人：加藤寬之
總編輯：蔡佩芬
主　編：陳正益
責任編輯：林秀儒
資深設計指導：黃珮君
美術設計：宋芳茹
印　務：李明修（主任）、張加恩、黎宇凡、潘尚琪

發行所：台灣角川股份有限公司
地　址：105台北市光復北路11巷44號5樓
電　話：（02）2747-2433
傳　真：（02）2747-2558
網　址：http://www.kadokawa.com.tw
劃撥帳戶：台灣角川股份有限公司
劃撥帳號：19487412
法律顧問：寰瀛法律事務所
製　版：尚騰印刷事業有限公司
ISBN：978-986-366-976-0

香港代理：香港角川有限公司
地　址：香港新界葵涌興芳路223號新都會廣場第2座17樓 1701-02A室
電　話：（852）3653-2888